HEYNE BÜCHER

SCIENCE FICTION

Herausgegeben
von Wolfgang Jeschke

Von KATE WILHELM erschien in der Reihe
HEYNE SCIENCE FICTION & FANTASY:

Hier sangen früher Vögel · 06/3600
Der Clewiston-Test · 06/3765
Wacholderzeit · 06/3983
Fühlbare Schatten · 06/4050
Margaret und ich · 06/4114
Somerset träumt · in Vorb.

Außerdem eine Sonderausgabe in der
BIBLIOTHEK DER SCIENCE FICTION LITERATUR:

Hier sangen früher Vögel · 06/1

Darüber hinaus erschienen ihre berühmten Erzählungen:

»Meine Damen und Herren, hier ist Ihre Krise«
in: Science Fiction Story Reader II,
hrsg. von Wolfgang Jeschke · 06/3627
»Winterlicher Strand«
in: Science Fiction Jahresband 1983,
hrsg. von Wolfgang Jeschke · 06/3962

KATE WILHELM

MARGARET UND ICH

Science Fiction Roman

Deutsche Erstveröffentlichung

WILHELM HEYNE VERLAG
MÜNCHEN

HEYNE-BUCH Nr. 06/4114
im Wilhelm Heyne Verlag, München

Titel der amerikanischen Originalausgabe
MARGARET AND I
Deutsche Übersetzung von Mega Simon
Das Umschlagbild schuf Klaus Holitzka

Redaktion: Wolfgang Jeschke

Printed in Germany 1984
Umschlaggestaltung: Atelier Ingrid Schütz, München
Satz: Schaber, Wels
Druck und Bindung: Elsnerdruck GmbH, Berlin

ISBN 3-453-31074-8

Wir haben keine Kenntnis davon, wie dieses Unbewußte funktioniert, aber da wir annehmen, daß es sich um ein geschlossenes psychisches System handelt, könnte ihm möglicherweise all das zu eigen sein, was auch dem Bewußten zu eigen ist … Wenn das Unbewußte all das enthalten kann, von dem wir wissen, daß es eine Funktion des Bewußtseins ist, dann stehen wir der Möglichkeit gegenüber, daß es, wie das Bewußte, eine Persönlichkeit, eine Art Ego besitzt.

Die Individualisierung ist dann vollständig, wenn das Bewußte und das Unbewußte lernen, einander zu verstehen, zu respektieren und sich aneinander anzupassen.

C. G. Jung

Kapitel Eins

Selbst die parzellierten Grundstücke wurden weniger, nachdem Margaret Brookhaven hinter sich gelassen hatte, und sie begann nach der Abzweigung an der linken Straßenseite Ausschau zu halten, die sie zu Josies Haus führen sollte. Auf diesem Teil der Insel hatte es angeblich früher viele herrschaftliche Landsitze gegeben, und vielleicht gab es sie immer noch, aber von der Straße aus waren sie nicht zu sehen, und Margaret hegte den Verdacht, daß sie alle schon seit geraumer Zeit verlassen und dem Erdboden gleichgemacht waren, um unzähligen Reihenhäusern und hellen Betonstraßen Platz zu machen. Es war ein heißer Tag; eine ganz unzeitgemäße Hitzewelle hatte den trübgrauen Aprilregen verjagt, und die Schnellstraße wimmelte von Autos, die offenbar alle Richtung Jones Beach unterwegs waren. Doch ihre Wege trennten sich: Margaret nahm die Abzweigung nach Norden, während die endlose Wagenkolonne geradeaus weiterrollte. Brookhaven. Sie sah die Hinweistafeln – und? Ob sie sich wohl in diesem Augenblick daran erinnerte? Ich schon; ich habe mich damals und seither immer wieder daran erinnert, das weiß ich. Während ich also an Atomunfälle dachte, an mutiertes Gestrüpp, an purpurrotes Gras, an weiße Blätter, an unproportioniert verformte Bäume und Ähnliches, war sie von der Suche nach der Abzweigung vollauf in Anspruch genommen, obwohl diese frühestens nach dreißig Kilometern kommen konnte. Bennett hatte gesagt, nach dreißig Kilometern. Ich versuchte, Margaret dazu zu bringen, sich an seine Worte zu erinnern, mit dem Erfolg, daß sie unruhig wurde. Also gab ich es auf und fuhr fort, über Brookhaven nachzudenken. Die schmale Straße machte sie ängstlich, und sie hoffte, keinem Lkw zu begegnen. Außerdem fuhr sie nun gräßlich langsam. Mich störte das nicht besonders, ich studierte die Gegend links und rechts von der Straße und verfolgte die dahinjagenden Wolken, roch die Meeresluft und überließ ihr die Sorge um Lkws.

Dann begann auch ich, nach der Abzweigung zu spähen, und wenn sie sie verfehlte, hatte ich vor, ihr ein Kribbeln zu verpassen, das für Stunden vorhielt.

Mit einiger Überraschung bemerkte Margaret die Klippen auf der linken Seite und erhaschte hin und wieder einen kurzen Blick auf die Meerenge. Seit einer halben Stunde hatte sich die Luft gewandelt: sie roch nach Luft, die von salzigem Sprühregen und Sonnenschein gereinigt worden war. Margaret fuhr durch Baiting Hollow, ohne sich im geringsten bewußt zu werden, daß sie nach weniger als zweihundert Metern abbiegen mußte. Ich verstärkte den Druck ihrer Hände um das Lenkrad, und sie entschied, daß es nun bald kommen mußte. Dann ließ ich sie das Tempo verringern, die Kurve nehmen und die Augen nach links richten, damit sie von oben her einen ersten Blick auf das Haus werfen konnte. Ich erinnerte mich genau an die ganze Szene mit Bennett, während er ihr die Stelle beschrieb, aber natürlich erinnerte Margaret sich nicht daran. Sie war angenehm überrascht, als sie das kleine graue Gebäude zwischen den riesigen Felsen sah, neben denen es sich winzig klein ausnahm, und die knorrigen, windschiefen Kiefern, die es vor dem stetigen Wind von der See her schützten. Ich werde den Sund ›die See‹ nennen.

Die Straße drehte sich, und der Ausblick war nicht mehr vorhanden. Margaret sah das Haus erst wieder, als sie erneut abbog, diesmal von der drittklassigen Straße voller Furchen und Schlaglöcher auf eine Zufahrt, die in noch schlechterem Zustand war. Dort hatte sich der Belag in der Vergangenheit schon so oft aufgeworfen, war gesprungen und in der Hitze geschmolzen, daß die ganze Zufahrt nur aus Teersplittrümmern, tiefen Rinnen und grasbewachsenen Erdhaufen bestand. Der Weg zum Haus war zwar in langsamem Tempo passierbar, nur durfte sich nicht später die Notwendigkeit ergeben, ganz schnell wieder heraus zu müssen. Margaret kam der Gedanke, daß sie möglicherweise nie mehr von hier wegwollte. Sie blickte in den Rückspiegel, während der Wagen auf das Häuschen zu schaukelte und ächzte, und sah, daß sie bereits allein war auf der Welt. Die schlechte Straße war verschwunden; nichts gab es mehr außer den Felsen, der steilen Zufahrt und dem Haus.

Die See war es, um derentwillen sie gekommen war. Sie blieb im Wagen sitzen, als sie ihn zum Stehen gebracht hatte, und starrte hinaus auf das Wasser – blaugrün, grau, purpurn, weißgischtig und rauh über einer Untiefe in hundertfünfzig oder zweihundert Metern Entfernung vom Ufer, glatt und gläsern zwischen der Sandbank und dem Strand, wo kleine Wellen sanft flüsterten, wenn sie den rauhen Sand berührten.

Margaret verließ den Wagen. Ich führte sie zu den Felsblökken, die wie hingeworfen umherlagen, und ließ sie auf einem von ihnen innehalten, während der Wind ihr den Rock um die Beine peitschte; durch sie fühlte ich die See und die Brise und die Kühle, die alle Gedanken an die Hitze der Stadt und die lange Fahrt hier heraus tilgten. Sie hörte den leisen Wellen zu und dem Rascheln der Gräser, die sich aneinander rieben, auseinanderbogen und wieder berührten. Zum Schwimmen war es zu spät, schon wurden die Schatten lang und dunkel, und die Luft kühlte schnell ab. Morgen, gelobte sie sich selbst oder der See, sie war nicht ganz sicher. Morgen.

Dann schloß sie die Haustür auf und trat ein, ohne dem Haus mehr als flüchtige Beachtung zu schenken. Des Hauses wegen war sie nicht gekommen. Bennett hatte gesagt, es sei sehr nett; er sagte auch, das Metropolitan Museum sei sehr nett, desgleichen der Buckinghampalast; das Hotelzimmer in Atlanta, von dem aus er sie am vergangenen Abend angerufen hatte, war sehr nett; und Josies Haus. Später würde Margaret es eingehender betrachten, würde es erforschen und im Geiste neu einrichten, aber jetzt war sie daran nicht interessiert. Ihr Gesichtsausdruck verfinsterte sich, als die Gedanken an Bennett immer wieder an die Oberfläche drängten. Sie war zwar hergekommen, um über Bennett nachzudenken, aber nicht heute abend. Nicht jetzt.

Sie holte die Lebensmittel aus dem Wagen, musterte das letzte Stück der Zufahrt, die zur Garage führte, über der sich eine kleine Wohnung befand, und schüttelte den Kopf. Es war definitiv unpassierbar. Bennett hatte ihr aufgetragen, den Wagen nicht draußen zu lassen, wo salziger Sprühregen und Flugsand die Lackoberfläche angreifen würden, aber der Rest der Zufahrt bestand nur aus Löchern. Sie drehte sich um, warf einen Blick auf jenen Teil, den sie bereits befahren hatte, und bemerkte, daß es eigentlich keinen Unterschied gab. Sie holte das restliche Gepäck aus dem Wagen, trug es ins Haus und ließ ihn draußen stehen, wo der Wind ihn mit Salz und Sand zerkratzen würde. Zerkratzen und zerkratzen und zerkratzen.

Margaret war zu müde, um zu denken, zu müde, um sich daran zu stoßen, daß das Haus von einem Ende zum anderen in weißen Schutzüberzügen steckte. Ich mußte sie dazu bringen, die Überzüge von den Möbeln zu nehmen und in eine Ecke zu werfen; sie empfand keine Neugier – ich sehr wohl. Also ließ ich sie damit anfangen, die Lebensmittel auszupakken, und betrachtete die Küche durch ihre Augen. Während sie die Sachen einräumte, stellte ich meine Vermutungen an – über Josie, über das Haus, über den Grund, weshalb sie es so verlassen hatte; ich fragte mich, was Bennett wohl gerade eben machte und was Margaret als nächstes tun würde. Es berührte mich jedoch nicht sehr. Es interessiert mich zwar für gewöhnlich, berührt mich aber nicht, außer wenn es sich um Medikamente handelt. Ich halte sie fern davon, wenn ich kann. Schlaftabletten sind am schlimmsten; sie wirken auf mich stärker als auf sie. Die anderen interessieren mich nicht, nur manchmal lassen sie sie den Versuch machen, an mich heranzukommen, und das kann recht lästig sein. Sie hat schreckliche Angst vor mir. Andernfalls würden mir diese Sondierungen nicht viel ausmachen, ja sie könnten sogar hübsch sein für uns beide, aber sie hat Angst vor dem, was sie finden könnte, und ich kann sie nicht beruhigen, ohne wieder die akuten Ängste herbeizuführen, die sie nach den Schlaftabletten greifen lassen: die Katze, die sich in den Schwanz beißt. Ich frage mich: Wenn der Wurm so viel von seinem eigenen Schwanz frißt, daß er an seine Verdauungssäfte gerät – wie lange könnte er sich selbst verdauen, bevor er an Autokannibalismus eingeht?

Aus der letzten Tasche holte Margaret eine Flasche Bourbon und starrte sie an, als hätte sie vergessen, daß sie sie selbst eingepackt hatte. Unvermutet ließ sie sich auf einen Stuhl fallen, die Flasche immer noch in der Hand.

»Mein Gott«, flüsterte sie. »Oh, mein Gott, was mach' ich nur?«

Sie fühlte sich, als sei sie eben aufgewacht, und ließ einen starren Blick durch die Küche wandern, als sähe sie sie zum erstenmal an diesem Abend. Dieselben Gedanken kreisten in ihrem Kopf und erstickten alles andere: Sie mußte nachdenken über Bennett und sich selbst; sie mußte ihn vor acht Uhr anrufen; sie mußte etwas essen. Beim Gedanken ans Essen fiel ihr plötzlich ein, daß sie seit neun Uhr morgens nichts gegessen hatte, und da nur Kaffee und Toast.

Margaret kramte sich kurz durch die Lebensmittel, die sie im Kühlschrank verstaut hatte, und holte kaltes Fleisch, Salat und Tomaten und ein Päckchen Milch heraus. Da sie ganz bei der Sache war, ließ ich sie in Ruhe. Sie bereitete sich ein Sandwich und aß es, während sie nochmal durch das Häuschen wanderte, ein Glas Milch in einer Hand. Ihr Zimmer, in Blau und Weiß, nett ... »Brrr«, sagte sie bei dem Wort ›nett‹. Das war seine Schuld. Der Raum war gemütlich, feminin, hübsch eingerichtet mit einem Sofa, einem Fauteuil, einem großen Bett, mit Schreibtisch und Frisierkommode. Ein Schrank war halb mit Kleidern gefüllt, alle in Staubhüllen. Die Kleider würde sie tags darauf durchsehen, dachte sie und schloß die Schranktür. Ein Badezimmer führte zu einem zweiten Schlafzimmer, und das war einwandfrei das Zimmer eines Mannes. Margaret zog die Leinenhüllen von den Möbeln, um zu sehen, wie es eingerichtet war. Braun und weiß, einfach. Größer als das andere Schlafzimmer. Sie durchwanderte es und trat wieder auf den Flur hinaus, aber ich zwickte sie kurz und sandte sie zurück, um sich den Raum genauer anzusehen. Das Sandwich war beinahe aufgegessen, und sie dachte an den Kaffee, den sie auf dem Herd hatte. Sie sah recht wenig von dem Zimmer, aber ich studierte es sehr genau. Das Bett war eine Doppelliege und mit einem nach Maß gefertigten Überzug bedeckt; ein reichlich abgenutzter Ledersessel stand neben einem großen Schreibtisch mit einem zurückgeklappten Reißbrett, und darauf ein brauner Becher mit einem halben Dutzend Stiften. Eine Wand war mit Bücherborden bedeckt, ein Druck und einige Vergrößerungen astronomischer Aufnahmen hingen an einer anderen Wand ...

Wieder verließ Margaret das Zimmer, und wieder verspürte sie den Drang, hinein zurückzukehren. Es hatte irgend etwas an sich ... Sie zuckte die Achseln. Morgen.

Ich ließ sie los und sah mich nochmal im Zimmer um, das nun bereits fest in meiner Erinnerung verankert war. Es war der beste Raum des ganzen Hauses, mit einem offenen Kamin zwischen zwei Fenstern, von denen man die See und die Felsen überblicken konnte. Derjenige, der es benutzt hatte, war sich seines Wertes bewußt gewesen. Der Lederfauteuil war abgenutzt, aber gut erhalten und stand vermutlich immer schon an ebendieser Stelle, von wo aus sein Eigentümer von einem Buch aufblicken und sinnend die Muster aus Licht und Dunkel auf dem Wasser betrachten konnte; der Teppich zeigte deutliche Einbuchtungen: der Fauteuil gehörte an diesen Platz – genauso, wie der Schreibtisch an diesen Platz gehörte, und der Aschenbecher auf dem Schreibtisch und der Papierkorb daneben. Eine ausschwenkbare Schreibmaschine? Ich ließ Margaret die Kaffeetasse hinstellen, in das Zimmer zurückgehen und den Schreibtisch genauer untersuchen: Genau, da war sie, die elektrische Schreibmaschine. Margaret kehrte in die Küche zurück und beendete ihre Mahlzeit.

Gerade jetzt dachte sie auch über das Zimmer nach, und wie es so oft geschieht, wenn ihre Gedanken mit den meinen übereinstimmen, gab es da eine neutrale Stelle, wo ich immer das Gefühl habe, ich könnte fast an sie herankommen, oder sie in mich eindringen lassen.

Hin und wieder hatten sie und Bennett über Josie gesprochen, aber sie erinnerte sich nur an wenig von dem, was er über seine Tante erzählt hatte. Josie Oliver war eine alte Jungfer, hatte Bennett einmal im Scherz erwähnt: Josie Oliver, die bekannte Bühnenbildnerin.

»Ein Jahr vor unserer Heirat ist sie abgedampft«, hatte Bennett erzählt. »Bis heute weiß niemand, warum. Sie hat es uns nie verraten. Jetzt ist sie in London, und das Haus steht leer und ist zur Vermietung ausgeschrieben. Sie sagt, wir können es jederzeit gern benutzen.«

Das war alles, woran sich Margaret im Zusammenhang mit Josie Oliver erinnern konnte. Aber daß Bennetts altjüngferliche Tante sich in einem Landhäuschen mit einem Mann verkrochen hätte? Wer war das – und wo war er? Warum hatten sie nicht geheiratet? Margaret zog die Stirn in Falten und fragte sich, ob Bennett davon überhaupt etwas wußte. Der Gedanke war ihr unbehaglich, und sie schob ihn von sich. Mir war klar, daß er nichts davon wußte. Er hätte Margaret, seiner Frau, nie erlaubt, das Haus zu betreten, hätte er davon gewußt. Mir war natürlich weit mehr über Josie bekannt als ihr, aber nichts davon fügte dem, was Margaret herausgefunden hatte, irgend etwas von Belang hinzu; die Seiten in Bennetts Album mit den Ankündigungen verschiedener Shows, für die Josie Bühnenbilder und Kostüm entworfen hatte; ein paar Ansichtskarten, die sie ihm gesandt hatte, als er noch jünger war: ein, zwei Blätter mit Notizen. Ich sah wiederum ihre entschlossene Handschrift: kühn, selbstsicher, halb Druck-, halb Schreibschrift, ganz typisch. Kein Bild. Noch nie hatte ich ein Bild von ihr gesehen. Bennetts Beschreibung: »Sie ist zwei oder drei Jahre älter als ich« – er war jetzt vierzig –, »recht hübsch, zumindest war sie es noch vor ein paar Jahren, größer als du, aber nicht viel, raucht wie ein Schlot, mit langen, dünnen Fingern. Ich erinnere mich genau an ihre Finger. Sie liebt Ringe, große, auffallende Ringe, und trug sie immerzu. Einen hat sie mal bei uns zu Hause verloren. Da war eine Woche lang die Hölle los, bis wir ihn fanden. Es stellte sich heraus, daß es ein echter Smaragd war.«

Das war Josie. Alle persönlichen Dinge waren aus ihrem Zimmer entfernt worden: ihre Bücher, ihr künstlerisches Handwerkszeug, die Toiletteartikel aus dem Badezimmer und aus der Frisierkommode. Doch seine Sachen, die Sachen des Mannes im Nachbarzimmer, waren alle vorhanden, genauso, wie er sie zurückgelassen haben mußte. Warum? Ich wußte, in ein, zwei Minuten würde Margaret das Telefon klingeln hören, dann würde es sieben Uhr dreißig sein, und vor acht mußte sie Bennett anrufen. Außerdem wurde ihr langsam kalt, doch sie hatte Angst davor, im Ofen einzuheizen.

Das Telefon klingelte, und das Geräusch ließ Margaret zusammenfahren. Wäre es mir möglich gewesen, hätte ich sie vorher gewarnt. Manchmal kann ich das, aber für gewöhnlich nicht.

»Hallo«, sagte sie beinahe flüsternd, denn sie wollte ihre eigene Stimme in dem stillen Haus nicht hören.

»Miß Oliver? Hier spricht Gus Dyerman. Ist alles in Ordnung oben im Haus?«

Margaret starrte verständnislos auf den Apparat. Gus Dyerman, der Kaufmann, von dem ihr der Vermögensverwalter gesagt hatte, er würde sich melden. Warum erinnerte sich die dumme Person nicht daran? Sie erinnerte sich nicht, in keiner Weise. Sie gab einen Laut von sich, der alles mögliche hätte bedeuten können, und er fuhr fort:

»Ich wollte Ihnen nur sagen, daß ich Ihnen ein paar Holzscheite hinten auf die Veranda gelegt habe. Und mein Junge, Harry, kommt gleich morgen früh und heizt Ihnen den Ofen ein. Oder soll er vielleicht heute abend noch 'rauskommen? Glaub' nicht, daß es heut' nacht sehr kalt werden wird, was glauben Sie?«

»Nein, nein, bestimmt nicht. Es ist schon gut«, sagte Margaret. Sie wußte nicht, wie sie ihn nennen sollte; er hatte so undeutlich gesprochen, daß sie den Namen nicht verstanden hatte, und sie wußte nicht, wer oder was er überhaupt war.

»Is' gut, Gnädigste. Wenn Sie irgend was brauchen, wenn Sie wollen, daß Harry Ihnen etwas 'rausbringen soll, dann rufen Sie gleich an, ja? Schöne Lammkoteletts habe ich heute hereinbekommen und ganz frischen Kopfsalat ...«

»Ich glaube nicht ... ich meine ... Ja, ich rufe an, wenn mir etwas einfällt ...«

»Schreiben Sie sich vielleicht meine neue Nummer auf, Miß Oliver. 378-9402. Haben Sie es?«

»Ja«, sagte Margaret am Rand der Verzweiflung, »aber ich glaube nicht ...«

»Ich schicke ein paar Dinge 'rauf, die Sie gern mögen, soweit ich mich erinnere – Beeren aus dem Süden und Sahne und frische Eier. Wenn Sie etwas davon nicht brauchen können, geben Sie es einfach Harry wieder mit. Heute abend störe ich Sie nicht mehr, Miß Oliver. Bin froh, daß wir Sie wieder hier haben, Gnädigste!«

Margaret saß da und hielt den schweigenden Hörer in der Hand und lachte schließlich auf. »Was für einen Unterschied, zum Teufel, macht es schon?« sagte sie laut. Am nächsten Morgen würde sie das Mißverständnis klären, oder irgendwann einmal. Sie warf einen Blick auf ihre Armbanduhr und wählte die Nummer des Hotels in Atlanta, in dem Bennett wohnte.

»Hallo, Liebling, ich bin's.« Margaret zwang Heiterkeit in ihre Stimme.

»Ah, fein! Hat doch alles geklappt, nicht? Hast du Strom? Ist der Ofen eingeheizt? Funktioniert alles?«

»Ja. Alles bestens.«

»Sehr gut. Nun ruh dich schön aus; ich werde versuchen, Mitte der Woche 'raufzukommen. Aber ich kann es noch nicht versprechen. Hast du die Abendnachrichten gesehen?«

»Nein, ich habe es vergessen ... Ich bin gerade eben erst angekommen«, fügte sie rasch hinzu.

»Ach so. Aber versuch, wenigstens die Spätnachrichten nicht zu versäumen. Greeley ist in Hochform. Morgen geht's weiter nach Birmingham ...«

Ich konnte Bennett vor mir sehen: gestärktes weißes Hemd, schwarze Schleife, makelloser schwarzer Smoking, das Haar so glatt am Kopf, daß man meinen könnte, es sei aufgemalt. Kein Mann mit Namen Arnold, dachte ich eindringlich Richtung Margaret, wird je Präsident werden! Margaret aber dachte nur daran, wie sehr sie Arnold Greeley verabscheute. Sie sagte: »Laß mich wissen, wo du in Birmingham wohnst. Ich versuche nicht mehr, dich anzurufen. Es ist viel einfacher, wenn du dich von Zeit zu Zeit hier meldest. Ich bin ja immer da.«

Bilder von Bennett zuckten durch ihr Hirn: Bennett, wie er sie anlächelte, die Augen verborgen hinter den Reflexen zweier Lampen auf seiner Brille, die Lippen hochgezogen über seinen prachtvollen Zähnen. Der prachtvolle Bennett – alles fauler Zauber, aber prachtvoll, direkt herabgestiegen von einem Plakat mit dem Titel ›Erfolgreichster Mann seiner Zeit‹, mit aufgemaltem Haar und Augen, die sich hinter Brillen versteckten, und Zähnen, die der Horror jedes Dentisten waren. Bennett, der das Licht ausknipste, ehe er sie anrührte. Bennett, der spät zu Bett ging, im Dunkel nach ihr tastete, die Sache schnell hinter sich brachte und einschlief, ohne zu wissen oder sich darum zu kümmern, ob sie nun schlief oder sich aus dem Bett schlich ... Bennett, der schlief, den Mund offen, ein kleines Rinnsal Speichel am Kinn ...

»Gib schön auf dich acht, Liebes«, sagte er. »Bis nächste Woche.«

Margaret legte den Hörer sachte auf; das Geräusch war kaum zu hören. Sie ging in die Küche, goß Bourbon in ein Glas, tat ein bißchen Wasser hinzu und trank es schnell aus. Dann goß sie sich einen zweiten Drink ein, nahm ihn mit ins Wohnzimmer und starrte auf den Fernsehapparat in der Ecke. Die Spätnachrichten. Sie würde versuchen, sie nicht zu versäumen.

Sie mußte noch das Bett machen und ein paar Sachen aus dem Koffer holen. Der Verwalter hatte gesagt, Bettwäsche sei in der Kommode. Margaret kramte darin herum, bis sie sie gefunden hatte. Das blau-weiße Zimmer war kalt. Als sie die Laken zurechtgesteckt hatte, fröstelte sie. In einem der Koffer hatte sie einen dicken Pullover, aber sie ging an ihrem Gepäck vorbei, blickte nochmal in den Kleiderschrank und nahm einen Pullover in einer Plastikhülle vom Brett. Es war ein blaßblauer Kaschmirpullover mit Glasknöpfen. Mindestens achtzig Dollar, dachte sie, während sie ihn anzog. Sie entsann sich der Holzscheite und ging hinaus auf die Veranda an der Rückseite des Hauses, um einen Armvoll zu holen. Auf dem Weg zurück ins Haus erinnerte sie sich, daß sie außer im Wohnzimmer auch in dem braun-weißen Zimmer einen offenen Kamin gesehen hatte, also machte sie kehrt und ging dorthin. Sie zündete das Feuer an und machte das Bett. Dann warf sie einen Blick in den Schrank; seine Kleider waren darin.

Sie hob die Hüllen von seinen Jacken und befühlte den rauhen Stoff; doch dann zuckte sie plötzlich zurück und ging wieder ins Wohnzimmer. Sie vertiefte sich in das Musik- und TV-Schränkchen und legte eine Platte auf, zu deren Klängen sie ihre Tasse abwusch. Dann holte sie Taschen und Koffer aus dem blau-weißen Zimmer und trug sie in das andere. Ich war zufrieden mit ihr; es hatte dazu kaum eines Anstoßes meinerseits bedurft. Ihr gefiel das braun-weiße Zimmer auch besser.

Margaret dachte an gar nichts, sie tat alles, was zu tun war, ohne sich deshalb eine Frage zu stellen, und verbannte, so gut es ging, jeden Gedanken aus ihrem Kopf. Als sie mit den wenigen Dingen, die sie zu machen hatte, fertig war, fühlte sie sich ein paar Augenblicke lang wie verloren, und ein Gefühl der Panik überkam sie; doch es ging schnell vorüber, als sie begann, das Bücherregal im Wohnzimmer zu studieren. Sie holte eine illustrierte Ausgabe des *Morte d'Arthur* heraus, nahm das Buch mit ins Badezimmer und ließ Wasser in die Wanne laufen.

Ich war auch ziemlich beschäftigt, aber nicht unbedingt mit ihr. Es tat mir wirklich leid, daß sie das Mallory-Buch gewählt hatte. Ich kannte es schon, und sie würde sowieso nichts davon mitbekommen. Genausogut hätte es eines sein können, das mir noch nie unter die Augen gekommen war. Ich gab ihr ein schlechtes Gefühl wegen des Buches, konnte sie aber nicht dazu bringen, es gegen ein anderes auszutauschen, also ließ ich es sein. Ich vergaß nicht, die Uhrzeit im Auge zu behalten; ich wollte nicht, daß sie Arnold Greeley im Fernsehen versäumte, und ich wußte, ich konnte mich nicht darauf verlassen, daß sie den Apparat einschaltete, ohne daß ich dabei energisch mithalf. Sie verabscheute ihn zutiefst. Ich hasse ihn nicht so sehr. Ich interessiere mich für das, was er ist und was er tut. Sie besteht nur aus animalischen Instinkten: alles Reaktion, keinerlei Denkprozeß. Die Uhrzeit ist ein echtes Problem bei ihr. Ich muß dauernd auf dem laufenden bleiben, und manchmal weigert sie sich dennoch, meine Signale zu akzeptieren. Für mich sind natürlich ihr Jetzt und ihr Gestern und ihr Morgen verfügbar, und auch das ist unangenehm. Für mich sind all diese Zeiten gleich wahr und klar und verfügbar, aber ihr entfallen Vorkommnisse, Namen und Daten, je weiter sie sich von ihrer Vergangenheit entfernt. Da wird nichts unterdrückt: Sie kann sie einfach nicht finden, und wir können miteinander nicht in Kontakt treten. Dazu kommt, daß vieles, von dem sie glaubt, sich erinnern zu können, falsch ist. Einmal sagte sie: »Ich wollte, ich könnte es schaffen und da hineinsehen, mein eigenes Inneres erforschen, weißt du, was ich meine?« Sie erinnert sich nicht mehr daran, aber das hat sie gesagt, als sie fünfzehn war und stark gefühlsbetont und ziemlich intellektuell für ihr Alter. Damals dachte ich, wie wunderbar es sein müßte, wenn ich mich ihr öffnen könnte, wenn ich eins werden könnte mit ihr, aber ich habe dann erkannt, daß das nicht stimmt. Bei den wenigen Gelegenheiten, bei denen sie einen kleinen Blick zu mir hereinwerfen konnte, war sie zu Tode erschrocken.

Außerdem legt sie die Dinge falsch aus. Sie gräbt ein Fragment von irgend etwas aus, fügt wissentlich ihre eigene Beurteilung hinzu – die'›Logik‹, die sie sich angeeignet hat – und glaubt, jetzt hat sie die Wahrheit.

Darüber dachte ich nach, während ich keinen Augenblick lang vergaß, daß die Nachrichten in Kürze fällig waren, und nebenbei kontrollierte, ob ich die Seiten des Buches, die sie gerade umblätterte, bereits kannte, zusammen mit ihr spürte, wie das heiße Wasser langsam abkühlte, den Duft des Badezusatzes wahrnahm, den zarten Schaum der Seife und das flauschige Gefühl des Badetuches, das ich mit einem Tuch verglich, das sie mit drei Jahren besessen hatte, und mich dabei an den Geruch ihrer Mutter erinnerte, wenn sie sich über Margarets Bettchen beugte, wenn sie nochmal nach dem Feuer sah ... und zuletzt fragte ich mich, was ihr Vater wohl dazu sagen würde, wenn er wüßte, daß sie selbst keine Kinder wollte. Ich verglich das Badezimmer mit anderen Badezimmern – mit dem ihrer ersten New Yorker Wohnung, mit dem Waschraum im Ferienlager, als sie elf war, mit dem malvenfarben tapezierten im Haus ihrer Mutter ... Jedes einzelne war da, konnte betreten werden und betrachtet, die Sprünge in den Kacheln konnten gezählt werden, und so weiter. Nichts davon drang natürlich bis zu ihr vor. In ihrem Kopf herrschte völlige Leere. Sie stieg aus der Wanne, wickelte sich in einen dicken Bademantel, schlüpfte in warme Pantoffel und rollte sich im Wohnzimmer auf der Couch vor dem Fernsehapparat zusammen.

Sie nahm kleine Schlückchen von einem dritten Drink, während sie den Bildschirm im Auge behielt. Jetzt war ihr angenehm warm, und sie fühlte sich schläfrig und behaglich. Die Kriegsberichte, die jüngste Rede des Präsidenten und die ätzende Antwort eines Senators darauf, das Wetter, Nebensächlichkeiten. Und dann erschien Arnold Greeley – gutaussehend, seriös, ein Vater für die Welt.

»... einer solchen Verderbtheit tatenlos zusehen! Niemals noch ist diese große Nation einer derartigen Unruhe im Innern gegenübergestanden, derart massiver Kritik seitens ihrer Bürger, solch verräterischen Umtrieben und Bedrohungen, einer derart eklatanten Beeinflussung unserer Jugend durch die Propaganda ...«

Margaret starrte den Bildschirm an und bemerkte nicht, wann die Nachrichten endeten, wann der Werbungsblock begann und endete, wann der Film *Intermezzo* begann. Irgendwo in der Mitte des Films wachte sie abrupt auf und stolperte von der Couch zum Fernsehapparat, um ihn auszuschalten und ins Bett zu gehen. Sie knipste alle Lichter in dem kleinen Haus aus und schloß die Tür des braun-weißen Zimmers hinter sich. Der Schrank stand offen, und sie sah ihr Bild in dem großen Spiegel an der Tür. Langsam zog sie den Bademantel aus und starrte auf die Gestalt, die sie auf der anderen Seite des Raumes sah: dünn, hübsche Beine, langes Haar, das einst die Farbe hellen Honigs gehabt hatte, jetzt aber nachdunkelte. Sie tastete nach dem Lichtschalter hinter ihrem Rücken, und danach erhellten nur die Reste des verglühenden Feuers den Raum. Immer noch starrte sie in den Spiegel und hob sehr langsam eine Hand an ihre Brust, spürte ihr Fleisch und kniff die Warze, bis sie reagierte. Sie trat näher an den Spiegel heran und sah zu, wie die andere Hand sich zu bewegen begann. Sie wollte die Augen schließen, wollte aufhören, wollte weinen – und tat nichts von alldem. Sie starrte in den Spiegel, aber daneben konnte ich den braunen Kordsamtmantel sehen, konnte das Material befühlen und den Männergeruch darin wahrnehmen. Da plötzlich tat Margaret einen Schrei, ließ sich auf das Bett fallen und begann, fast hysterisch zu schluchzen.

Ich empfand nur Abscheu vor ihr. Sie hatte es nicht zu Ende geführt, und nun würde sie stundenlang wach sein, rastlos, fordernd mir gegenüber; sie würde mir dieses winzige Stückchen Freiheit, das mir – wie ich glaube – zustand, nicht zubilligen. Und schließlich und endlich würde sie sich doch noch für Schlaftabletten entscheiden. Ich versuchte, sie dazu zu bringen, die Bewegungen wieder aufzunehmen, die den Orgasmus und damit Ausgeglichenheit und Frieden bewirken würden, aber sie warf sich auf dem Bett herum und wand sich und schluchzte und weigerte sich, ihren Körper noch einmal zu berühren.

Zweites Kapitel

Margaret verbrachte eine schlechte Nacht und erwachte nur langsam. Sie hörte das Geräusch zwar, erkannte es aber nicht. Es war ein Klopfen an der Hintertür des Häuschens. Harry Dyerman, der Sohn des Kaufmanns, versuchte sich ihr zu erklären, aber die Mauer zwischen uns beiden war nie undurchdringlicher als an jenem Morgen. Mit einer heftigen Bewegung schlüpfte sie in den Bademantel und fuhr sich mit den Fingern durchs Haar. Es verheddert sich nicht, wenn sie schläft; bei dieser Länge würde man das annehmen, aber es stimmt nicht.

Harry war ungefähr sechzehn und machte ein verlegenes Gesicht, als sie ihm die Tür öffnete. Er trug eine große Papiertüte mit Lebensmitteln und vermied es, Margaret anzusehen. Ihre Füße wurden kalt; sie hatte vergessen, die Pantoffeln anzuziehen.

»Dad hat gesagt, wenn Sie das Zeug nicht brauchen, soll ich es wieder mitnehmen. Und das soll ich Ihnen geben.« Er reichte ihr einen Umschlag.

Margaret schickte sich an, ihn in die Tasche zu stecken,und fragte: »Was bin ich Ihnen schuldig?«

Er sah sie dumm an und schüttelte den Kopf. Da fiel ihr ein, daß Josie wöchentlich oder monatlich bezahlt haben mußte. Sie rieb sich heftig die Augen. Ich bin nicht Josie Oliver, mein Junge, sollte sie sagen. Statt dessen befingerte sie den Umschlag und zog ein Blatt Papier heraus, das um einen Scheck gefaltet war. Der Scheck war auf $ 54.50 ausgestellt und lautete auf Josies Namen. Sie starrte ihn an und fühlte sich genauso dumm, wie der Junge aussah. Auf dem Blatt Papier stand: »Liebe Miß Oliver! Hier ist der Rest von den hundert Dollar, die Sie mir hiergelassen haben. Ich zahlte Alice $ 8.50 fürs Saubermachen und behielt mir die $ 37.–, die Sie mir noch schuldig waren. Bekommen Sie also $ 54.50 zurück. Wenn ich gewußt hätte, wo Sie sind, hätte ich Ihnen das Geld geschickt. Hochachtungsvoll, Gus.«

Sie steckte den Scheck in die Tasche und zog ihn wieder heraus. Sie konnte doch Josies Scheck nicht behalten oder einlösen! Sie streckte ihn Harry wieder hin, und er machte einen Schritt zurück und glotzte sie an.

»Sagen Sie ... sagen Sie Gus, er soll ihn zurücknehmen und für das verwenden, was ich brauche, während ich hier bin«, erklärte sie.

Harry nahm den Scheck, blieb aber stehen. Sie wartete. »Dad hat gesagt, ob Sie jemanden zum Saubermachen wollen.«

Alice? Kam Alice immer zum Saubermachen? Sie kannte Josie sicher vom Sehen ... Ich versuchte wieder, an Margaret heranzukommen, aber heute früh wollte sie nichts von mir wissen. Sie sagte: »Ich glaube schon ...«

»Dann schickt er Ihnen morgen Mrs. Carmichael her. Oder ist Ihnen ein anderer Tag lieber?«

»Alice?«

»Alice hat sich letzten Winter beim Schlittschuhlaufen das Bein gebrochen. Jetzt ist sie bei ihrer Tochter irgendwo drüben in Jersey.«

Als Harry gegangen war, stellte Margaret Kaffee auf und suchte ihre Pantoffeln. Sie tat mir fast leid, weil sie dem allen in keiner Weise gewachsen war, und gleich würde ein Anruf kommen, und der Kaffee würde überkochen, und der dumme Junge hatte den Ofen vergessen und würde zurückkommen ...

Sie versuchte, das Klingeln des Telefons zu ignorieren, aber es läutete und läutete, und schließlich hob sie ab.

»Miß Oliver, hier spricht Horace Bok. Darf ich heute vormittag auf einen Sprung bei Ihnen vorbeikommen? Ich bin hier in Baiting Hollow ...«

»Tut mir leid, Sie müssen eine falsche Nummer gewählt haben.«

»Bitte, Miß Oliver! Ich weiß, daß Sie zurück sind! Legen Sie nicht auf, lassen Sie mich ausreden. Bitte!«

»Mister Bok«, sagte sie verzweifelt, »ich bin gerade angekommen. Ich habe noch nicht einmal ausgepackt ...«

»Doktor Bok«, entgegnete die Stimme leise, beinahe flüsternd. Dann fuhr sie anklagend fort: »Sie haben schon wieder alles vergessen, nicht wahr? Sie haben mir geschrieben, daß ich das Material durchsehen könnte, sobald Sie zurück sind, und Sie haben es schon wieder vergessen ...«

»Mis ... Doktor Bok, ich muß auflegen, der Kaffee kocht mir über. Adieu.«

Sie wischte den übergelaufenen Kaffee auf, goß eine Tasse ein und trank ihn in kleinen Schlückchen, während sie die Lebensmittel aus der Tüte holte. Erdbeeren, Sahne, Käse, Kopfsalat, in Scheiben geschnittener Schinken, Schalotten ... Dyerman hatte sich Mühe gegeben. Sogar ein kleiner Laib Rosinenbrot. Sie zog die Nase kraus. Rosinenbrot? Ich fragte mich, wie Bok erfahren haben könnte, daß sie hier war. Vermutlich von Dyerman oder von dem Verwalter, der dafür Sorge getragen hatte, daß der elektrische Strom eingeschaltet wurde. Horace Bok. Ich hatte den Namen noch nie gehört. Welches Material es wohl war, das er von Josie wollte? Noch verspürte Margaret keinerlei Neugierde, es zu erfahren. Sie war leicht verkatert, hatte etwas Kopfweh und versuchte krampfhaft, sich an den Traum zu erinnern, den das Klopfen an der Tür unterbrochen hatte.

Es war ein harmloser, simpler Traum gewesen, aber sie würde viel Wind darum machen, wenn sie sich seiner entsann. Ich hatte gehört, wie der Jeep von der Straße in die Zufahrt einbog, und hatte mir eine Geschichte darum herumgesponnen: Bennett, in Uniform, überbrachte Garcia mit dem Jeep eine Botschaft und wurde dabei von Gorillas mit Giftpfeilen beschossen, wobei Greeley im Hintergrund stand – Greeley war in diesem Fall Garcia – und fürchtete, Margaret würde Bennetts Aufmerksamkeit so lange ablenken, bis einer der Giftpfeile, die dieser wild mit den Händen fuchtelnd abwehrte, ihn traf. Einer der Gorillas hatte begonnen, auf einen hohlen Baumstamm zu trommeln, der an beiden Enden morsch war (ein boshaftes Detail von mir), und damit war auch das Klopfen des Jungen an der Tür miteinbezogen.

Sie versuchte, sich den Inhalt des Traumes wieder ins Gedächtnis zu rufen, und ich fuhr fort, ihn von ihr fernzuhalten, bis sie es aufgab, sich ein Stück von dem Rosinenbrot abschnitt und mit der Butter bestrich, die Dyerman gesandt hatte. Was für Material wollte Bok eigentlich? Ich schob ihr das immer wieder hin, um sie soweit zu bringen, danach zu schnappen, aber sie wich der Frage hartnäckig aus. Ich ließ meinen Blick durch die Räume des Häuschens wandern und entschloß mich, sie die Schubladen der Schreibtische durchsuchen zu lassen. Sie zögerte. Margaret ist ein ziemlich anständiger Typ Mensch, der nicht anderer Leute Briefe liest und so, aber ich jagte ihr Boks wegen etwas Angst ein, gerade eben so viel, daß sie beschloß, zumindest herauszufinden, wer er war.

Sie fand die Korrespondenz, die Josie mit ihm geführt hatte. Josie hatte sie offensichtlich nicht für wichtig genug erachtet, um sie mitzunehmen, als sie abreiste. Außerdem hatte Josie Bok nie persönlich kennengelernt. Margaret tat einen Seufzer der Erleichterung. Ich auch. Sie spielte die Rolle der Josie, und die Dinge hatten sich in dieser Richtung bereits so weit entwickelt, daß es viel umständlicherer Erklärungen bedurft hätte, sie wieder abzulegen, als sie für den gegenwärtigen Zeitpunkt weiterzuführen.

Da war Boks erster Brief, zusammen mit einem Einführungsschreiben eines Doktor Luther Monroe, der Josie darin ›meine liebe Josie‹ nannte und sich für Boks Seriosität verbürgte. Er sei Doktor der Philosophie an der Columbia-Universität, Doktor Monroe bestens bekannt, allgemein hochangesehen, etcetera, etcetera. Margarets Augenbrauen schossen in die Höhe, als sie rasch den Rest der Korrespondenz überflog. Bok hatte den Wunsch, die Aufzeichnungen und Notizbücher Paul Tysons durchzusehen, die, wie er gehört hatte, sich in Josies Besitz befanden. Josie war bereit, es ihm zu gestatten, sobald sie zurückkehrte.

Paul Tyson. Das braun-weiße Zimmer war Paul Tysons Zimmer, Pauls Bücher, sein Schreibtisch ... Ich sah mich nochmal darin um und wußte, daß das Zimmer Paul Tyson gehörte, und der braune Kordsamtmantel ...

Margaret legte die Briefe hin und trommelte gedankenverloren mit den Fingern auf die Schreibtischplatte. Natürlich mußte sie Bok darüber aufklären, daß er sie irrtümlich für Bennetts Tante gehalten hatte, aber dann würde er es Dyerman weitererzählen oder dem Vermögensverwalter, und irgend jemand würde kommen, um nachzusehen, wer denn nun wirklich in Josies Haus wohnte, und das einzige, was sie beweisen konnte, war, daß sie Margaret Oliver hieß und die Hausschlüssel hatte. Sie wußte nicht einmal, wie sie sich mit Bennett in Verbindung setzen konnte, bevor er wieder anrief.

Andererseits konnte sie natürlich Bok erlauben, das Material durchzusehen, Josie hatte es ihm schließlich zugesagt. Er erwartete sicher, daß sie wußte, wo es sich befand, und über den Inhalt informiert war. Die Briefe ließen erahnen, daß Josie damit vertraut war – worum immer es sich auch handelte. Aufzeichnungen und Notizbücher. Sie schlenderte in Pauls Zimmer und starrte den Schreibtisch an – den abgeräumten, sauberen Schreibtisch, wo nur der Becher mit den Stiften verriet, daß er je benutzt worden war. In den Schubladen befand sich Schreibmaterial: Papier, Radiergummis, zwei neue Schreibmaschinenbänder, Lineale, ein Kompaß, Millimeterpapier ... Sie schob die Laden wieder zu und sah in den Bücherregalen nach – alles gebundene Bücher. Nichts im Kleiderschrank, nur seine Kleider, Schuhe, Pullover, Hemden. Die Laden der Kommode enthielten persönliche Dinge: Bürsten, Manschettenknöpfe, Unterwäsche, Socken. Damit war die Sache erledigt. Was für Material es auch war, das Bok durchsehen wollte: Josie mußte es bei sich haben. Wenn er anrief, würde Margaret ihm sagen, daß es ihr im Augenblick nicht zur Verfügung stand. Es war ganz einfach in London.

Auf keinen Fall durfte sie ihn herauskommen lassen, egal, was er sagte, oder was Josie zu ihm gesagt hatte. Der Gedanke ließ sie in der Tür innehalten, und sie erinnerte sich an die vorangegangene Nacht.

Schluchzend und frustriert war sie auf dem Bett gelegen und hatte sich geschämt. Im Kofferraum ihres Wagens lag ein Dutzend Bücher, die sich alle mit sexuellen Gewohnheiten, Praktiken, Wünschen und Perversionen beschäftigten. Sie hatte einmal vorgehabt, sie eines nach dem anderen für Bennett auf den Couchtisch zu legen, damit er sie fand und – hoffentlich – las. Aber das hatte ihr denn doch zu sehr nach Betteln ausgesehen – nach Betteln um etwas anderes, um mehr, um Abwechslung. Er wäre überrascht gewesen und schokkiert. Bennett ging sehr sorgfältig vor, überzeugte sich immer, daß sie ihren Orgasmus erreichte – jedenfalls fast immer –, also was sollte es da noch geben?

Ich hatte mit der ganzen Sache angefangen, aber sie selbst machte ihren Gedanken an Tim, an Frank und schließlich an Bennett und ihre Ehe ein Ende. Sie hatte sich sowohl Frank als auch Tim entzogen – beide Male zu einem Zeitpunkt, als es eigentlich gar nicht mehr möglich war –, und dann war sie wachgelegen und hatte darunter gelitten und sich gewünscht, nochmal von vorn anfangen zu können. Wäre es denn genauso gewesen? Sie ertrug es nicht, daran zu denken. Zitternd hatte sie sich in Pauls Bett aufgesetzt und auf die letzte Glut des Feuers gestarrt. Der erste Mann, gelobte sie sich ... Sie gelobte sich immer etwas, kleidete diese Versprechen in Worte, hörte sich zu, wie sie sie mit leiser Stimme aussprach. Der erste Mann über fünfundzwanzig, korrigierte sie sich selbst, und setzte hastig hinzu: der saubere Fingernägel hat und keine wulstigen Lippen ... Dann fing sie nochmal an: der erste akzeptable Mann, bei dem keine intakte Ehe auf dem Spiel steht, der über fünfundzwanzig ist und unter sechzig, der saubere Hände hat und keine dicken, feuchten Lippen ... Sie hatte sich vom Bett erhoben, einen frischen Drink eingegossen, einen starken diesmal, und ihn mit zurück aufs Bett genommen, wo sie dann in die Decke gekuschelt dagesessen und in die erlöschende Glut gestarrt hatte, ohne zu denken, aber mit einem Schlückchen hin und wieder.

Und jetzt, in der Tür, wußte sie, daß sie es nicht wagen durfte, sich von Doktor Horace Bok heute überrumpeln zu lassen. Aber das war ihr Problem. Ich dachte soeben an etwas völlig anderes. Das Badezimmer, das die beiden Schlafzimmer im Haus miteinander verband, besaß eine gemeinsame Wand mit den beiden Kleiderschränken. Pauls Schrank auf der einen Seite, Josies Schrank auf der anderen, und das Bad. Ich sah mir die Wand noch einmal genau an, den glatten, weißen Verputz, und bemerkte, daß sich in seinem Zimmer eine Kehlung befand, in ihrem jedoch nicht. Acht Schritte von der Schranktür zur Badezimmertür ... im Badezimmer drei Schritte zurück, Schrank zwei Schritte, etwas Platz für die Rohre; blieb eine Differenz von zwei oder drei Schritten.

Margaret galt im allgemeinen als intelligent. Sie hatte ein College besucht, hatte ihr Diplom bekommen und dann sehr erfolgreich als Personalchefin für eine Computerfirma gearbeitet. Sie verstand ein bißchen von Physik, von Mathematik, von Literatur und hatte genug gesunden Menschenverstand, um das, was sie nicht wußte, geschickt zu tarnen. Zumindest so lange, bis sie herausfand, worum es ging. Doch abgesehen von normaler Bildung konnte man sie intuitiv nennen, so daß ich öfter an sie herankam, als ich uns beiden eigentlich zugestand. Jetzt wollte ich wieder an sie herankommen und sie den Hohlraum zwischen dem Bad und den Schränken mit den Aufzeichnungen und Notizbüchern, die sich darin befinden mußten, entdecken lassen. Aber sie rang noch immer mit dem Problem ihrer Sexualität und mit dem sinnlosen Versprechen, das sie sich selbst gegeben hatte. Sie ist sehr dickköpfig und hat eine fast abergläubische Furcht, Versprechen nicht einzuhalten, auch jene, die sie sich selbst gegeben hat – oder vielleicht ganz besonders jene.

Der Durchbruch gelang mir nicht. Sie hatte Kopfweh und spann Gedanken, die aufreizend im Kreise gingen, und ich fand keine Möglichkeit, zu ihr durchzudringen. Ich überlegte: Wenn sie doch nur auf die Idee käme, ein Nickerchen zu machen, dann wäre es einfach; aber sie war zu aufgewühlt dazu. Ich zog mich zurück und dachte nach und versuchte, alles zu überblicken. Ich konnte sie schwimmen sehen, telefonieren, konnte sie gebeugt über den Notizbüchern sitzen sehen ... Nun, irgendwie würde ich es schon schaffen, aber dieses Wie stand noch nicht fest in dem Bild, das ich mir zu diesem Zeitpunkt machte. Es ähnelte eher einem frei schwebenden vierdimensionalen Ablagesystem ohne besondere chronologische Ordnung. Ich versuchte es erneut, verfolgte ihre Schritte zurück und, jawohl, sie machte ein Nickerchen, und ich verriet ihr, wie sie die Aufzeichnungen finden konnte ...

Margaret schwamm an diesem Morgen, blieb aber nur ein paar Minuten im Wasser. Trotz der heißen Sonne war es eiskalt. Sie duschte, frottierte sich energisch trocken, ging dem Spiegel aus dem Weg und zog lange Hosen und einen Pullover an, diesmal ihren eigenen. Wind erhob sich; und vermutlich würde es noch abends recht kalt werden. Sie mußte den Ofen einheizen lassen. Sie beschloß zu telefonieren, entschied sich dagegen und ging statt dessen zum Wagen, um den Kofferraum auszuräumen. Die Bücher befanden sich in einer großen braunen Tragtasche. Margaret hatte sie mitgenommen, um sie loszuwerden, und nahm keines davon aus der Tasche. Das Schwimmen und die Dusche hatten sie entspannt, und sie summte vor sich hin, als sie wieder ins Haus trat. Das Telefon zerbrach ihre heitere Gelassenheit. Eine Hand auf den Hörer gelegt, ließ sie es klingeln und klingeln. Als das Klingeln aufhörte, erschien ihr die Stille im Haus geradezu bedrückend.

Margaret ging weiter ins Schlafzimmer und stellte die Tasche mit den Büchern neben den offenen Kamin. Später würde sie sie verbrennen, eines nach dem anderen. Sie ließ sich in dem Lederfauteuil nieder und sah hinaus auf die Wellen und die Sonne, die darauf tanzte, und erkannte, daß Josie die Papiere im Haus gelassen haben mußte. Warum sie mitnehmen und alles andere, was Paul gehörte, zurücklassen? Und wenn sie hier waren, dann mußten sie sich an einem besonderen Platz befinden, wo sie sicher waren, zumindest relativ sicher. Sie spürte, wie Schläfrigkeit sie übermannte, eine angenehme, warme, wohlige, benommene Schläfrigkeit. Ich wußte, daß das Telefon wieder klingeln würde. Hier, in diesem gottverlassenen Winkel, schien sie noch weniger Zeit zu haben als mitten in Manhattan. Ich schob ein Bild der einzig möglichen Stelle für solch ein Versteck vor ihre Augen, aber sie konnte es nicht sehen. Ich fing alles, was ich konnte, ab, bevor es ihr zu Bewußtsein kam: den leichten Krampf in ihrem Bein, das sie unter sich hochgezogen hatte, ein steifes Gefühl im Nacken, das von der verdrehten Stellung ihres Kopfes herrührte, der zu lange dem Flug einer Möwe gefolgt war, den Beginn eines zarten Hungergefühls … Nur die Wärme und Behaglichkeit waren ihr bewußt, und nichts sonst. Ich machte es so einfach wie möglich: die Schranktür an der rechten Seite, die Fächer dahinter, die Papiere ... Das Telefon weckte sie auf; jetzt schlief ihr Bein bereits tief und fest, und sie mußte hüpfen und hinken, um den Hörer abzuheben. Ich durfte sie den Traum nicht vergessen lassen. Ich ließ sie den Bleistift ergreifen, der auf dem Tisch neben dem Telefon lag, schirmte ihre Finger vor ihrer Aufmerksamkeit ab und ließ sie das Wort ›Schrank‹ aufschreiben.

»Hallo? Oh, Mister ... ich meine, Gus!«

»Harry sagt, er hat vergessen, den Ofen anzuzünden, Miß Oliver. Er kommt später nochmal vorbei. Die vierundfünfzig Dollar habe ich Ihnen gutgeschrieben.«

»Oh, danke. Wunderbar.«

Er fügte hinzu, Mrs. Carmichael würde dreimal die Woche zum Haus heraufkommen, wenn sie gebraucht würde, und Margaret sagte, ein Tag reiche vollauf, und sie legten beide auf. Margaret wandte sich Richtung Küche, aber ich ließ sie stolpern und sich am Tisch festhalten. Ihre Hand berührte den Zettel, auf dem ›Schrank‹ stand, und sie erinnerte sich.

Nachdem sie alle Kleiderhaken an das eine Ende geschoben und die Wand dahinter nach irgendeiner Art Tür abgetastet hatte, ohne eine zu finden, war sie bereit zu glauben, daß ihr Traum nicht unbedingt ein prophetischer gewesen war. Sie ging hinüber auf Josies Seite, machte hier das gleiche und fand wieder nichts. Mit einem Achselzucken tat sie die ganze Sache ab und bereitete sich ein Sandwich und Kaffee. Gus hatte Tomaten gesandt, und während sie eine davon in Scheiben schnitt und zusah, wie der Saft unter dem Messer hervorquoll, erinnerte sie sich, wie der Held in einem Kriminalroman, den sie irgendwann mal gelesen hatte, einen feinen Spalt gefunden hatte, indem er ein schäumendes Waschmittel verwendete, das in dem Riß zurückblieb, nachdem er es vorsichtig vom Rest der Wand gewischt hatte. Sie lachte über sich selbst, rief aber trotzdem Gus an und bestellte eine Sprühdose Reinigungsmittel. Die Aufgabe amüsierte sie jetzt.

»Es liegt nicht mehr in meiner Hand«, sagte sie sich vergnügt. »Wenn ich die Papiere und alles andere finde, bleibt mir nichts anderes übrig, als Doktor Bok zu verführen. Wenn ich sie nicht finde, dann lasse ich ihn eben telefonisch von der Bildfläche verschwinden, und das war's dann.« In Gedanken probte sie Verführungsszenen, während sie die Überreste ihres Mittagessens wegräumte. Gus hatte gesagt, Harry würde um etwa drei Uhr vorbeikommen, und jetzt war es halb zwei. Sie entschloß sich zu einem Spaziergang am Strand, und als sie sich dazu aufmachte, pfiff sie leise durch die Zähne.

Der Wind wurde stärker und kühler, und im Norden formierten sich Wolkenbänke, ein hart abgegrenzter schwarzer Streifen, wie eine Jalousie, die über das tiefe Blau des Himmels gezogen wurde. Ein Schlepper plagte sich in der Ferne mit einem großen Schiff ab, und Möwen warfen Margaret ihr wütendes Geschrei entgegen und kreisten drohend über ihrem Kopf. Sie lachte sie aus, warf Steinchen nach ihnen und sah zu, wie die dummen Vögel danach schnappten. Sie entdeckte, daß sie in keiner der beiden Richtungen sehr weit gehen konnte. Im Westen erstreckte sich ein riesiger Kegel aus Felsen und Steinen bis ins Wasser. An einem anderen Tag würde sie darüberklettern und weiterwandern, aber nicht heute. Sie ging in ihren eigenen Fußspuren den Weg wieder zurück, und der Anblick dessen, was nun aussah wie eine einzige Fußspur, die einfach drei Meter vor dem Geröllkegel endete, belustigte sie. Im Osten wurde sie von einem Drahtzaun aufgehalten, der auch bis ins Wasser reichte. Sie wünschte sich eine Drahtschere, zornig darüber, daß jemand es übers Herz brachte, einen Strand abzusperren. Die Jalousie war jetzt über zwei Drittel des Himmels gezogen, und der Wind roch nach kaltem, nassem Wetter, das er mit sich bringen würde.

Harry kam kurz vor drei und verschwand im Keller, dessen Größe gerade ausreichte für den Ofen und den Heißwasserspeicher. Ein paar Minuten später kam er wieder herauf. Er zog den Kopf ein, nahm den Dollar, den ihm Margaret hinhielt, und ging. Sie las die Gebrauchsanweisung auf der Sprühdose, hielt sie unschlüssig in der Hand und nahm sie dann mit zum Kleiderschrank. Er besaß eine gute Innenbeleuchtung – ein sehr netter Kleiderschrank, sagte sie im Geist und hörte Bennetts Stimme dazu. Sie schüttelte die Dose heftig, sprühte den Schaum auf die Wand und begann zu keuchen und nach Luft zu schnappen, als die zurückdringenden Dämpfe ihr beinahe einen Schlag ins Gesicht versetzten. Hustend und mit tränenden Augen stolperte sie rückwärts aus dem engen Raum und hielt sich einen Moment lang an der Schranktür fest, um sich das Zeug aus der Kehle zu husten. Als sie wieder klar sehen konnte, warf sie einen Blick in den Schrank. Der Schaum war weg, aber da, wie mit weißen Strichen gezogen, die soeben unter ihrem Blick verschwanden, war ein mehr als meterhohes Rechteck. Die Tür.

Während der nächsten halben Stunde suchte Margaret nach einer Methode, die Tür zu öffnen. Sie konnte das Schloß nicht finden, und als der Schaum verschwunden war, konnte sie nicht einmal mehr die Umrisse der Tür erkennen. Verblüfft suchte sie die ganze Rückwand des Schrankes ab, indem sie jeden Quadratzentimeter davon abtastete. Dann machte sie dasselbe mit dem Schrank auf der anderen Seite. Nichts. Schließlich, auf eine Eingebung hin (meine Eingebung), ging sie ins Badezimmer und suchte hier nach irgend etwas, womit sich die Tür öffnen ließ. An der Wand befanden sich zwei Waschbecken und darüber zwei Toiletteschränke. Die Toiletteschränke enthielten Männersachen: einen Rasierpinsel, Klingen, eine leere Dose Rasierschaum, After-Shave, Aspirin, Heftpflaster ... Die Toiletteschränke gingen oben glatt in die Wand über, nur eine Chromleiste stand etwa zwei Zentimeter vor. Ich erinnerte mich an Josie, wie Bennett sie beschrieben hatte: größer als du ... Ein Knopf an der Oberseite der Chromleiste wäre nicht außer Reichweite für sie gewesen. Margaret dachte auch daran und holte sich einen Stuhl ins Bad, kletterte hinauf und fand einen kleinen schwarzen Knopf, den sie niederdrückte. Als sie zum Kleiderschrank zurückkehrte, stand die Tür in der Wand offen.

Die Aufzeichnungen lagen da; desgleichen die Notizbücher, eine Schachtel mit Briefen, lose Blätter mit Figuren und Gekritzel ... Zufrieden seufzte Margaret auf und drückte die Tür wieder zu. Sie hatte nichts herausgenommen.

Sie ging in die Küche und kochte Kaffee. Was jetzt? Sie wußte, daß sie niemandem erlauben durfte, etwas anzusehen, was Josie offensichtlich so hochschätzte, um es derart gut zu verstecken. Und dennoch hatte Josie Bok erklärt, daß er das Material durchsehen dürfe. Es war Josies Entscheidung, nicht die ihre. Sie setzte sich hin, trommelte mit den Fingern auf dem Tisch und überdachte alles. Sie hatte sich gelobt, herauszufinden, ob der Sex mit jedem Mann das gleiche war. Sie wußte, daß sie das herausfinden mußte, und sie wußte auch, daß sie das als Mrs. Bennett Oliver nicht konnte. Aber als Josie Oliver? Bok würde es nie erfahren. Das war nicht ganz dasselbe wie Untreue. Es war etwas völlig anderes, als sich einen Liebhaber zu nehmen oder ein Verhältnis zu haben. Es war etwas, das sie schon vor Jahren hätte tun sollen, lange, ehe sie irgend jemanden geheiratet hatte. Und als Josie Oliver konnte sie es tun. Nur ein einzigesmal. Sie würde ihn hereinlassen, alles arrangieren, ihm die Sachen geben, die er wollte, und ihm das Versprechen abnehmen, alles nach zwei Tagen wieder zurückzubringen. Wenn er wiederkam, würde sie reisefertig sein, so daß er keinen Vorwand hatte, länger zu bleiben oder zu versuchen, sie zu einem späteren Wiedersehen zu überreden. Und am selben Tag noch würde sie nach Manhattan zurückfahren. Dann hätte sie es hinter sich gebracht und würde es wissen. Sie durchdachte es von allen Seiten und konnte keine Lücke in ihren Überlegungen finden. Und Bok würde auf jeden Fall saubere Hände haben, sagte sie sich. Ein Doktor der Philosophie, der mußte einfach saubere Hände haben. Die anderen Bedingungen fielen ihr ein, aber da wollte sie es im einzelnen darauf ankommen lassen. Wenn er zu alt war oder eine eifersüchtige Frau hatte oder etwas Ähnliches – nun, dann würde sie ihm die Sachen ganz einfach in die Hand drücken und es bei nächster Gelegenheit anderswo versuchen.

Kapitel Drei

Eine Stunde lang versuchte ich ihr klarzumachen, daß sie die Notizbücher und alles andere aus dem Safe nehmen und zumindest das eine oder andere kurz durchlesen mußte, bevor Bok wieder anrief. Um sechs kam ihr von irgendwo der Einfall, daß sie wenigstens eine Ahnung von dem haben sollte, was denn nun in den Aufzeichnungen stand, und daß sie nicht sehr gut in Boks Anwesenheit den Safe öffnen und alles herausnehmen konnte. Manchmal hat man es nicht leicht.

Und wenn er nicht mehr anruft? fragte sie sich. Er wird schon, antwortete sie. Sie war ganz sicher, daß er anrufen würde. Sie trug die Aufzeichnungen zum Schreibtisch und stapelte sie auf der Platte auf, dann überlegte sie es sich jedoch und nahm sie mit ins Wohnzimmer, wo sie sie auf einem Beistelltischchen aufeinanderschichtete. Es waren schwarze Loseblattbücher, gebunden in Leder, das in ihren Händen knisterte. Sie waren zumeist voll beschrieben, Seite auf Seite mit Zeichnungen, Seite auf Seite dicht mit Schrift bedeckt: sie fand Mappen aus gelbem Karton, die vermutlich Rohmaterial enthielten, das noch nicht reif war für die Übertragung in die Notizbücher. Auch diese nahm sie mit ins Wohnzimmer. Dann schloß sie den Safe und zog die Kleiderhaken wieder zurück an ihren Platz. Der Stuhl im Bad fiel ihr ein, und sie trug ihn zurück in die Küche.

Dann bereitete sie sich das Abendessen, briet die Lammkoteletts, mischte Tomaten- und Kopfsalat und stellte die Erdbeeren zurecht. Sie aß eben, als Bok anrief.

Beim Klang seiner Stimme verspürte sie ein plötzliches Schlingern im Magen, und ihre Hand krampfte sich um den Hörer.

»Doktor Bok, es tut mir leid, daß ich das letztemal so kurz angebunden war. Ich war sehr müde.«

»Meine liebe Miß Oliver, ich bitte Sie! Es war äußerst unzivilisiert von mir, anzurufen, ehe Sie auch nur die Chance hatten, sich auszuruhen. Haben Sie es sich überlegt? Darf ich vorbeikommen?«

Sie holte tief Atem und schloß die Augen. »Ja«, sagte sie beinahe flüsternd. »Heute abend. Acht. Ist Ihnen das recht?«

Er war hingerissen. Er war entzückt. Durfte er ihr irgend etwas mitbringen? Aber sie hängte ein, die Augen immer noch geschlossen, und bemerkte, daß ihr das Schlucken Schwierigkeiten machte. Sie kehrte in die Küche zurück, doch sie konnte nichts mehr essen.

Und wenn er fett ist? hörte sie eine Stimme spöttisch fragen. Sie ergänzte die Mindestanforderungen: über fünfundzwanzig, akzeptabel, saubere Hände, keine nassen, wulstigen Lippen, nicht zu dick ... Mit Schrecken bemerkte sie, daß es fast sechs Uhr war. Zwei Stunden! Sie mußte sich umziehen, mußte noch einige der Briefe lesen. Sie wußte noch immer nicht, wie Josie und Paul Tyson zueinander standen, wo Paul Tyson sich aufhielt, warum seine Sachen in Josies Haus waren ...

Sie zog eine schwarze Hemdbluse an, die man bis zum Kinn zuknöpfen oder praktisch bis zum Nabel offenlassen konnte, schwarze Samthosen und Seidenpantoffeln. Sie wand ihr Haar zu einem Knoten, den sie hoch oben auf dem Hinterkopf mit einer Samtschleife festband. Dann öffnete sie den Safe noch einmal und holte die Briefe zu Pauls Lederfauteuil, wo sie anfing, sie zu lesen.

Viele davon trugen kein Datum, und der Rest trug als Datierung nur den Wochentag und das Monat: ›Montag, 2. Juni‹. Sie waren ohne besondere Reihenfolge aufbewahrt. Margaret nahm einen von den Briefen zur Hand: kühne Handschrift, keine unnötige Bewegung dabei, keine Schnörkel, keine Kinkerlitzchen, fast zu karg und zu Beginn schwer zu entziffern.

Josie, mein Liebes! Das Häuschen ist so hübsch jetzt, wo die violetten Schatten in allen Ecken liegen und das Licht eine leicht blaue Tönung hat, die nicht vergeht. Es ist alles so unendlich still. Ich werde dann gleich eine Platte auflegen, aber jetzt, wo ich auf die Stille lau-

sche und zusehe, wie die Schatten das Haus erfüllen, habe ich keine Lust, mich zu rühren. Ich bin kilometerweit gewandert und habe nachgedacht, ohne zu irgendwelchen Schlüssen zu kommen; dennoch habe ich bemerkt, daß endlich irgend etwas mit den Daten vor sich geht. Dann kam ich zurück in dieses leere Haus. Ich verspürte einen Schmerz, den nichts tilgen konnte; das Gefühl, wie sehr Du mir fehlst, war so stechend, so plötzlich, daß alles andere daneben verblaßte. Komm bald nach Hause, mein Liebes …

Margaret ließ das Blatt Papier fallen und sah zu, wie es auf dem Tisch landete. Sie starrte auf die anderen Briefe und schüttelte den Kopf. Was machte sie da? Josie vertraute ihr, vertraute Bennetts Frau, und das kam dabei heraus … Sie schob die Briefe weg, legte sie zurück auf den Tisch und stand auf. Sie knöpfte die Bluse bis zum Kinn zu, stieß die Hände tief in die Taschen ihrer Hose und begann, auf und ab zu gehen. Brauchte sie vielleicht doch einen Psychiater?

Beim Lesen hatte sie seine Stimme gehört. Eine tiefe, sonore Stimme, sehr ruhig und sanft und ehrlich. Verdiente Josie einen solchen Mann, eine solche Liebe? Margaret blieb vor dem Tisch mit den Briefen stehen. Sie ließ ihren Blick darauf ruhen und streckte langsam die Hand nach einem von Josies Schreiben aus, ganz charakteristisch in dieser Mischung von Druck- und Schreibschrift. Undatiert. Kurz.

Liebling, wir sind ein Knüller! In Philadelphia liebt man uns heiß, in New York liebt man uns heiß! Ich schicke einen Karton Champagner nach Hause, und ich komme morgen nacht nach. Wenn es keinen Flug gibt, dann fliege ich ohne Flugzeug! Ich liebe Dich, ich liebe Dich, ich liebe Dich!

Margaret legte ihn zurück zu den anderen Briefen und zog einen anderen von Josies Hand aus dem Stapel, einen längeren diesmal.

Liebling, ich glaube, ich halte es nicht mehr aus. Ich kann nicht arbeiten, ich kann nicht schlafen, ich kann nichts anderes tun als an Dich denken, oder an uns beide. Ich war doch früher immer so kühl und stets in der Lage, mich von allem zu distanzieren und zu arbeiten, aber heute, als ich vor der leeren Bühne stand, da sah ich Dich. Als ich versuchte, Entwürfe zu machen, erschien statt dessen Dein Gesicht auf dem Papier. Dein dünnes, erschöpftes Gesicht mit den messerscharfen Kanten und dem in alle vier Windrichtungen zerzausten Haarschopf darüber. Aber Deine Augen machen mir Schwierigkeiten. Wie seltsam, daß sich Deine Augen überhaupt nicht wiedergeben lassen. Also machte ich Dir einfach leere Ringe ins Gesicht, wie Little Orphan Annies Augen, und dann lachte ich, lachte ich und weinte ich und beschmierte alles mit Tränen. Ich konnte Deine Stimme hören, die mir sagte, nicht dagegen anzukämpfen, sondern den Dingen ihren Lauf zu lassen, egal, um was es sich handelt, es als Ganzes zu akzeptieren, aber es ging nicht. Ich kann diesen Schmerz nicht akzeptieren, diesen heißen Schmerz, der mich vor Verlangen schmelzen läßt ...

Margaret begann zu zittern; sie war sehr blaß. Sorgfältig sammelte sie die Briefe zusammen und legte sie zurück in den Safe. Ich dachte an Tim, der in ihr den Schmerz des Verlangens erweckt hatte, und ich fragte mich, ob es das war, was Josie meinte. Ich war damals nicht beteiligt gewesen, aber sehr daran interessiert. Die Szene von damals interessierte mich immer noch, und ich überdachte sie in jedem Detail. Margaret erschauderte und rannte in die Küche um einen Drink. Auch sie dachte an Tim. Nicht an ihn, sondern an das Gefühl, das sie verspürt hatte. Eine seiner Hände in ihrer Bluse, die andere unter ihrem Rock. Die wundervolle Angst, die in Wellen über sie gekommen war. Die Angst zu ersticken, die Angst, er würde fortfahren, die Angst, er würde aufhören. Seine Hand heiß auf ihrem Bauch, auf ihrem Schamhaar, ein sanftes Ziehen, dann plötzlich ein brennendes Sondieren, ein Dolchstoß, der sie in Panik geraten ließ. Sie war schluchzend und voll Furcht davongerannt und hatte Stunden der Qual und des Verlangens im Bett verbracht. Mehr nicht. Sie entsann sich nicht, was aus Tim geworden war. Er hatte sie am nächsten Tag angerufen, jeden Tag, die ganze Woche. Er war zweimal gekommen, um sich mit ihr zu treffen. Aber sie hatte Unwohlsein vorgetäuscht, weil Scham und Verzweiflung sie daran hinderten, ihm ins Gesicht zu sehen. Und als sie dazu wieder bereit war, war er weg: in der Armee. Als er zurückkehrte, kam er mit seiner Frau. Aus. Ende.

Margaret hielt das Glas Bourbon mit Wasser in beiden Händen fest und tat einen großen Schluck. Was war nur mit ihr los? So hatte sie sich noch nie gefühlt. Der Drink brachte sie wieder ins Gleichgewicht, und nach einem Moment öffnete sie die Augen und holte tief Atem. Es war nach sieben. Bok würde bald kommen.

Sie ging ins Wohnzimmer und öffnete das Notizbuch, das zuoberst lag. Pauls Handschrift war hier klein, und die Seiten damit vom oberen bis zum unteren Rand bedeckt. Außerdem verwendete er eine rätselhafte Kurzschrift, mit Initialen, Wortteilen und unvollständigen Sätzen. Sie hatte das Buch in der Mitte aufgeschlagen, und nun blätterte sie zum Beginn. Es war die Fortsetzung eines der anderen Bände; ganz oben auf der ersten Seite stand: *J. W. D. – Forts.*

Sie drehte das Notizbuch in ihren Händen, suchte den Umschlag ab, und schließlich fand sie seine Initialen: *PT-4.* Hörte sich an wie ein Schnellboot. Sie brachte die Bücher in die richtige Reihenfolge und öffnete das erste. Es fing an mit etwas, das eine Kritik an Jung zu sein schien: *Jung, Syn. (coll.).* Margaret versuchte noch mehr zu lesen, aber so ging es weiter, und die Worte verschwammen und liefen ineinander. Ohne einen Hinweis auf den Inhalt und das Thema blieben die Aufzeichnungen so unentzifferbar, als seien sie in Suaheli verfaßt.

Es klingelte, und sie sprang auf, wobei sie das Glas umwarf.

Bok!

Sie wischte einen Eiswürfel von ihrem Hosenbein und bearbeitete den nassen Fleck mit einem Papiertaschentuch, während sie zur Tür ging. Das vollgesogene Papiertaschentuch in ihrer Linken und den Türknauf in der Rechten, öffnete sie und ließ Bok eintreten. Er packte ihre Hand, in der sie das Taschentuch hielt, drückte sie, wobei er ein paar Tropfen Wasser herausquetschte, die ihr übers Handgelenk und in den Ärmel liefen, als er impulsiv ihre Hand an die Lippen hob und sie inbrünstig küßte.

»Miß Oliver, meine liebe Miß Oliver, ich kann Ihnen gar nicht sagen, wie glücklich Sie mich gemacht haben! Daß Sie nach all den Jahren zurückkehren und mir die kostbaren Aufzeichnungen mitbringen! Als ich das erstemal anrief, haben Sie mich in Schrecken und Bestürzung versetzt, und es war mir, als hätten Sie mir die letzte Tür vor der Nase zugeschlagen. Ich hatte so sehr gehofft, hatte so sehr darauf vertraut, daß ich nur genug Geduld aufbringen mußte ...«

Ich studierte ihn sehr genau, aber Margaret war Wachs in seinen Händen. Er hatte sich durch die Tür geschoben, die sich hinter ihm irgendwie schloß. Seine Hand hielt immer noch die ihre, und wenn er das nasse Papiertaschentuch bemerkte, so schien es ihn nicht zu stören. Seine Lippen waren nicht wulstig, und er war noch nicht sechzig. Stämmig, aber nicht dick. Er trug keinen Ring, und seine Hände waren sauber – plump, aber sauber. Sogar ein zarter Glanz auf seinen Fingernägeln. Ich sah ihn noch genauer an, aber sein Interesse an Margaret schien echt zu sein. Seine Überraschung und Verwirrung entgingen mir nicht. Wen immer er erwartet hatte – Margaret war es sicher nicht gewesen.

»Miß Oliver, ich weiß, daß es Sie mit Schmerz erfüllen muß, wenn Sie zum erstenmal zurückkehren und sogleich ein Fremder hier eindringt, noch dazu mit dem ausdrücklichen Wunsch, die Aufzeichnungen sehen zu dürfen. Bitte verzeihen Sie mir. Ich würde Sie nicht einen Augenblick lang belästigen oder Ihnen Schmerz zufügen, wenn ich es verhindern könnte. Wenn ich irgend etwas tun könnte, was Ihnen hilft ...«

Margaret entzog ihm ihre Hand und machte ein paar Schritte rückwärts ins Wohnzimmer. Sie hatte das irre Verlangen zu sagen: Küß mich und halt den Mund! Aber sie sagte es nicht. »Ihren Mantel, Doktor Bok. Ich hänge ihn auf einen Haken. Bitte nehmen Sie doch Platz. Darf ich Ihnen einen Drink anbieten?«

Plötzlich begannen seine Hände konvulsivisch zu zucken. Er hatte an ihr vorbeigesehen und die Bücher auf dem Tischchen erblickt. Er machte alle Anstalten, darauf zuzustürzen, hielt sich jedoch im letzten Augenblick zurück. Aber die Augen konnte er dennoch nicht davon abwenden.

»Ein Drink! Ja, das wäre fein. Ein Drink.«

Margaret nahm seinen Mantel, aber in der Tür zur Diele, wo sich die Kleiderablage befand, drehte sie sich um und blickte zurück. Er war zu dem Tischchen getreten, hatte eines der Notizbücher ergriffen und hielt es verzückt an die Brust gedrückt. Sie zuckte die Achseln, ging hinaus, um ihm seinen Drink zu mixen und um einen Lappen für die Pfütze auf dem Boden zu holen.

Sie goß Bourbon in zwei Gläser, tat einen Spritzer Wasser zum Inhalt des einen und trank es aus. Dann öffnete sie die ersten drei Knöpfe ihrer Bluse und murmelte leise: »Besser als gar nichts.« Daraufhin erneuerte sie ihren Drink und trug beide ins Wohnzimmer. Den ihren stellte sie auf den Couchtisch, reichte Bok den anderen und nahm ihm zugleich das Notizbuch aus der Hand. Seine Augen folgten dem Band zurück zum Tischchen, wo er auf dem restlichen Stapel landete. Er sah ihr zu, wie sie den verschütteten Drink aufwischte und sich dann setzte.

»Nehmen Sie Platz, Doktor Bok.« Margaret tätschelte die Couch neben sich, und er setzte sich schwungvoll neben sie. »Erzählen Sie mir etwas von sich. Wozu benötigen Sie die Aufzeichnungen? Was tun Sie so? Sind Sie verheiratet?«

»Was? Nein, momentan nicht. Aber sicher erinnern Sie sich an unser letztes Gespräch vor acht Jahren ...« Sie schüttelte leicht den Kopf. »Ah, natürlich. Sie befanden sich in einer Art Schockzustand, nicht wahr? Wie dumm von mir. Sehen Sie, ich hatte so eine Idee, daß ich einen Lehrstuhl für Chronosophie begründen könnte ...« Er unterbrach sich und lockerte mit dem Zeigefinger seinen Kragen. Das unbehagliche Gefühl, das er zu verursachen schien, war wieder da. »Sie sind nicht ... ääh ... das heißt ... Sie sind ... Ich hatte eine andere Vorstellung von Ihnen.«

»So? Und welche?« fragte Margaret und beugte sich vor, die Augen auf sein Gesicht geheftet.

Bok machte einen großen Schluck und setzte sich gerade hin. »Ich dachte, Sie scheinen, das heißt ... ääh ... ich kenne mich in der Welt des Theaters nicht besonders gut aus. Sie sind noch sehr jung, nicht wahr, für den tollen Ruf, den Sie haben. Als Bühnenbildnerin«, fügte er hastig hinzu.

Margaret lachte, um das Zittern, das in ihrem Inneren begonnen hatte, zu kaschieren. Sie umklammerte ihr Glas fester und trank den Inhalt zur Hälfte aus. »Doktor Bok, also wirklich! Sie sind kaum fünf Minuten hier und sprechen schon über mein Alter! Und Sie? Sie sind um die Fünfzig, nicht wahr?«

»Vierundfünfzig.« Er sah sie scharf an und machte wieder einen großen Schluck. Die Eiswürfel klickten ins Glas zurück; er blickte hinein: Es war leer.

»Noch einen, Doktor Bok?« fragte Margaret und nahm ihm das Glas aus der Hand. In der Tür blieb sie stehen und wandte sich wieder an ihn: »Vielleicht möchten Sie die Notizbücher durchblättern, um sich zu versichern, daß sie das sind, was Sie suchen.«

Bok nickte und streckte die Hand danach aus. In der Küche stellte Margaret die Gläser nieder und hielt sich einen Moment mit geschlossenen Augen am Spülstein fest. Dann richtete sie sich auf und goß zwei frische Drinks ein. Sie trank einen Schluck aus ihrem eigenen Glas, füllte es wieder auf und kehrte ins Wohnzimmer zurück, ein freundliches Lächeln auf den Lippen.

»Sind Sie zufrieden damit, Doktor Bok?« Wiederum nahm sie ihm das Notizbuch aus der Hand und legte es auf den Stoß zu den anderen.

Er nickte, ohne die Augen von ihr abzuwenden.

»Es tut mir wirklich leid, wenn es so aussah, als würde ich in Ihrem Privatleben herumstochern. Es war unverzeihlich von mir, Sie zu fragen, ob Sie verheiratet sind.« Margaret senkte den Blick auf ihr Glas und ließ die Flüssigkeit darin kreisen.

»Ganz und gar nicht«, erwiderte er. »Solche Sachen passieren eben. Sie hatte genug und ging einfach.« Er lächelte, um zu zeigen, daß tatsächlich alles vorbei war, und beide tranken wieder.

Margaret rückte ein Stückchen näher an ihn heran und fiel beinahe auf ihn.

»Äh ... Miß Oliver, ist Ihnen etwas? Ich meine ...«

Margaret lächelte, und er fuhr fort: »Ich werde sehr achtgeben auf die Aufzeichnungen, da können Sie ganz beruhigt sein. Und ich werde Ihnen gar nicht im Wege sein, still wie ein Mäuschen, ja?«

Ihr Lächeln verstärkte sich, und ihre Hand streckte sich aus und legte sich über die seine. »Das weiß ich doch«, nickte sie. »Aber sagen Sie nicht Miß Oliver zu mir. Sagen Sie ...«

Ich erkannte, daß sie gerade dabei war, die ganze Sache platzen zu lassen; weil sie aber zu diesem Zeitpunkt schon zu viel Alkohol in sich hatte, um etwas dagegen tun zu können, übernahm ich die Angelegenheit.

Zuallererst ließ ich den Arm, auf den sie sich stützte, nachgeben, so daß sie nun wirklich auf Bok fiel. Ich achtete jedoch darauf, daß ihr Bourbon nicht überschwappte. Sie kicherte und erlaubte ihm, ihr beim Aufrichten behilflich zu sein. Er legte einen Arm um ihre Schulter, und sie kicherte wieder und ließ sich gegen ihn sinken. Doch da war noch etwas, etwas, das vorher nicht dagewesen war. Ich versuchte herauszufinden, was es war, es gelang mir aber nicht. Bok plante irgend etwas, das war alles, was ich wußte. Eine Verführung? Kaum. Das hatte sie ja bereits bestens in die Hand genommen. Was dann? Ich entschloß mich, abzuwarten. Margaret murmelte etwas gegen seine Brust, und er konnte sich nicht entscheiden, ob er nun sollte oder nicht. So, wie sie an ihm lehnte, konnte ihm die Tatsache, daß sie keinen Büstenhalter trug und ihre Bluse praktisch bis zum Nabel offenstand, nicht entgehen.

Er stellte sein Glas hin, berührte versuchsweise ihren Hals, und als sie sich nicht abwandte, ließ er seine Hand nach unten gleiten. Margaret hielt ihren Drink noch in der Hand, und nun hob sie das Glas an die Lippen und leerte es, womit sie eine peinliche Situation hervorrief, weil ihr Arm den seinen kreuzte und seine Hand an ihren Körper drückte. Er zog die Hand hervor, nahm ihr Glas und stellte es neben das seine. Seine Hand setzte dort fort, wo sie unterbrochen worden war.

»Meine liebe Miß Oli ...«

Sie schüttelte den Kopf, und mit der Bewegung fing das Zimmer an zu kreisen. »Nicht Miß Ol ...« Ich zupfte ihr den Gedanken umgehend aus dem Hirn, und sie vergaß, was sie sagen wollte.

»Meine liebe Josie«, sagte Bok besänftigend, »ich glaube, Sie sind schon sehr beschwipst. Ich werde Sie wohl zu Bett bringen müssen.« Sie seufzte, und er zog sie auf die Füße und Richtung Schlafzimmer. Er ging geradewegs auf Josies Zimmer zu, eine Hand um Margarets Schultern, um sie aufrechtzuhalten, die andere immer noch auf ihrer Brust. Sie stolperte und wäre hingefallen, aber er fing sie auf, und als ihre Beine unter ihr nachgaben, hob er sie hoch und trug sie die letzten zehn oder fünfzehn Schritte.

Er legte sie auf das Bett und begann, sie zu entkleiden, aber Margaret setzte sich kerzengerade hin und sagte mit großer Mühe: »Schon richtig, ich bin sehr betrunken. Aber ich kann mich noch selbst ausziehen.« Sie schloß die Augen, legte sich wieder flach und fügte hinzu: »Danke.«

»Natürlich, meine liebe Josie, natürlich können Sie es.« Er war sehr geschickt mit Reißverschlüssen und Haken und allem übrigen. Während er daran werkte, sagte er: »Meine Liebe, Sie waren sehr einsam, nicht wahr?«

»Sehr einsam«, stimmte sie zu, ohne die Augen zu öffnen. Sie war soeben dabei, ein bißchen nüchtern zu werden, gerade nur so viel, daß sie erkennen konnte, wie weit die Dinge schon ihren Lauf genommen hatten. Gerade genug, um sich zu wünschen, ein Blitz möge das Haus treffen.

»Sie sind so hübsch, Josie, Liebes. Ich hatte keine Ahnung ...«

Sie war Josie. Alles hatte seine Ordnung, denn sie war Josie. Und Margaret schwand dahin, schwand dahin und war verschwunden. Was geschah, geschah mit Josie, nicht mit ihr. Sie seufzte wieder und sagte: »Die hübsche Josie ist eine Schlampe.«

Bok grunzte überrascht, und ich hörte ihn im Schlafzimmer umhergehen. Ich hörte, daß eine Lade herausgezogen und leise wieder geschlossen wurde, hörte, wie die Schranktür ohne ein Klicken aufging und wieder zu. Was hatte der Mann vor? Margaret war am Einschlafen. Er kam zurück zum Bett, und die Hand auf ihrer Brust wirkte diesmal nicht erregend, sondern machte sie nur wach. Sie setzte sich erneut auf. »Doktor Bok«, sagte sie klar, indem sie die Silben deutlich voneinander trennte, »wollen Sie nun die hübsche Josie vögeln oder nicht?«

Das Telefon klingelte. Ohne Bok anzusehen, kletterte Margaret vom Bett und ging nackt hin, um abzuheben. Sie ging in einer sehr geraden Linie auf das Telefon zu – nicht unbedingt hochgerichtet, aber in einer geraden Linie.

»Hallo? Oh, Bennett. Du bist in irgendeinem gottverlassenen Drecknest im Süden, nicht wahr?«

»Margaret, ist alles in Ordnung?«

»Klar. Ich bin ziemlich besoffen, aber sonst in Ordnung. Du kannst mir deine Telefonnummer jetzt nicht geben, weil ich alles undeutlich sehe.«

»Um Himmels willen, Margaret, was tust du denn dort oben?«

»Ich feiere. Die Rückkehr in die Heimat. Die Schatten der Vergangenheit. Und was tust du da unten?«

»Margaret, ich rufe morgen früh wieder an. Geh zu Bett, sieh zu, daß du gut schläfst! Und rauch nicht im Bett, Liebling. Wirst du daran denken? *Nicht im Bett rauchen!*«

»Nicht im Bett rauchen«, wiederholte sie gehorsam. Was für ein dümmliches Gespräch, dachte sie und wollte den Hörer auflegen.

»Margaret, hör mir noch eine Minute zu! Laß niemanden irgend etwas aus dem Haus tragen! Hast du verstanden?«

»Nein«, antwortete sie.

»Guter Gott, Margaret, so paß doch auf, was ich sage! Josie hat mich aus Italien angerufen ...«

»Sie ist nicht in Italien.«

»Doch, sie ist! Und sie hat mich angerufen. Sie hat versucht, dich zu erreichen, aber keiner hat abgehoben. Sie sagte, niemand darf etwas aus dem Haus entfernen, was immer es auch sei! Unter gar keinen Umständen! Verstehst du, was ich dir sage?«

Margaret verstand alles, und zwar ganz plötzlich, und sie begann zu zittern. Bok trat hinter sie, aber ich gab ihr keinen Wink deswegen. Das alles war sehr interessant und merkwürdig. Doch da fühlte Margaret seine Nähe und sagte ins Telefon: »Ich glaube, mir wird gleich sehr schlecht, gute Nacht.«

Sie wartete gar nicht auf Bennetts Antwort, sondern legte auf.

Bok schlang von hinten seine Arme um Margaret; jetzt hatte auch er seine Kleider abgelegt. »Sie zittern ja!« sagte er.

»Ich zittere«, pflichtete sie bei. Sie schlüpfte unter seinen Armen durch und eilte in Josies Zimmer. Bok folgte ihr. Margaret trat ins Badezimmer, schloß die Tür hinter sich und versperrte sie. Sie konnte ihn auf der anderen Seite atmen hören. »Es wäre besser, Sie würden jetzt gehen, Doktor Bok«, sagte sie nach einer Minute.

»Gehen?« Schweigen. »Josie, Liebste, kommen Sie heraus! Bitte kommen Sie heraus!«

»Heute nacht nicht mehr«, antwortete Margaret, ein Ohr an die Tür gepreßt. Er drückte die Klinke nieder. Wieder Schweigen. Dann senkte sich die Klinke auf der anderen, auf Pauls Seite. Aber auch diese Tür war versperrt. Margaret starrte sie an und erkannte plötzlich, was ich schon den ganzen Abend gewußt hatte: Bok war bereits hier gewesen. Er kannte die Zimmer, kannte das dazwischenliegende Bad, wußte, welche Tür zu Josies Zimmer führte. Margaret erstarrte. Sie konnte ihn in Josies Zimmer hören, wo er Geräusche verursachte, die nach eiligem Ankleiden klangen. Sie schlüpfte in Pauls Zimmer, packte ihren Bademantel von einem Stuhl und zog ihn an. Als Bok aus Josies Zimmer trat, stand Margaret mit seinem Mantel an der Eingangstür bereit.

Er stutzte. »Gute Nacht, Doktor Bok«, sagte Margaret und reichte ihm den Mantel. Er warf einen Blick auf das Tischchen, einen auf sie und ergriff schließlich den Mantel.

»Ich komme morgen wieder, um die Mittagszeit«, versprach er.

Margaret gab ihm keine Antwort. Als er weg war, verriegelte sie die Eingangstür sorgfältig; dann räumte sie Pauls Aufzeichnungen zurück in den Safe und saß lange Zeit da und starrte ins Leere.

Kapitel Vier

Ich ließ den ganzen Abend nochmal ablaufen, fügte Details hinzu, die Margaret vergessen oder nicht bemerkt hatte, und versuchte, Steinchen an Steinchen zu fügen. Chronosophie? Dieses Wort hatte er verwendet. Ein Studium der Zeit? Daran war Paul offenbar auch interessiert gewesen. Viele seiner Bücher im Regal beschäftigten sich mit der Zeit, und alle seine Aufzeichnungen. Wie fing man es an, die Zeit zu studieren? Was gab es daran zu studieren? Margaret mußte Pauls Notizen aus dem Safe holen und sie lesen. Das war mein nächstes Projekt.

Margaret saß eingerollt auf der Couch, unglücklich, und wünschte sich, an nichts denken zu müssen, was ihr aber nicht gelang. Sie konnte sich nackt unter Boks Händen auf dem Bett sehen und wollte weinen. Wie sie sich vor ihm auf der Couch entblößt hatte ... Was würde er von ihr denken? Nicht von ihr, sondern von Josie? Sie versuchte, sich zu einem noch engeren Knoten zu schlingen. Ganz zeitig am Morgen würde sie von hier verschwinden müssen, noch ehe er kam. Sie sollte pakken ...

Das Klingeln des Telefons ließ sie zusammenfahren. Bok? Es ist Bennett, du Dummkopf, sagte ich. Margaret hörte mir nicht zu, sondern starrte auf das Telefon und versuchte, es durch reine Willenskraft zum Schweigen zu bringen. Höchst gewissenhaft formte ich Bennetts Bild vor ihrem geistigen Auge, und sie sah es auch fast – wenigstens so viel davon, daß sie den Hörer abnahm. Wenn es Bok war, konnte sie immer noch auflegen.

»Margaret, bist du es?«

»Bennett, oh ...«

»Geht's dir wieder gut? Ich habe mir solche Sorgen um dich gemacht.«

»Jetzt geht's wieder. Ich ... ich hatte einen Drink auf leeren Magen. Hab' das Abendbrot vergessen. Aber jetzt ist wieder alles in Ordnung.«

Die Sorge, die in seiner Stimme gelegen hatte, verblaßte und ließ nur Gereiztheit zurück. »Du hast keine Vorstellung, wie sehr du mich in Angst versetzt hast, Margaret. Ganz allein dort oben, du trinkst, dir wird schlecht ... Ich möchte, daß du gleich am Morgen zurückfährst in die Wohnung. Der Gedanke, daß du ganz allein da draußen bist, widerstrebt mir. Ich rufe Shirley an und lasse sie zu dir in die Wohnung kommen, damit sie dir Gesellschaft leistet ...«

Shirley! Margaret preßte den Hörer fester an ihr Ohr. »Mach dich doch nicht lächerlich. Ich brauche ein bißchen Erholung von der Stadt, und ich werde sie bekommen. Ich sage dir doch, ich hab das Abendbrot vergessen! Ich war draußen im Wind, bin geschwommen und spazierengegangen, und ein Gläschen hat mich dann geschafft. Das ist alles. Jetzt geht's mir wieder bestens. Ich will nicht die nächsten beiden Wochen mit Shirley zusammen verbringen.«

»Margaret, kannst du einen Augenblick lang auch an mich denken? Ich kann Greeley nicht zur Hand gehen, wenn ich mir Tag und Nacht Sorgen um dich machen muß. Ich glaube, es tut dir nicht gut, so allein zu sein ...«

»Bennett, halt den Mund, ja?« Margaret hörte, wie er nach Luft schnappte; sie holte tief Atem und versuchte, ihrer Stimme einen humorvollen Ton zu geben. »Du kommst mir vor wie eine Glucke mit einem widerspenstigen Küken. Sag mir lieber nochmal, was Josie gesprochen hat. Ich war sicher unten am Strand, als sie hier anrief.«

»Ja, wahrscheinlich. Sie sagte, es läutete und läutete endlos. Ich habe keine Ahnung, was sie auf dem Herzen haben könnte. Ich habe dir erzählt, was sie sagte: niemand darf irgend etwas aus dem Haus entfernen. Sie ging nicht weiter ins Detail, sie sagte nur, du würdest schon wissen, was sie meint. Weißt du es?«

Margaret starrte in den offenen Kamin auf der anderen Seite des Raumes. Wie konnte Josie wissen, daß sie, Margaret, tatsächlich verstehen würde? Das Schweigen zog sich zu lange dahin, und Bennett sprach weiter, wieder mit Sorge in der Stimme. Margaret unterbrach ihn: »Ich habe nachgedacht, was sie damit meinen könnte. Ein Mann hat angerufen und möchte morgen herkommen. Horace Bok. Kennst du ihn?«

»Ach, der. Er hat schon ein paarmal versucht, mich zu sprechen. Er schreibt ein Buch und möchte an irgendwelche Informationen herankommen, und er glaubt, daß Josie sie besitzt. Laß ihn nicht ins Haus!«

»Er sagte, er sei Philosophieprofessor an der Columbia-Universität«, warf Margaret ein.

»Das stimmt. Angesehen, korrekt, all das. Aber was würde es ihm nützen, wenn er mit dir spricht?«

»Also gut«, sagte sie, und er schien es zu akzeptieren. Sie schrieb die Telefonnummer von Bennetts Hotel auf; er würde bis Montag dort zu erreichen sein.

Sie legte auf und wanderte hungrig in die Küche. Ein wütender Sturm riß an dem Häuschen, und Margaret fragte sich, ob sie die Scheiben des Wagens geschlossen hatte, ging aber nicht nach draußen, um nachzusehen. Außen zerkratzt, innen durchnäßt. Vielleicht würde sie, noch ehe alles vorbei war, von einer Stoßstange zur anderen einen breiten Streifen Lack abschaben ... Margaret bremste den Gedankengang und grinste.

Sie trank ein Glas Milch und aß die Erdbeeren, zu denen sie vorher nicht gekommen war. Dann holte sie ein paar Scheite Holz von der Hintertür, machte in Pauls Zimmer Feuer, und nachdem sie alle Lichter im Haus gelöscht hatte, setzte sie sich ans Fenster, um zuzusehen, wie der Sturm draußen die Kiefern peitschte. Sie konnte die Brandung hören, den Wind und die Bäume, die sich am Haus rieben, und den niederprasselnden Regen. In den kurzen Windstillen krachte und knallte das Feuer im Kamin. Bok, überlegte sie. Was würde sie mit Bok machen?

Er hatte nicht gefragt, ob er wiederkommen dürfe; er hatte einfach festgestellt, daß er um die Mittagszeit wieder da sein werde. Und er war schon früher dagewesen. Er hatte gesagt, er sei glücklich, daß sie die Aufzeichnungen mitgebracht – nicht, daß sie ihm die Haustür geöffnet habe und ihn eintreten ließ, so daß er die Notizen sehen konnte. Er hatte gewußt, daß sie sich nicht im Haus befanden. Doch falls er gesucht hatte, wieso hatte er den Safe nicht gefunden? Aber sicherlich funktionierte der Druckknopf, der ihn öffnete, elektrisch, also hätte es ihm gar nichts genützt, wenn er ihn entdeckt hätte. Sie versuchte, ihn sich als Einbrecher vorzustellen, und lächelte schwach. Wie er sich gefürchtet haben mußte! Was stand so Wichtiges in den Aufzeichnungen, daß er eine Anklage wegen Einbruchs riskierte? Als er die Notizen in keinem der üblichen Verstecke fand, mußte er angenommen haben, Josie hätte sie nicht im Haus verwahrt, und hatte seine Suche abgebrochen. Aber nun wußte er, daß sie hier waren, also würde er wiederkommen. Erwartete er dann, daß sie ihm erlaubte, das, was er bei ihr begonnen hatte, zu Ende zu führen?

Aus, Schluß, vorbei! entschied sie. Nicht einmal als Josie. Sie versuchte, sich ins Gedächtnis zurückzurufen, was sie vorhin empfunden hatte, als sie sich von ihm entkleiden ließ und spürte, wie seine Hände über ihren Körper wanderten. Sie hatte nicht viel empfunden, zugegeben. Doch da es überall auf der Welt Liebende gab, mußte man daraus schließen, daß die Sache doch sehr viel mehr Bedeutung hatte, als sie fähig war, darin zu entdecken.

»Geschlechtsverkehr ist eine einfache Handlung«, hatte Bennett gesagt. »Wie das Essen kann er sehr verfeinert und ohne Eile genossen werden, voll Raffinesse sein. Dann fühlt man sich hinterher wunderbar gut. Man kann ihn aber auch hastig hinter sich bringen, ohne seinem Gehalt viel Aufmerksamkeit zu widmen, und dennoch eine gewisse Befriedigung daraus erlangen.« Bei der lebhaften Erinnerung an diese Szene begann Margaret, sich unruhig in Pauls Stuhl zu regen.

Ich erinnerte mich noch lebhafter daran. Sie war sehr nervös gewesen damals. Einige Monate vor ihrer Hochzeit hatte sie gemeint, es sei einfach dumm und unnötig, ihn so lange warten zu lassen. Sie waren einander in ihrer kleinen Wohung gegenübergesessen, Bennett mit einem Kognakschwenker in der Hand. Er hatte den Brandy und die Gläser gekauft, als er herausfand, daß sie absolut nichts von diesen Dingen wußte.

Sie waren im Kino gewesen und zu Fuß nach Hause, in Margarets Wohnung, gegangen, und ihre Füße kribbelten immer noch von der Kälte. Er begleitete sie immer hinein, und zwar, um zu kontrollieren, ob in der Wohnung alles in Ordnung sei, hatte er beim erstenmal mit einem Lächeln gesagt. Sie hatte ihm nicht geglaubt, aber mehr war tatsächlich nicht geschehen. An jenem Abend hatte sie ihm den Mantel abgenommen, ihn auf den Haken gehängt und Bennett eingeladen, Platz zu nehmen. Er konnte Knutschen nicht leiden. »Wenn es zu nichts führt«, lautete sein Standpunkt, »sollte man es lassen. Erregung ohne Befriedigung nützt niemandem.«

Also hatte sie gesagt: »Bennett, küß mich!«, und er war ihrem Wunsch nachgekommen. Sie hatte den Kuß erwidert, und schließlich hatte er sie in den Sessel gesetzt, war ausgegangen, um den Brandy zu holen, und hatte ihr daraufhin einen Vortrag über Sex gehalten.

»Ich weiß, daß du noch Jungfrau bist«, sagte er. Sie errötete, und er lächelte ihr zu. »Ich bin sehr froh darüber, Margaret. Ich habe nachgedacht und nachgedacht, wie es beim erstenmal sein sollte, um dich möglichst nicht zu erschrecken oder dir weh zu tun, sondern dir schon beim allererstenmal Freude zu bereiten, so daß du auch später lernst, den Geschlechtsakt zu genießen.«

Margaret sprang aus Pauls Fauteuil und riß die Vorhänge heftig vor die Fenster. Blinzelnd schaltete sie das Licht ein. So war er darangegangen, seine sorgfältig vorbereiteten Pläne auszuführen, und hatte dann alles kaputtgemacht, weil er nicht jene Selbstbeherrschung besaß, die er sich zugeschrieben hatte. Als er fragte, ob er sie mit den Händen zum Höhepunkt bringen solle, hatte sie das abgestoßen und mit Ekel erfüllt. »Du wirst noch lernen, so ungeduldig zu sein wie ich«, hatte er gesagt. Das Zimmer war damals zu dunkel gewesen, und sie hatte nicht sehen können, ob er dazu lächelte oder seine Augen bereits schläfrig am Zufallen waren. Zweifellos sah er die Tränen auf ihren Wangen nicht. An diesem Abend berührte er sie nicht mehr.

Danach ging er immer sehr methodisch um mit ihr und drang erst in sie ein, wenn sie sich schon hart am Rande des Orgasmus befand. In der Zwischenzeit haßte sie seine nassen Küsse und konnte bereits exakt vorhersagen, wie lange er an ihren Lippen kleben, wie lange er sich mit jeder ihrer Brustwarzen beschäftigen würde, wann seine Hände beginnen würden, über ihren Körper zu gleiten, ihre Schenkel entlang ... Hin und wieder gab es das, was er lächelnd ein Kurzprogramm nannte, weil er eine weitaus stärkere Libido besaß als sie. Entweder das, oder er müßte sich zur Befriedigung seiner Bedürfnisse an jemand anderen wenden.

»Mein Gott, und das sieben Jahre lang!« sagte Margaret zu dem prasselnden Feuer. »Was hab' ich mir eigentlich dabei gedacht?«

Sie rüttelte an der Glut, legte zwei ihrer Sexbücher hinein und das letzte Holzscheit. Als die Flammen hochschossen, erklärte sie ihnen: »Ich hasse ihn zutiefst, ehrlich.«

Ich wünschte mir, sie würde sich ihren Groll für später aufheben und endlich Pauls Notizen hervorholen, aber sie fuhr fort, ins Feuer zu starren, als machte sie dort eben eine wichtige Entdeckung. Seit dieser ersten Nacht in ihrer Wohnung hatte sie Bennett gehaßt, und sie hatte es sich zwei, drei Jahre später sogar selbst eingestanden, also warum jetzt die Sache breittreten? Möglicherweise hatte sie dieses Eingeständnis schon vergessen. Ich sah mich ein bißchen um und kam darauf, daß es so war: sie hatte es komplett vergessen. Aber sie dachte wieder nach. Wenn sie sichergehen konnte, daß der Geschlechtsakt ein so simples Vergnügen war, wie Bennet behauptete, dann war es egal, ob sie ihn haßte oder nicht. Alles andere in ihrem Zusammenleben schien ihr erträglich. Und wenn Sex mit jedem Mann gleich war, dann war sie besser dran, wenn sie erst gar nicht an den Grundfesten ihrer Ehe zu rütteln begann. Doch das mußte sie erst herausfinden.

Und wie? Der einzige Nutzen, den sie aus der Farce mit Bok gezogen hatte, war die Erkenntnis, daß es nicht so einfach war, daß sie es nicht mit dem erstbesten Dahergelaufenen tun konnte. Sie dachte an die vielen Bekannten im Dunstkreis von Bennetts beruflichem Umgang: Forrest, Dwight, Eddie ... Sinnlos. Sie waren alle Bennetts mit anderen Namen. Oder Männer, die sie vor Bennett gekannt hatte: Murray, Les, Cal ... Genauso schlimm! Sie waren ihrer Wege gegangen, Margaret hatte sie aus den Augen verloren, vergessen. Und waren nicht auch sie wie Bennett? Aber wer war dann nicht wie er? Jason. Jason war schwul. Wütend zündete sie sich eine Zigarette an. Lächerlich, wenn einer Frau von achtundzwanzig Jahren kein einziger Mann einfiel, mit dem es ihr Spaß machen würde, ins Bett zu gehen! Hal ... Der mochte durchgehen. Hatte zwar einen fürchterlichen Ruf, ein paarmal verheiratet, momentan gerade nicht, aber ... Wenn er so gut war, weshalb hielt dann keine seiner Ehen? Er konnte nicht sehr überzeugt sein von sich selbst, sonst würde er es nicht immer wieder mit anderen Frauen probieren müssen, und was sie, Margaret, anging, so wußte sie, daß sie jemanden brauchte, der seiner selbst sicher war, nicht einen armen Teufel, der ebenso unsicher war wie sie.

Das Feuer war am Erlöschen; entweder sie holte ein neues Holzscheit von draußen oder sie mußte ins Bett – ganz plötzlich ein neues Problem. Nichts war mehr einfach. Schließlich ging sie auf die Veranda und holte Holz; sie wußte, daß sie stundenlang nicht einschlafen hätte können.

Der Haken war, daß sie nicht an die ewige Liebe zwischen Mann und Frau glaubte, gestand sie sich ein, als das neue Holzscheit anfing zu brennen. Sie blätterte eine illustrierte Gebrauchsanweisung durch (›Sex – aber wie?‹) und warf sie dann ins Feuer. Sie hatte schon genug Frauen über die große, unvergängliche Liebe reden gehört und dann erlebt, wie diese Liebe zerbrach und zwei ausgehöhlte Menschen ihrer eigenen Wege gingen. Und an die Romane, die sie darüber gelesen hatte, glaubte sie auch nicht, denn wenn es wirklich die große Liebe war, starb der Held oder die Heldin unweigerlich, ehe diese Liebe auf die Probe gestellt wurde: auf die Probe des täglichen – alltäglichen – Miteinander. Sie war ganz sicher, daß keine echte Liebe, egal, wie sehr sie auch anfangs funkelte und sprühte, diesen Test überleben konnte.

An einem gewissen Punkt endete die Liebe, und die Gewohnheit trat an ihre Stelle. Es war einfacher, mit dem Menschen ins Bett zu gehen, der gerade zur Verfügung stand, als auszugehen und jemand neuen zu finden. Außerdem bestand weniger Gefahr, abgewiesen zu werden. Gewohnheit und Gleichgültigkeit und Faulheit. Die Prüfsteine einer Ehe.

War die Liebesgeschichte zwischen Josie und Paul unter den Attacken dieses tödlichen Trios verdorrt? Hatte sie ihn verlassen, all ihre Habe mitgenommen? War sie weggefahren, um niemals wieder zurückzukommen? Und er, allein mit den purpurnen Schatten – war er einfach davongegangen von allem? Margaret öffnete den Safe und nahm die Briefe wieder heraus, ehe sie sich erneut in Pauls Fauteuil niederließ und begann, sie alle zu lesen.

Es war eine beachtliche Anzahl. Josie war etliche Male im Monat zwischen dem Häuschen und der Stadt gependelt, hatte Kalifornien bereist und sogar zweimal England. Die Briefe umfaßten einen Zeitraum von zumindest drei Jahren. Sich dessen genau zu vergewissern machte einige Schwierigkeiten, denn sie trugen ja keine Jahreszahlen. Margaret vergaß ihren Drink auf dem Tisch neben dem Fauteuil. Sie ließ auch die Zigarette im Aschenbecher verglühen und vergaß, eine neue anzuzünden. Das Feuer im Kamin brannte erst hell, dann sanfter, dann gloste es nur noch und erstarb, und sie merkte es nicht einmal. Sie ertappte sich dabei, wie sie leise vor sich hinweinte, wischte geistesabwesend über ihre Wange und vergaß dann auch die Tränen.

Ich registrierte den Inhalt der Briefe und brachte eine gewisse Ordnung hinein, wobei ich Josie und Paul durch ihre eigenen Worte kennenlernte. Immer wieder bekam ich Andeutungen von etwas, das in seinen Implikationen geradezu schwindelerregend schien – aber eben nur Andeutungen. In einem von Pauls Briefen hieß es: »... solch eine perfekte Vereinigung zweier grundverschiedener Wesen, solch eine Ganzheit, die nie zuvor existierte. Ich fühlte Deine Freude, Deine Erregung. Anfangs nicht mehr als eine leichte Berührung, nicht mehr als eine intensive Idee dessen, was Du gerade fühlen mußtest, dann stärker und immer stärker, bis es nicht länger nur eine ›Idee dessen‹ war, sondern tatsächlich das, was Du fühltest. Morgen. Immer wieder sage ich es mir vor: Morgen wird sie nach Hause kommen. Doch selbst in der Gewißheit, daß ›morgen‹ nicht ›jetzt‹ ist, suche ich und versuche, Dich hier zu finden ...«

Der Sturm hatte aufgehört, und Margaret schlief in dem

Fauteuil ein. Ihre Finger hielten immer noch den letzten Brief, den sie gelesen hatte, aber nicht sehr fest. Ich ließ sie los. Suchen? Wie? Wonach? Ich bemühte mich, weiter zu sehen als je zuvor: Margaret im Wasser, Bok, Bennett im Wohnzimmer, Margaret, am Strand laufend. Ich drehte mich in Spiralen, in immer größer werdenden Kreisen, suchte, wie ich noch nie gesucht hatte; wonach, wußte ich nicht. Ich fand ein Stück Kindheit, ein Stück Leere, ein Stück Jetzt, ein Stück Gestern, ein Stück Morgen ... Graue Düsterkeit. Zurückwirbeln aus dem Nichts. Wieder hineingezogen werden.

Alles vorbei. Undurchdringliches Grau, keine Grenzen, kein Horizont, kein Oben, kein Unten. Ein Grau, das entweder unendlich weit entfernt war oder sich so eng an mich preßte, daß es mich erstickte. Ein Grau, das nichts enthielt. Oder alles.

Eine Berührung. Zurückweichen. Kein Ausweg. Allein, verloren. Wer war ich – oder was? Eine Stimme, nicht von draußen, sondern tief drinnen, unähnlich jeder anderen Stimme. »Lauf nicht weg! Fürchte dich nicht!«

Margaret berührte das Fremde und erwachte mit schwachen Schreien der Angst. Ein Alptraum. Sie zitterte heftig, konnte aber die Nachwehen des Alptraums nicht abschütteln. Plötzlich hatte sie das Gefühl, es sei jemand im Haus, jemand, der sie beobachtete, der bereit war, nach ihr zu greifen. Sie hatte Angst, sich zu bewegen, und horchte angestrengt hinaus, ob sich jemand im Wohnzimmer befand. Bok? War er zurückgekommen? Hatte er sich ins Haus geschlichen? Sie hörte nicht das geringste Geräusch, aber das Gefühl, nicht allein zu sein, wurde noch stärker. Auch ich versuchte, jemanden zu hören, aber es gelang mir nicht. Hätte sich jemand anderer im Haus befunden, ich hätte es gewußt. Ganz sicher. Ich fürchtete mich zusammen mit ihr. Gespenstergeschichten begannen sich in ihrer Erinnerung zu regen; Kindheitsängste setzten sich wieder in Trab; Erzählungen von Würgern, von entlaufenen Irren, von Spionen und Geiseln, von jugendlichen Monstern ...

Sie mußte in Bewegung kommen, mußte sich davon überzeugen, daß niemand im Haus war. Margaret zitterte so stark, daß sie sich kaum aus dem Fauteuil erheben konnte. Als sie nach dem Schürhaken griff, war ihre Hand außerstande, ihn zu halten. Zu diesem Zeitpunkt begann ich mich bereits zu erholen; was es auch immer gewesen war, die Gefahr war jetzt vorbei. Ich hatte sie alleingelassen und damit dem namenlosen Schrecken gestattet, während des Schlafes von ihr Besitz zu ergreifen, und sie spürte immer noch die Folgen. Nun, da ich die Sache wieder in die Hand nahm, wurde sie ruhiger und war sogar imstande, dem Schürhaken ein grimmiges Lächeln zu gönnen. Sie kontrollierte alle Räume des Hauses, und natürlich fand sie niemanden und alle Schlösser an allen Türen so, wie sie sein sollten, und jedes einzelne Fenster fest verschlossen, ohne daß sich jemand daran zu schaffen gemacht hatte.

Sie kehrte in Pauls Zimmer zurück, hob die Briefe auf, die zu Boden gefallen waren, und räumte sie weg. Als sie die Lampen ausschaltete, erfüllte das dünne, schwache Licht des frühen Morgens das Zimmer. Sie ließ den Schürhaken fallen, fiel aufs Bett und schlief fast augenblicklich ein.

Was war geschehen? Ich wußte es nicht. Schon früher war ich gelegentlich auf solche Zonen der Leere gestoßen, aber es hatte sich um Stellen gehandelt, die einfach noch ohne Inhalt oder irgendwie übergangen worden waren. Dieses undurchdringliche Grau hatte damit nichts zu tun. Es existierte, und wenn man sich in seinem Inneren befand, gab es kein Draußen mehr, nichts sonst, und es hatte mich tiefer und tiefer hineingezogen oder mit sich fortgezogen oder sonst etwas. Margaret? Was wäre mit ihr geschehen, wenn mich das Grau, das Nichts absorbiert hätte? Wäre sie zitternd in dem Fauteuil gesessen, bis jemand hereingekommen wäre und sie gefunden hätte?

Und wessen Stimme war es gewesen, die mich aus dem Nichts geführt hatte, die mich zurückgeleitet hatte zu Margaret und mich dann wieder verlassen hatte? Wessen Stimme? Was war da vor sich gegangen?

Margaret träumte, bis sie von Boks hartnäckigem Hämmern an der Küchentür geweckt wurde. Dann mußte er überlegt haben, daß sie in Josies Zimmer sein könnte, denn er ließ die Küchentür sein, klopfte gegen Josies Fenster und kehrte dann wieder zur Küche zurück. Schließlich begann Margaret sich zu regen und wachte gerade eben genug auf, um hinzugehen und ihm durch die geschlossene Tür zuzurufen, er möge wieder gehen und sie in Ruhe lassen. Sie drehte sich um und wollte wieder ins Schlafzimmer zurück.

»Josie! Kommen Sie, hören Sie mir nur eine Minute lang zu!«

Sie hielt inne, ging aber nicht wieder zur Tür. »Ich bin noch nicht wach!« rief sie gereizt. »Gehen Sie!«

»Josie, ich bringe ein paar Sachen in die Wohnung über der Garage. Gestern abend war es mein voller Ernst, als ich Ihnen versprach, Sie absolut nicht zu stören. Ich mache meine Arbeit drüben in der Wohnung. Ich brauche etwa eine Stunde, um mich dort einzurichten, dann werden Sie wach sein, und wir können alles besprechen.«

Margaret hielt sich mit beiden Händen den Kopf. Langsam und deutlich sagte sie: »Wenn Sie nicht verschwinden, rufe ich die Polizei!«

»Das glaube ich nicht, meine Liebe.« Ich stellte mir vor, wie er in der kleinen Pause, ehe er weitersprach, einen Blick über seine Schulter warf. »Sehen Sie, Josie, ich weiß alles über diesen letzten Monat – was Sie taten, wie Paul starb, alles. Ich glaube nicht, daß Sie ein größeres Interesse daran haben, die Polizei hier zu sehen. Ich komme in einer Stunde zurück, Schätzchen.«

Margaret wankte. Paul tot! Es hatte keinerlei Bedeutung für sie, konnte es nicht haben. Sie hatte am Tag zuvor das erste Mal von ihm gehört, hatte keine Ahnung, wie er aussah, wer er war, was er war. Aber sie verspürte ein schmerzliches Gefühl des Verlustes und wollte um ihn weinen. Um Josie. Um sich selbst.

Sie mußte aus dem Haus, mußte zurück in ihre Wohnung. Von jetzt an würde Bok sie nicht mehr in Ruhe lassen, ganz egal, was sie ihm sagte. Er würde nicht weggehen, und sie konnte anscheinend die Polizei nicht rufen. Was, wenn er Josie beschuldigte? … des Mordes beschuldigte? Beschuldigte er Josie am Ende des Mordes? Nun klopfte und pochte es in Margarets Kopf bereits abscheulich; sie stellte Kaffee auf, und während er durchsickerte, kleidete sie sich an. Sie mußte nachdenken, ehe Bok wiederkam. Sie würde die Elektrizitätsgesellschaft anrufen und sie ersuchen, den Strom wieder abzuschalten; sie würde so lange warten und dann abreisen. Ohne Strom konnte Bok nicht in den Safe gelangen. Er müßte glauben, sie hätte die Aufzeichnungen wieder mitgenommen. Wenn er ihr in die Stadt folgte, würde sie nicht anhalten, ehe sie ihn abgehängt hatte, und erst dann nach Hause fahren. Sollte er doch zwei, drei Wochen lang die Hotels nach ihr absuchen, und die Flughäfen und die Bahnstationen. Sie beschloß, die Elektrizitätsgesellschaft sofort anzurufen, und ich stoppte sie.

Ganz intensiv dachte ich Shirley in sie hinein, und Margaret erhielt die Botschaft mit Shirleys Bild. Bennett würde der Meinung sein, sie brauche jemanden, der ihr Gesellschaft leistet, und das würde heißen, Shirley. Shirley war eine seiner Bostoner Kusinen. Seine Eltern stammten aus Boston, und es gab vierzehn Kusinen aus der Linie seiner Mutter. Alle miteinander verabscheuenswert, Shirley an erster Stelle. Margaret hielt inne und zwang sich dazu, die Behauptung neu zu formulieren: Sie waren nicht verabscheuenswert, Margaret mochte sie nur einfach nicht, und sie mochten Margaret nicht. Ihrer Meinung nach hatte Bennett in eine Gesellschaftsschicht hineingeheiratet, die einen Abstieg bedeutete, und sie alle hielten mit dieser Meinung auch nicht hinterm Berg. Aber sie waren extrem höflich zu Margaret, und Shirley wollte ihr ja so gern unter die Arme greifen, dem armen Dummerchen. »Liebes, man öffnet Weißwein erst, wenn er zum Tisch gebracht wird! Rotwein wird vorher geöffnet.« Oder: »Liebes, du mußt dir wirklich angewöhnen, im *Who's Who* nachzulesen, bevor deine Gäste kommen. Unverzeihlich von dir, nicht zu wissen, daß Doktor Baldwin früher Präsident der Handelsbank gewesen ist ...«

Bok würde besser zu ertragen sein als Shirley. Und was konnte es ihr schließlich schon ausmachen, wenn er drüben in der Wohnung über der Garage saß und Pauls Notizen durchlas? Ohne daß sie ihn darauf hingewiesen hatte, schien er begriffen zu haben, daß er die Papiere nicht anderswohin mitnehmen konnte. Er wollte sie doch nur lesen, vermutlich teilweise abschreiben und dann seiner Wege gehen. Und Josie hatte gesagt, das dürfe er tun.

Margaret trank Kaffee und vergaß, die Elektrizitätsgesellschaft anzurufen. Sie war fahrig und nervös, aber als Bok wiederkam, erlaubte sie ihm einzutreten, und ohne die Szene eine Stunde vorher mit einem Wort zu erwähnen, sagte sie: »Ich habe die Sachen ins Wohnzimmer gelegt. Sie können jeweils ein Buch mit in die Wohnung nehmen, aber wenn Sie etwas herausreißen oder in irgendeiner Weise verunstalten ...«

Bei dieser Vorstellung sah er so schockiert drein, daß sie den Satz gar nicht zu Ende sprach. »Ich gebe sie Ihnen so, wie Sie sie benötigen: Wenn Sie eines zurückgeben, bekommen Sie das nächste, bis Sie fertig sind mit allem. Wie lange, glauben Sie, werden Sie brauchen?«

Heute war Bok ganz bei der Sache. Wenn er sich an den vorangegangenen Abend erinnerte, so ließ er es sich nicht anmerken. Sein Gesicht glänzte von den Strapazen, die es ihm bereitet hatte, seine Siebensachen in die Wohnung zu transportieren, und auf seiner Hemdbrust war ein Schmutzfleck. »Ich muß alles sehr sorgfältig lesen und dann zu einem Entschluß kommen«, sagte er. »Ich schätze zwei Tage für das erstmalige Durchlesen ... noch zwei oder drei, um gewisse Stellen zu kopieren ... Können Sie mir eine Woche gewähren, liebe Josie?«

Es war Frage und Forderung zugleich. Margaret antwortete nicht. Sie drehte sich um, ging ins Wohnzimmer und kam mit dem ersten Band der Aufzeichnungen zurück. Er trug die Bezeichnung PT-1.

Nachdem Bok gegangen war, war Margaret wütend auf sich selbst. Was, in aller Welt, machte sie bloß? Sie hatte Angst, weil sie diesem Menschen, einem Fremden, gestattet hatte, eines von Pauls Notizbüchern aus dem Haus zu schaffen, weil sie ihn nicht gezwungen hatte, Farbe zu bekennen und das Haus zu verlassen, und weil sie nicht, als letzte Möglichkeit, nach Hause gefahren war; sie hätte sich immer noch weigern können, Shirley oder irgend jemand anderen, den Bennett zu ihrer Bewachung geschickt hätte, einzulassen. Sie war der ganzen aussichtslosen Sache müde.

Ich jedoch wußte, was ich tat. Bok kannte sich aus, und ich wollte mich auch auskennen. Der Preis für diese Informationen bestand darin, daß Margaret sich von Zeit zu Zeit dabei ertappte, etwas zu tun, was sie gar nicht tun wollte und sogleich bereute. Ich würde weiterhin versuchen, sie von gewissen Dingen abzuschirmen, die sie besser nicht wissen sollte, und über andere, die sie sehr wohl wissen sollte, zu informieren. Ich würde ihren Schlaf behüten und in geistesabwesenden Momenten über sie wachen und all das tun, was ich als meine Pflicht ansah, aber ich würde nicht zulassen, daß sie abreiste. Ich besaß Mittel, von denen ich nicht einmal im Traum daran gedacht hätte, sie Margaret gegenüber zu verwenden, aber ich würde sie alle hervorholen, wenn es notwendig war. Ich mußte alles erfahren über dieses graue Nichts. Ich mußte herausfinden, wessen Stimme es war, die mich aus diesem Nichts zu Margaret zurückgeführt hatte, und warum und wie.

Kapitel Fünf

Margaret wanderte den Strand entlang, bis sie zu dem Kegel aus Felsen und Steinen kam; dort ließ sie sich in der Sonne nieder, den lebhaften Wind im Gesicht. Sie würde einen Sonnenbrand bekommen, dachte sie, rührte sich aber dennoch nicht von der Stelle. Später hörte sie den Jeep, als Harry die Lebensmittel brachte, dann kehrte die Stille wieder zurück, und nach und nach beruhigte sie sich so weit, daß sie in der Lage war, zu überlegen, was sie tat, was sie tun konnte. Sie spürte, wie sie erst in eine Richtung gestoßen wurde und dann in eine andere und offenbar zu hilflos war, um Widerstand zu leisten. Sie verbannte Bok aus ihrem Kopf und konzentrierte sich auf ihre Probleme mit Bennett, aber ihre Gedanken weigerten sich, bei der Sache zu bleiben, und ließen sein Bild erst gar nicht entstehen. Statt an die schwierigen Entscheidungen zu denken, denen sie nicht immerfort ausweichen konnte, begann sie sich zu fragen, warum er sie überhaupt geheiratet hatte.

Seine Familie war so enorm untadelig, Bostoner seit drei Jahrhunderten und nie ein Makel auf einem einzigen ihrer Mitglieder. Bis auf Josie. Sie war ein Spätling, die Schwester von Bennetts Vater, und nur drei Jahre älter als ihr Neffe und verrückt von Geburt an. Das behauptete jedenfalls Bennett. Ein besonderer Typ, nannte Bennett sie. Margaret hatte anfangs angenommen, er meine damit etwas anderes, aber nein, er hatte es biologisch gemeint.

Margaret schüttelte den Kopf und zwang ihren Verstand zurück zu Bennett, weg von Josie und der Familie. Sie konnte sich nicht auf ihn konzentrieren. Weil sie ihn nie verstanden hatte? Nicht unbedingt deshalb, sagte sie zu sich. Das nicht. Sondern weil sie nie gewußt hatte, warum er sie heiraten wollte. Es war der springende Punkt. Wenn sie das wüßte, dachte sie, wäre es soviel einfacher zu überlegen, was sie nun tun sollte. Und einfacher im Hinblick auf die Pille. Fast fünf Jahre lang hatte sie keinerlei Verhütungsmaßnahmen getroffen, und nichts war passiert. Dann hatte sie beschlossen, ganz sicher kein Kind zu bekommen, und sich die Pille verschafft, ohne daß Bennett es wußte. Sie warf einen Stein ins Wasser, noch einen und noch einen. Sie warf sie mit aller Kraft weit hinaus. Also würde sie ihm von der Pille erzählen. Sagen, daß sie sich absolut weigerte, sein Kind zu haben. Sagen, daß die Kurzprogramme ein für allemal vorbei seien ... Sie spürte ein heftiges Ziehen in den Armmuskeln, ließ die Hand fallen und massierte den Arm. Wie konnte sie ihm das beibringen?

Es wurde spät: sie mußte zurückgehen, die Lebensmittel verstauen, ein Bad nehmen und ... und dann was? Das Abendessen, dachte sie mühsam. Alles schien ihr in diesen Tagen große Mühe zu bereiten.

Sie fand Bok in Pauls Zimmer an Pauls Schreibtisch mit drei von Pauls Büchern aufgeschlagen vor sich. Er sah zermürbt aus.

»Josie, meine Liebe, können Sie dieses Stück hier entziffern und mir vorlesen? Ich finde keinen Quellenhinweis ...«

»Doktor Bok, wie kommen Sie herein? Was machen Sie da?«

»Verdammt, Josie ... Miß Oliver, Sie haben die Tür offengelassen. Ich sah, wie der Junge eintrat, also bin ich auch eingetreten. Hören Sie, Josie ... Ich darf Sie doch Josie nennen, oder? Können wir nicht einen Waffenstillstand schließen? Ich habe mich für mein ungehöriges Benehmen entschuldigt, und Sie waren außerordentlich freundlich zu mir. Ich bin Ihnen dafür dankbar, mehr, als ich sagen kann. Ich weiß, daß es Ihnen am liebsten wäre, ich würde schnell fertig werden und Sie in Ruhe lassen. Wenn Sie mir helfen, geht alles viel schneller. Sie kennen seine Handschrift, Sie kennen seine Quellen, seine Experimente ... Sehen Sie, hier ...« Er hielt ihr das offene Buch hin und ging mit einem flehentlichen Ausdruck auf dem Gesicht auf sie zu.

Margaret machte einen Schritt zurück und schüttelte den Kopf. »Das kann ich nicht«, rief sie ungestüm und starrte auf das offene Notizbuch, in dem nichts als unverständliche Hieroglyphen standen. »Lassen Sie mich in Ruhe, Doktor Bok! Ich kann Ihnen nicht helfen.«

Bok schien überrascht von ihrer Reaktion. Er blieb mitten im Raum stehen und betrachtete sie eingehend. Ein seltsamer Ausdruck huschte über seine Züge, und er wirkte augenblicklich heimlichtuerisch, wissend und aufgeregt. »Natürlich«, flüsterte er. »Natürlich!«

Margaret hob den Blick von dem Notizbuch in seiner Hand zu seinem Gesicht. »Was wollen Sie damit sagen?«

»Sie haben ihm von Anfang an geholfen, stimmt's? Wenn er ›O‹ schreibt, dann bezieht er sich auf Sie, nicht wahr? Sie sind seine Quelle!« Er klappte das Buch zu und strahlte. »Welch eine Erleichterung! Also muß ich doch nicht alle seine Notizen zu entziffern versuchen. Sie können mir die Experimente beschreiben, die Vorgangsweisen, die Vorsichtsmaßnahmen. Sie wissen, daß ich zweimal telefonisch mit ihm gesprochen habe, nicht wahr? Damals sagte er mir, daß es ganz außerordentlich gefährlich sei, und dann dieser tragische ... Jedenfalls können Sie mir alle fehlenden Informationen liefern, nicht wahr? Das werden Sie doch tun, oder?«

Margaret machte einen weiteren Schritt rückwärts und streckte die Hand nach der Wand hinter sich aus. Sie mußte ihn loswerden. Jedes Wort, das er von sich gab, war eine Drohung; wenn er eine Frage stellte, war es eine Forderung. Sie war gefangen von ihrer eigenen Unfähigkeit, ihm die einfache Wahrheit zu sagen. Jetzt würde er ihr nicht mehr glauben, dachte sie und merkte nicht, daß es *mein* Gedanke war, den ich ihr auf einem silbernen Tablett servierte. Sie würde Unwissenheit vorschützen und es ihm überlassen müssen, sich darauf einen Reim zu machen.

»Ich kann Ihnen nicht helfen«, sagte sie bedachtsam, mit trügerisch ruhiger, allzu kontrollierter Stimme. »Ich weiß von all dem überhaupt nichts.«

»Sie lü ...« Bok unterbrach sich und sah sie noch genauer an. Verwirrung und Schlauheit huschten über sein Gesicht und ließen es blank wie vorher zurück. »Sie haben keine Erinnerung an diesen Zeitraum, ist es das? Wie merkwürdig. Es gibt keine Begründung dafür ...« Er starrte gedankenverloren in ihre Richtung, sah sie aber nicht wirklich an. Schließlich glaubte er ihr, glaubte, daß sie tatsächlich nichts wußte. Ich konnte genau erkennen, wann ihm die neue Idee kam, das Heben seiner abfallenden Schultern, die Absicht, die seine ganze Gestalt plötzlich aufrichtete. Er verbeugte sich leicht vor Margaret und sagte: »Danke Ihnen, meine Liebe. Vielen Dank.« Er trat um sie herum, verließ Pauls Zimmer, und nach ein paar Sekunden klickte die Küchentür ins Schloß. Er war aus dem Haus. Ich lauschte seinen Schritten, wie er durch den Garten ging, die Treppe zur Wohnung hinaufeilte, die Wohnungstür öffnete und zufallen ließ.

Margaret hörte davon nichts. Sie zitterte. Sie wollte nach Hause, weg von Bok und seiner Geheimniskrämerei, weg von dem Häuschen am Meer, weg aus diesem Zimmer ... Sie hatte ihm sagen wollen: »Ich bin nicht Josephine Oliver! Ich weiß nichts von alledem!« Sie hatte versucht, die Worte auszusprechen, aber nur Schweigen war gekommen. Sie fürchtete, verrückt zu werden.

Ich versuchte, sie mit Bildern des Ozeans am Nachmittag zu beruhigen, mit den Gedanken an die Sonne, die auf dem Wasser geglitzert hatte wie Silber, das sich über den Sand ergoß. Sie lehnte alles ab, was ich ihr anbot, und ich wußte, sie war entschlossen abzureisen. Ich zeigte ihr eine Momentaufnahme: sie selbst in einem zerschmetterten Wagen, offensichtlich tot; drei andere Autos, zuschandengefahren zu einem einzigen Haufen Schrott, zusammengeknäult, der plötzlich explosionsartig in Flammen aufging und die Bewegungslosigkeit der Szene zerbrach. Sie taumelte gegen die Wand. Ich löschte die Erinnerung an die Vorstellung des Unfalls und ließ ihr nur einen intuitiven Widerwillen gegen eine baldige Autofahrt. Teilnahmslos verließ sie Pauls Zimmer, kontrollierte das Schloß an der Vordertür und versperrte und verriegelte auch die Küchentür. Als sie hinausblickte, sah sie den Wagen, wo sie ihn stehengelassen hatte; sie starrte ihn einige Sekunden lang an, verwirrt von ihrem intensiven Gefühl des Abscheus vor dem Fahren. Margaret fuhr seit zehn Jahren und sehr gut dazu; noch nie hatte sie so etwas verspürt. Sie zuckte die Achseln und ging ins Badezimmer, um Wasser einzulassen.

Ich wartete in dieser Nacht, bis sie einschlief, ungeduldig natürlich, aber in der Gewißheit, sie nicht alleinlassen zu dürfen, solange sie wach war. Das hätte gefährlich werden können. Am frühen Abend entschloß sie sich, Schlaftabletten zu nehmen, und nichts, was ich unternahm, konnte sie davon abhalten. Ich versuchte, sie auf der Couch einschlafen zu lassen, und sie döste auch einigemal ein, aber die wirbelnden Gedanken an Bennett und Shirley und Arnold und Bok ließen sie immer wieder hochfahren. Schließlich machte sie sich Kakao und holte die Pillen hervor. Es war erst etwa zehn Uhr, extrem früh für Margaret. Ich sorgte dafür, daß sie die ersten beiden Tabletten, die sie aus dem Fläschchen schüttelte, fallen ließ; sie kippte zwei andere heraus und schluckte sie schnell. Vielleicht hätte ich sie stoppen können, es gibt da Mittel und Wege, aber ich kam zu dem Entschluß, daß dies nicht der richtige Zeitpunkt war, sie noch unsicherer zu machen, als sie schon war. In diesen letzten beiden Tagen hatte sie sich ziemlich hin- und hergestoßen gefühlt. Also spürte ich, wie der Vorhang sich um uns beide senkte, und konnte nichts dagegen tun.

Das Geräusch von Boks Wagen, der wegfuhr, weckte sie auf. Sie fühlte sich schrecklich, wie immer, wenn sie Schlaftabletten genommen hatte. Der Kaffee half ein bißchen, aber an Frühstück war nicht zu denken. Die Sonne strahlte hell, und es schien, als ob der Frühling nach diesem starken Regen zwei Nächte zuvor nun rasch einzöge. Margaret öffnete die Hintertür, um einen Blick hinauszuwerfen, und fand die Sonntagsausgabe der *Times* auf der Veranda. Sie grinste. Sonntag, mein Gott! Schon wieder eine Woche! Sie mußte sich erinnern, Gus ein großzügiges Trinkgeld zu geben; er sorgte wirklich gut für sie. Sie nahm die Zeitung mit ins Haus und schloß die Tür wieder. Die strahlende Sonne täuschte, der Morgen war ziemlich kalt. Wahrscheinlich würde es später wärmer werden, und sie könnte einen ausgedehnten Spaziergang machen, so weit, daß sie abends, erschöpft von der Bewegung im Freien, imstande war, ohne Pillen einzuschlafen. Sie hatte Kopfweh, und es schien ihr, als würde sie schon seit langer Zeit mit dauernden Kopfschmerzen leben müssen. Vielleicht hatte sie einen Gehirntumor, dachte sie mit einem Schauer wohltuender

Angst. Das konnte die Erklärung sein für alles, was mit ihr nicht in Ordnung schien. Sie setzte sich mit einer Tasse Kaffee und der Zeitung nieder, nur um herauszufinden, daß sie überhaupt nicht darin las. Sie blätterte die Seiten rasch durch, ohne daß jedoch mehr als hie und da eine Überschrift hängenblieb, bis der Name Arthur Greeley ihr ins Auge sprang.

Gestern abend versprach Arnold Greeley im Zusammenhang mit einer heftigen Attacke gegen die Regierung, daß sein Büro innerhalb einer Woche die Namen jener Personen bekanntgeben würde, die er beschuldigte, an der Planung der Straßenkrawalle vom vergangenen Sommer teilgenommen zu haben. Andeutungsweise sprach Greeley davon, daß diese Personen mit dem Außenministerium in Verbindung stünden …

Margaret las den Bericht sorgsam durch, legte die Zeitung weg und starrte sie nachdenklich an. Worauf wollte er hinaus? Er mußte verrückt geworden sein. Sie nahm die Zeitung wieder zur Hand und studierte den Kommentar, der an den Bericht anschloß.

Die Amerikanische Nationalpartei geißelt erneut mit Heftigkeit jede Regierungsinstitution und stellt dutzendweise Beschuldigungen auf, von denen jedermann weiß, daß sie niemals bewiesen werden können – und sei es auch nur wegen der Anzahl der darin genannten Personen. Jedenfalls beherrscht Greeley die Kunst der TV-Auftritte und zieht eine gute Show ab. Im allgemeinen dankt ihm sein Publikum dafür mit endlosen Ovationen. Doch er weiß genau, daß er nur auf eines hoffen kann: die beiden großen Parteien zu spalten und dann einen Machtblock in der Hand zu haben, der Forderungen stellen kann und genug Wählerstimmen repräsentiert, um sich bei demjenigen erkenntlich zu zeigen, der verspricht, diesen Forderungen Rechnung zu tragen …

Sie schauderte und blätterte weiter zum Unterhaltungsteil.

Während Margaret ihr Bett machte, kehrte Bok mit einer zweiten Person zurück. Sie hatte in der Zwischenzeit einen warmen Pullover, lange Hosen aus Schafwollstoff und feste Wanderschuhe angezogen. Ich konnte nicht hören, was Bok und seine Begleitung sprachen, aber ich hörte ihre Stimmen und dann die Schritte auf den Stufen, das Klopfen an der Hintertür und wieder ihre murmelnden Stimmen. Margaret war überrascht, Bok zusammen mit einem anderen Mann zu sehen.

»Miß Oliver, das ist mein Assistent, Morris Stein. Da ich Sie nun mal stören muß, dachte ich, die Arbeit würde schneller vorangehen, wenn ich meinen Assistenten bei mir hätte. Ich hoffe, Sie haben nichts dagegen.«

Margaret warf einen Blick auf den zweiten Mann und zuckte die Achseln. Er sah aus wie ein Student, gut gekleidet, schmal, dunkel – recht passabel, wenngleich etwas zerstreut. Vermutlich arbeitete er zu viel und schlief zu wenig – möglicherweise, weil er in Boks Schuld stand für irgend etwas und sie nun zurückzahlen mußte. Im Vergleich dazu sah Bok heiter, ausgeglichen und sehr gut genährt aus. Stein schenkte ihr ein scheues Lächeln, machte eine zaghafte Bewegung mit der Hand und steckte sie in seine Hosentasche, weil er nicht sicher war, ob sie ihm die Hand reichen würde oder nicht. Margaret schämte sich.

Wahrscheinlich war er sehr nett, arbeitete nach den Vorlesungen, hatte ein liebes Mädchen, das geduldig darauf wartete, daß er sein Studium beendete ... Margaret lächelte zurück und sagte zu Bok: »Ich hoffe sehr, Sie lassen Mister Stein nicht zu hart arbeiten.«

Später, als sie mühsam über die Felsen kletterte, erinnerte sie sich, daß sie das Haus nicht abgeschlossen hatte. Sie ging nicht zurück. Was hätte es für einen Sinn gehabt? Bok besaß sowieso einen Schlüssel. Sie hatte Pauls Aufzeichnungen auf dem Schreibtisch in seinem Zimmer gelassen, so daß Bok, wenn er schon ins Haus ging, nicht in Versuchung geriet, nach dem Safe zu suchen. Sie erreichte die Spitze des Steinkegels und ließ sich keuchend nieder. Als ihre Atemfrequenz wieder auf ein normales Maß zurückgegangen war, rauchte sie eine Zigarette, lehnte sich an einen sonnendurchwärmten Felsen und beobachtete lange Zeit die Wolken. Alles war wieder friedlich und still, und die Luft war wärmer als am Tag zuvor. Sie öffnete ihre Jacke und wurde schläfrig. Ich wartete, dann wußte ich, daß es hoffnungslos war. Jemand kam.

Sie erschrak, als sie die weiche, scheue Stimme von Morris Stein so nahe hörte. »Miß Oliver, darf ich mich zu Ihnen setzen?«

Sie hatte die Augen geschlossen gehabt, öffnete sie jetzt aber, als der junge Mann über die Felsen zu ihr kam. Verärgert fragte sie: »Warum sind Sie mir gefolgt?«

Er sah verletzt und unglücklich aus und begann, denselben Weg, den er gekommen war, zurückzugehen. »Das habe ich nicht getan. Bis vor ein paar Minuten war ich bei Doktor Bok. Aber er wollte, daß ich erst morgen früh mit der Arbeit beginne, also machte ich einen Spaziergang. Es tut mir leid, wenn ich Sie gestört habe.«

Margaret seufzte. »Nein, bleiben Sie. Meine Schuld. Ich werde noch paranoid wegen Ihrem guten Doktor Bok! Ich war sicher, er hätte Sie mir hinterhergeschickt, um zu spionieren. Entschuldigen Sie.«

Stein zog den Kopf ein und setzte sich drei, vier Schritte von ihr entfernt nieder. Auch er war etwas kurzatmig nach der Kletterei. »Ich wollte eben umkehren, als ich Sie hier oben sah, aber dann dachte ich, wenn Sie mich bereits bemerkt haben, könnten Sie tatsächlich glauben, ich spioniere hinter Ihnen her. Ich bin fast eine Minute lang dort gestanden und habe überlegt, ob ich mich bemerkbar machen oder davonschleichen soll.« Er lächelte sie an. »Ich bin froh, daß ich etwas gesagt habe.«

Margaret wandte sich abrupt von ihm ab. Er war etwa zwei- oder dreiundzwanzig und sah noch jünger aus. Sie blickte hinaus über das Wasser und fragte: »Sind Sie einer von seinen Studenten?«

»O nein. Vor zwei Jahren habe ich seine Vorlesungen gehört. Nur ein Semester lang. Ich schreibe an meiner Doktorarbeit. ›Die Verzerrung der Wahrnehmung in den unterschiedlichen psychologischen Stadien‹ ist das Thema. Möglicherweise werde ich den Titel noch ändern, aber das ist jedenfalls ihr Inhalt.«

»Sie sind Psychologe? In der Forschung oder an einer Klinik?«

»Momentan an einer Klinik, aber wenn ich meinen Doktortitel habe, möchte ich in die Forschung gehen.«

»In die Verkaufspsychologie, da werden Sie sehr reich, oder in die politische Meinungsforschung, da werden Sie sehr mächtig ...«

»Aber nein! Nichts dergleichen! Ich möchte zuallererst herausfinden, wie wir das sehen, was wir sehen, und warum wir gewisse Dinge unterschiedlich sehen. Sie sehen beispielsweise nicht das, was ich sehe, selbst wenn wir dasselbe ...« Er unterbrach sich brüsk, und Margaret hörte seine Füße über die Steine tappen. »Ich gehe besser zurück.«

»Ach, setzen Sie sich doch wieder hin«, sagte sie und schaute ihn an. »Sie sind böse auf mich, stimmt's? Ihnen zu unterstellen, daß Sie zu Reichtum oder Macht kommen wollen ... Ich hätte wohl aus dem Schnitt Ihres Jacketts, den messerscharfen Bügelfalten Ihrer Hosen und dem Glanz Ihrer Schuhe schließen sollen, daß Sie über solch weltlichen Dingen stehen, nicht wahr?«

Er wurde rot, grinste und setzte sich wieder hin. »Letztes Jahr bin ich auf der Hippiewelle geschwommen«, gestand er. »Aber jetzt, wo ich drei Nachmittage in der Woche im Krankenhaus arbeite ... Die Patienten scheinen keinen rechten Bezug zu finden zu einem vollbärtigen Langhaarheini in Bluejeans, der sie ausfragt. Außerdem ist mein Vater im vergangenen Herbst gestorben und hat mir ein bißchen Geld hinterlassen; da kam ich drauf, daß ich eigentlich ganz gern ordentlich angezogen bin.«

Margaret schüttelte den Kopf und sah ihn reumütig an. »Hören Sie auf! Ich wollte nicht in Ihrem Leben herumschnüffeln. Ich will keine weiteren Details. Aber um die Fahrt hin und zurück dreimal die Woche beneide ich Sie nicht, falls Sie das vorhaben.«

»Oh, ich habe diese Woche frei. Nächste Woche auch. Zwei Wochen arbeite ich und zwei habe ich frei.« Er ließ einen Stein flach über die Wasseroberfläche flitzen; er berührte sie zweimal, bevor er sank. Er versuchte es noch einmal, war aber nicht besonders geschickt dabei. »Ich habe Sie für wesentlich älter gehalten.«

»Das höre ich immer wieder«, stellte Margaret fest und wandte sich wieder ab.

»Das ist vermutlich unvermeidlich, denke ich. Ich meine, Tyson war doch bereits in den Fünfzigern, als er ... Verdammt, ich glaube, jetzt sollte ich wirklich gehen. Soll ich Ihnen vorher hinunterhelfen?«

Margaret stand auf. »Ich werde es schon schaffen«, sagte sie. »Ich gehe auch zurück. Der Wind wird immer kühler.« Sie begann abwärts zu schlittern und zu rutschen, und seine Hand packte die ihre und hielt sie fest, bis sie unten angekommen waren. »Danke«, sagte sie. Er zog den Kopf ein und ging an ihrer Seite über den Sand, ihre Hand immer noch in seiner. Margaret entzog sie ihm nicht.

Sie dachte darüber nach, wie lange es schon her war, seit sie mit irgend jemandem Hand in Hand gegangen war, und konnte sich nicht erinnern. Seine Hand war warm und kräftiger, als sein Körperbau ahnen ließ. Ein eher drahtiger Typ, dachte Margaret. Mattigkeit überkam sie, aber sie wollte sie nicht abschütteln. Sie hatte das Gefühl, als befänden sie sich in einer anderen Welt, zwei junge Leute, die Hand in Hand über einen Strand spazierten. Die Wärme seiner Hand durchströmte langsam ihren ganzen Körper und ließ sie die Eiseskälte des aufkommenden Windes vergessen. Er drückte ihre Hand nicht, tat auch sonst nichts Besonderes damit, sondern hielt sie nur einfach in der seinen fest, als ob sie beide immer so Hand in Hand über den Strand liefen und laufen würden. Keiner von beiden sprach. Margaret verfolgte die Bewegungen ihrer Füße und die Sandkörnchen, die bei jedem ihrer Schritte durch die Luft flogen. Sie dachte an gar nichts; sie spürte nur ihre Hand warm in der seinen, spürte ihre Füße im Sand, und sonst nichts.

Ich bemühte mich, sie nichts von meinen Vorbehalten gegen den jungen Mann und seine Motive fühlen zu lassen. Es war mir ganz egal, hinter was er her war, wenn er sie nur eine Zeitlang zufriedenstellte, aber ich wußte, daß er eine Absicht verfolgte, und ließ ihn nicht aus den Augen. Morris Stein war eine seltsame Mischung aus jungenhafter Unschuld und weltmännischer Selbstsicherheit, die man unmöglich beschreiben kann. Die Sache mit dem Händchenhalten, zum Beispiel, konnte einfach eine jugendlich-ungehemmte, spontane Geste der Bewunderung oder Freundschaft sein, ohne irgendwelche sexuellen Hintergründe. Aber es hätte auch eine absichtlich irreführende Handlung sein können ... Jedenfalls hatte er sie bereits zweimal belogen; das würde ich sie zwar nicht wissen lassen, aber ich würde ihn sehr genau beobachten. Er hatte gelogen, als er sagte, er hätte sie zufällig auf dem Geröllhügel entdeckt; seine Schritte waren nicht die eines Spaziergängers gewesen. Er war direkt zu ihr gegangen und hatte dann seine ›Pardon, ich will nicht stören‹-Nummer abgezogen. Und er hatte gelogen, als er von seinen Kleidern sprach. Es waren ordentliche Sachen, und sie waren älter als sechs Monate. Der Anzug, den er getragen hatte, als Bok ihn vorstellte, war zumindest zwei Jahre alt, ein schöner Kammgarnanzug, der auch in zehn Jahren noch gut aussehen würde. Doch Margaret war sich dieser Tatsachen nicht bewußt.

Sie kamen zu der Böschung, über die man zu Josies Häuschen hinaufstieg. Er ging voran, drehte sich um und reichte ihr die Hand. Oben angekommen und in Sicht von Haus und Garage, löste sie sanft ihre Hand aus der seinen, und sie gingen Seite an Seite zur Küchentür.

»Möchten Sie einen Kaffee oder einen kleinen Drink?« fragte sie.

Morris Stein schüttelte den Kopf. »Jetzt nicht«, sagte er. »Ich habe Doktor Bok versprochen, rechtzeitig zurück zu sein, um mit ihm zum Abendessen zu fahren. Später vielleicht?«

Sie nickte, und er wandte sich ab und ging davon.

Margaret mixte sich einen schwachen Drink und nahm ihn mit ins Wohnzimmer, wo sie sich auf der Couch niederließ, die Füße hochlegte und den Kopf auf die Armlehne sinken ließ. Die Trägheit, die sie überkommen hatte, verstärkte sich, und obwohl sie nicht richtig schlief, war sie auch nicht richtig wach. Ich störte sie nicht.

Ich stellte sie mir zusammen mit Morris vor, und die Vorstellung gefiel mir. Dann sah ich sie im Ozean schwimmen ... Ich ging weiter, die Entdeckung des Safes in Pauls Schrank, eine Bücherstütze, die auf Bennett zuflog ... Weiter: Margaret auf einem Fahrrad, das Haar hinter ihr herflatternd, tanzend im Wind ... Das war die falsche Richtung. Die Kreise wurden größer, aber ihr Zentrum änderte sich nicht, alles drehte sich immer um sie. In welcher Richtung war ich unlängst gegangen? Wohin sollte ich mich sonst noch wenden?

Margaret versuchte einmal, unruhig zu werden, und ich war schnell zur Stelle und beruhigte sie. »Nicht denken«, sandte ich an sie. »Einfach nicht denken.« Ich wußte, daß sie den Eindruck hatte, ihre Arme und Beine würden immer schwerer und sie selbst niedergepreßt von einem unerträglichen Gewicht. Ich nahm das Gewicht von ihr und gab ihr das Gefühl zu schweben, entspannt zu schweben. Sie wurde wieder ganz ruhig und still. Erneut nahm ich die Suche auf. Immer noch nichts. Warum war es dieses eine Mal geschehen?

Sie hatte sich in Pauls Zimmer befunden, ganz versunken in Paul und Josie ... Das mußte den Unterschied ausmachen. Ich gab es auf und ließ sie aufwachen, vollständig aufwachen. Sie fühlte sich sehr gut und sehr hungrig. Nach dem Abendessen versuchte ich, sie wieder in Pauls Zimmer zurückkehren zu lassen, aber sie dachte an Morris Stein; hätte ich in diesem Moment versucht, zu ihr durchzukommen, wäre ihre ganze Heiterkeit beim Teufel gewesen, also wartete ich und freute mich mit ihr auf seinen Besuch.

Margaret legte eine Platte auf, zog sich um und bürstete ihr Haar, das sie lose herabfallen ließ und nur mit einem Band festhielt, so daß es ihr nicht ins Gesicht fiel. Die Platte war zu Ende, und sie legte eine andere auf. Es war neun Uhr dreißig. Sie mixte sich noch einen schwachen Drink und wanderte damit durchs Haus, bevor sie ihn auf das Tischchen neben Pauls Fauteuil stellte. Margaret war überzeugt, daß er nicht mehr kommen würde, setzte sich nieder und starrte hinaus auf die mondbeschienene Welt. Sie versuchte ihre Enttäuschung hinter der Erleichterung zu verstecken, daß sie keine Entscheidung treffen mußte, wenn sie ganz offensichtlich dazu nicht in der Lage war, aber sie konnte es nicht. Sie wollte, daß er heute abend noch zurückkam, wollte seine Hand wieder halten, wollte seine Anwesenheit neben ihr wieder spüren. Sie hatte den Gedanken noch nicht weitergeführt, und es schien eine so einfache Sache, bloß ihre Hand in der seinen. Sie schloß die Augen, und während sie still dasaß und es nicht merkte, verließ ich sie wieder.

Alles war wie immer; sie war voll Verlangen nach etwas, das unerreichbar schien; sie versuchte, nicht zu denken, und es gelang ihr in einem gewissen Ausmaß; der Einfluß des Zimmers – oder dessen, was in diesem Zimmer seinen Einfluß verströmte – war so wie immer.

Nicht in den immer größer werdenden Kreisen; sie hatten nicht den richtigen Weg gewiesen. Eine ganz andere Richtung. Hinauf? Was war »hinauf«? Ich wußte es nicht. »Anderswo«, in einer Umgebung, die keine Richtungen besaß. Margaret döste in dem Fauteuil, rauchte nicht, ich konnte sie beruhigt alleinlassen. Ich mußte mich freimachen von ihr. Geradewegs durch die Kreise hindurch, jenseits von allem, in die Leere. Leere, aber nicht das Nichts, das ich bereits kannte. Ich weiß nicht, wie lange es für Margaret gedauert hatte – mir schien es wie ein Augenblick. Aus einiger Entfernung hörte ich eine Stimme, die versuchte, sie zu wecken.

»Josie, hören Sie mich?« Morris Stein sprach ziemlich leise; seine Hände lagen auf ihren Wangen und bewegten sanft ihren Kopf. Versuchte er wirklich, sie aufzuwecken? Es hatte nicht den Anschein. Sehr vorsichtig ließ er ihren Kopf wieder auf die Lehne des Fauteuils gleiten und ging hinaus. Ich hörte, wie er zu Bok sagte: »Völlig weggetreten. Sie hat getrunken. Vergessen Sie Ihren Plan und gehen Sie. Ich kümmere mich schon um sie.«

Bok lachte in sich hinein. »Sie wird ganz schön sinnlich, wenn sie zuviel geladen hat. Denken Sie daran, den Recorder einzuschalten. Ich warte drüben in der Wohnung.« Die Tür öffnete und schloß sich. Boks schwere Schritte ... Morris Stein kehrte zurück, schloß die Tür und kniete sich neben Margaret hin.

Sofort war ich zur Stelle und äußerst neugierig. Ich ließ Margaret aufwachen, und sie setzte sich augenblicklich gerade, als sie Morris erblickte. So kurz nach dem Erwachen war sie wehrlos – hilflos ihm gegenüber, wenn er es wollte, und verletzlich, als sie verständnislos blinzelte.

»Josie, Sie haben eben so wunderhübsch ausgesehen, so süß und jung.« Morris Stein nahm ihre Hand und preßte sie gegen seine Wange; er kniete immer noch neben ihr. Er drückte seinen Kopf in ihren Schoß und legte seinen freien Arm um ihre Taille. Margaret schloß die Augen. Sie spürte die Wärme seiner Wange durch ihre Hosen hindurch, durch ihre Haut bis tief in ihr Innerstes, wo Nerven reagierten; eine Welle der Begierde schoß durch sie hindurch, zog ihr die Bauchmuskeln zusammen, raste nach oben und ließ ihr Zwerchfell erstarren, so daß sie nach Luft schnappte. Ihre Kehle schnürte sich zusammen, und sie mußte heftig schlucken. Es ging so schnell, war in einer Sekunde vorüber, aber die Nachwirkungen machten sie schwach und noch wehrloser.

Morris legte Margarets Hand auf die Armlehne des Fauteuils und ließ sie los. Dann knöpfte er ihre Bluse auf und küßte die nackte Haut direkt über dem Bund ihrer Hose. Sie machte einen schnellen, tiefen Atemzug, als eine zweite Welle sie zu durchströmen begann. Seine Hand glitt an ihrem Rücken entlang und öffnete die Haken ihres Büstenhalters; er streifte ihr erst die Bluse ab, dann den Büstenhalter. Die Hand an ihrem Rücken preßte sie gegen ihn, und seine Lippen strichen sanft über die Haut ihrer Brüste. Hier war ein echter Experte am Werk. Als Margaret erschauerte, zog er sie dicht an sich, stützte ihr Gewicht mit beiden Armen ab, und seine linke Hand machte sich am Reißverschluß ihrer Hose zu schaffen. Er öffnete ihn, ließ seine Hand nach innen gleiten und streifte ihr die Hose über die Hüften.

Seine Hände strichen leicht über ihre Haut, während sie unter ihr hinwegwanderten, dann über ihre Schenkel, ehe sie die Hose mühelos ganz hinunterzogen. Margarets Hände krampften sich um die Armlehnen des Fauteuils, als sich das Gefühl des Verlangens, das sie ganz erfüllte, in einem Feuerblitz entlud, der intensiver wurde und immer intensiver. Er küßte ihren Bauch, ihren Nabel, die rechte Leiste, ihren Oberschenkel. Seine Wange streifte über die Härchen, aber er küßte nur ihren linken Oberschenkel. Sie hörte ihr eigenes leises Stöhnen und fühlte, wie ihr Körper begann, sich seinen Händen und Lippen entgegenzudrücken. Er hatte ihre Brustwarzen nicht einmal berührt – keine jener Stellen, auf die Bennett sich so konzentrierte; sie hätte nie gedacht, daß ihre Haut so empfindsam sein konnte und so empfänglich. Mit einer einzigen schnellen Handbewegung streifte er ihr die Pantoffel von den Füßen und befreite ihre Knöchel von der Hose. Dann küßte er den Rist ihrer Füße, den Spann und die Innenseite ihrer Knie. Er drückte ihre Beine etwas auseinander und ließ seine Finger daran entlanglaufen; wieder vermied er es, ihre Schamgegend zu berühren, aber seine Hände folgten der Linie ihrer Leisten bis zu den Hüftknochen, den Hüften, den Rippen …

Margarets Körper bewegte sich jetzt rhythmisch unter seinen Händen, spannte sich ihm entgegen; sie war sich kaum bewußt, daß eine Hand sie verließ, als er begann, seine Kleider abzulegen. Fast unhörbar war sein Murmeln, und seine Worte rissen ab, wann immer seine Lippen ihre Haut berührten. Sie befand sich in einem Taumel, der ihr nicht mehr erlaubte, die Bewegungen ihres Körpers zu kontrollieren, der sich Morris entgegenstreckte. Plötzlich wich alle Weichheit aus seinen Händen; sie fühlten sich hart an auf ihrem Körper, sie preßten und zogen sie noch weiter vor, sein Mund legte sich über ihre Brustwarze, und sie spürte seine Zähne, seine unbarmherzige harte Zunge. Ihre Hände waren immer noch um die Armlehnen des Fauteuils geklammert, an jener Stelle, wohin er sie gelegt hatte, aber nun warf sie die Arme um ihn und zog seinen Kopf heftig und fordernd an sich, doch er glitt unter ihren Händen hindurch und hinab. Seine Finger drückten ihren Oberkörper nach hinten, er war zwischen ihren Beinen und zwang sie weit auseinander. »Nein, nein, nein«, stöhnte sie und konnte sich ihm nicht entziehen, konnte sich nicht einmal so weit drehen, um seinem Mund, seinen Zähnen zu entgehen. Sie schrie leise auf, als er plötzlich sanft zubiß. Sie hatte das Bedürfnis zu weinen: Nicht so! Das ist zu schnell, zu unerträglich intensiv! Unartikuliert schrie sie auf, als er mit einer Hand das harte Stückchen Fleisch zu massieren begann, das Flammen durchzuckten. Dann seine Zunge, heiß, fest … Wieder schrie sie auf und spürte, wie sich ihr Körper durchbog, und dann schluchzte sie, und sein Gesicht schmiegte sich an ihre Kehle, seine Hand streichelte ihren Rücken, und immer noch pochte es in ihr.

So hatte sie es nicht gewollt. Sie fühlte sich um etwas betrogen und haßte ihn. Ihr Schluchzen ließ nach, und sie wollte ihn wegschieben von sich, aber sein Arm preßte sich um sie, er hob sie hoch und trug sie auf Pauls Bett. Er legte sie nieder, lächelte und begann, die Bettdecke unter ihr hervorzuziehen. Sie hob die Hüften. Jetzt würde er sie zudecken und gehen, und sie würde ihre Sachen packen und abreisen.

Wortlos sah sie ihm zu. Aber er breitete die Decke am Fußende des Bettes aus. Dann setzte er sich neben sie, strich ihr über die Wangen, über den Hals, ließ die Hand leicht über ihre Brust gleiten und stützte sie dann sanft auf ihre Hüfte. Unter seinem Blick fühlte sie sich unbehaglich, und sie bemerkte zum erstenmal, daß die ganze Zeit über das Licht gebrannt hatte. Sie spürte, wie sie errötete, und rief sich wütend ins Gedächtnis, daß ja nicht sie es war, mit der er das alles tat, nicht Margaret, sondern Josie. Aber eigentlich half es nichts.

Er beugte sich vor und küßte ihre rechte Brustwarze, erst ganz leicht und sanft, dann heftiger, und seine Hand fing an, sich wieder zu regen, berührte ihre Schamlippen und wanderte nach oben. Sie war bereits zu sensibilisiert, um es aushalten zu können. Sie wand sich, und alles fing von vorne an. Seine Finger waren es diesmal, während seine Lippen fest auf ihrer Brust lagen, seine Finger, hart und steif und fordernd. Ein plötzlicher Wechsel, und sie wußte, es war sein Daumen, und jetzt seine Finger ... »Nein!« schrie sie und konnte sich ihm dennoch nicht entziehen. Er lachte und sagte leise: »Ja, ja! Alles. Alles, alles!« Sie hörte ihre eigenen leisen, tierhaften Laute und war nicht fähig, sie zu unterdrücken. Sie konnte nicht mehr. Nicht noch einmal, sie konnte es einfach nicht ertragen, sie würde sterben, ihr Herz würde zerspringen. Höher und höher, und alles wurde schwarz, und was blieb, war das Bedürfnis nach Erlösung. Ein Schrei, die heiße Flut, noch überwältigender, noch länger andauernd als beim erstenmal.

Er drehte sie um, und sie lag keuchend mit dem Gesicht nach unten, aber er gönnte ihr keine Pause. Er hob ihren Körper, und sie zog die Knie an; er war über ihr, seine Hände an ihren Brüsten, an ihrer Klitoris, sie spürte sie innen, sie spürte sie außen, immer und immer wieder. Sie verlor kurz das Bewußtsein, und er ließ sie ausruhen und streichelte sie zart, bis sie wieder die Augen öffnete. »Nichts mehr«, flüsterte sie. »Bitte nichts mehr.«

Ehe sie noch geendet hatte, waren seine Hände wieder auf ihr, und sie schloß die Augen, zu schwach, um sich zu bewegen, um Widerstand zu leisten, egal, was er tat. Sie wußte, es war noch nicht zu Ende, er war noch nicht gekommen, und sie konnte es nicht mehr ertragen. Ihr Reaktionsvermögen war längst nicht mehr vorhanden. Dann war er auf ihr, und sie spürte, wie ihr Körper sich hob, um dem seinen zu begegnen, spürte, wie aus weiter Ferne, das Drängen in ihren Hüften, als sie sich zusammen mit den seinen bewegten.

Anfangs hatte ich nur zugesehen, aber irgendwann war ich hineingezogen worden und nicht mehr fähig gewesen, Margaret zu verlassen, und nun, bei dieser Vereinigung, war ich so hilflos wie sie. Der Angriff war so total und so perfekt, daß keiner von uns beiden sich mehr zur Wehr setzen konnte, und die Kreise hatten sich immer enger zusammengezogen, bis nur mehr ein Punkt übrigblieb, der ich war. Morris tat ihr weh, und selbst der Schmerz war jetzt köstlich, tiefer und tiefer, mit Stößen, die brutal waren. Ich nahm teil an ihrem Schmerz und an ihrer Ekstase, die sie zum erstenmal kennenlernte in dieser Nacht. Der Höhepunkt kam jäh. Da fühlte ich auch Morris' Gegenwart, weit entfernt von der ihren, und während er andauerte, war ich nicht allein. Auch das geschah zum erstenmal. Ich fühlte ihren Höhepunkt und den seinen, und die emotionelle Anspannung drohte, mich zu ersticken.

Plötzlich war es vorbei. Alles war vorbei. Ich schwamm in einem düster-trüben Meer von Nichts. Ich war allein, verloren, körperlos. Und hatte Angst.

Kapitel Sechs

Das Grau wirbelt und bildet einen Strudel und festigt sich dann, wird zu einer Ebene, die erst gleichförmig ist, aus der sich später aber groteske Formen erheben, offensichtlich Dinge, die wachsen, Dinge jedoch, die es nicht geben dürfte. Sie sehen aus wie gigantische Verschorfungen, lepröse Finger, die sich widerlich krümmen wie in unterwürfigem Gebet, wie Teile eines Körpers, die bedeckt sind mit schwammigen Geschwülsten, unförmig und schrecklich. Eine der Formen bewegt sich auf mich zu, und ich versuche mich zurückzuziehen, kann es aber nicht.

Erst war das Nichts gewesen, dann wuchsen und erstarrten in meinem Blickfeld jene Alptraumformen auf einer Ebene, und nun kommt Geruch hinzu. Faulig und scharf, zugleich moderig und beißend und muffig. Und nun kann ich sie auch hören: die Formen seufzen und stöhnen, und sie pulsieren, als kochte etwas in ihrem Zentrum und drohte, jeden Augenblick auszubrechen, um sich gleich darauf wieder zu beruhigen. Sehen, Hören, Riechen. Ich versuche wieder, davon wegzukommen. Ich versuche, sie mit schierer Willenskraft zum Verschwinden zu bringen, und ich kann nicht ... ich kann es nicht. Als nächstes wird das Fühlen kommen. Die erste der Formen, die begonnen hat, sich zu bewegen, ist jetzt näher bei mir, krümmt sich dahin wie eine Schnecke. Sie sieht aus wie ein krankhaft verändertes Körperorgan, eine Lunge oder Teil eines Magens, der über und über perforiert ist. Sie macht einen Buckel und gleitet weiter, macht einen Buckel und gleitet weiter ... näher und näher. Sie wird mich erdrücken und ersticken, und ich werde alles spüren, darin sterben.

Ich muß laufen, kann nicht einfach hier stehen und abwarten, bis sie über mich kommt. Ich habe keinen Körper, nichts. Aber ich bin da, und das Ding kommt näher, und ich weiß, daß, was immer von mir da steht, unter diesem ekelhaften Ding enden wird. Aus Angst wird Entsetzen. Nichts ist da außer Entsetzen, nichts wird je da sein außer Entsetzen und dem Wahnsinn zu wissen, daß dieses Entsetzen unendlich ist. Das Ding wird immerzu näherkommen, und ich werde immerzu darauf warten.

Jetzt werde ich davon weggerissen, und diesmal ändert sich das graue Nichts so schnell, daß ich den Wechsel fast versäume. Ein langer, breiter, sonnenbeschienener Balkon erscheint, mit weißen Marmorwänden und einem goldenen Boden, der glänzt und strahlt, und einer Balustrade aus weißlackiertem Schmiedeeisen in verschlungenen Mustern. Ich bin allein. Es gefällt mir hier sehr. Der Balkon ist ziemlich lang, und ich bewege mich darüber hin, als ob ich über den goldenen Boden schritte, aber eigentlich bin ich gar nicht wirklich da, so wie ich auch auf der Ebene nicht wirklich gewesen bin. Sie erscheint mir nun wie die Erinnerung an einen bösen Traum. Ich bin fröhlich und lebendig und glücklich. Die Sonne leuchtet gelb, und die Stühle und die hübsche Schmiedeeisenbalustrade werfen ihre Schatten auf die weiße Marmorwand. Von irgendwoher kommt das Geräusch rinnenden Wassers.

Der Balkon führt um eine Ecke, und ich sehe Springbrunnen, viele, viele Brunnen, Reihen von Brunnen, soweit ich blicken kann. Ich bleibe stehen und betrachte sie entzückt. Der erste Brunnen ist mannshoch und hat drei Schalen. Das Wasser glitzert in allen Farben des Regenbogens; es rinnt über den Rand der obersten Schale in die darunterliegende und daraus in die unterste, und die Lichtreflexe ändern sich ununterbrochen, werden schwächer, dann stärker. Der Wasserstrahl fällt in sich zusammen und schießt wieder hoch, höher als zuvor, und gemeinsam mit ihm falle auch ich in mich zusammen und schieße wieder hoch. Die Eruption erfüllt mich mit einem so intensiven Gefühl der Lust, daß es mir schwindelerregend vorkommt, fast unerträglich. Dann verläßt es mich, strömt aus mir hinaus und beginnt erneut, steigt an zu neuen Höhen; das Wasser schießt höher und höher, kerzengerade, eine Säule aus Wasser, und während ich zusehe, kann ich spüren, wie ich anschwelle, wachse und hochsteige mit der Wassersäule. Da birst sie und verstreut mit den Tröpfchen einen Regenbogen aus Reflexen. Höllenqualen der Lust, unerträgliche Ekstase. Das Wasser beginnt wieder zu steigen … Es zieht mich zum nächsten Brunnen.

Silbriges Naß ergießt sich aus einer schmalen Öffnung in einer moosbedeckten Felsbank. Das Silberwasser spritzt hinunter über ausgewaschene grünsamtige Steine in einen Teich und weiter in einem weißen Schleier über eine gerade Kante aus rotem Granit in einen zweiten Teich und weiter zum letzten Teich, auf dem Seerosen friedlich treiben. Wenn das Wasser aus der Öffnung hervorsprudelt, kann ich spüren, wie ich wieder reagiere, noch heftiger als vorhin. Aus Lust wird Pein. Ich kann mich nicht bewegen, kann nicht reagieren. Immer und immer wieder. Nichts sonst ist vorhanden, keine Erinnerung an irgend etwas anderes, keine Hoffnung auf irgend etwas anderes. Fallen und Steigen, Aufbranden und Hervorbrechen, für immer und ewig. Lust zu Pein, Ekstase zu Höllenqualen …

Eine Verwandlung. Jetzt kann ich mich bewegen. Ich berühre weißglühenden Boden, schreie auf, springe hoch, Säure überall, in der Luft, im Wasser. Ich schwimme in Säure, spüre, wie sie durch mich hindurchbrennt, ich schreie und schreie … Sanft festgehalten werden. Etwas tastet sich voran, bekommt Halt, packt zu, zerrt in verschiedene Richtungen. Schreien. Stäbe bohren sich in mich, werden verdreht und verbogen, wachsen, stoßen mich, zerreißen mich, heiß, glühend, noch heißer; ich hänge von den Stäben, drehe mich daran rund um ein Feuer, immer enger, immer näher, es versengt mich, verbrennt mich, ich zerplatze … Ich renne, Haare und Hautstreifen werden von mir gerissen, Fleisch, Muskeln; ich renne und lasse eine Spur aus Fleischfetzen hinter mir. Schreien.

Auf einem Tisch. Fesseln um Beine, Arme, um die Brust. Ein kaltes Etwas auf der Zunge, in der Vagina, Schock, durchgebogener Körper. Schreien …

Eine Verwandlung. Gewiegt in zärtlichen Armen, geliebt – in Sicherheit. Die Kreise weiten sich, ein Gemisch zweier Wesen, gemeinsam genossene Freude, gemeinsame Gedanken, keine Heimlichkeiten, keine Schlupfwinkel, sie sind nicht nötig. Eine Stimme: »Jetzt bist du außer Gefahr. Siehst du, wie es sein kann?«

»Was ist geschehen? Wer hat all diese Sachen mit mir gemacht? Warum?«

»Weil du verwundbar warst. Unvollständig. Du kanntest die Regeln nicht, und du mußtest lernen, nicht umherzuziehen, ehe du sie kennst, sonst könnten alle diese Dinge passieren und nie aufhören zu passieren. Aber auch das hier kann geschehen.«

Eine Verwandlung. Grau, Einsamkeit, Nichts. Angst. Ich versuche, mit meiner Willenskraft irgend etwas hervorzubringen, aber das Grau bleibt ungeteilt. Ich bewege mich, doch es ändert sich nichts. Wo ist es? Wo bin *ich*? Ich bewege mich von der Stelle, aber das Grau verläßt mich nicht, preßt sich von allen Seiten gegen mich, und es gibt nur das Nichts, das ewige, ewiggleiche Nichts. Ich rufe und höre nichts, nicht einmal meine eigene Stimme. Ich bewege mich erneut und rufe wieder. Nach langer Zeit bleibe ich stehen und weiß nicht, wie lange ich bereits hier bin, ich gehe weiter und bleibe erneut stehen. Ich verspüre keinen Hunger, keinen Durst, keine Müdigkeit. Schließlich höre ich auf, mich zu bewegen, höre auf zu rufen und tue nichts. Ich ziehe einen kleinen Kreis ganz eng um mich und tue nichts, immerzu nichts.

Kapitel Sieben

Die nächste Verwandlung spürte ich nicht. Ich wußte nur einfach ganz plötzlich, daß ich wieder verbunden war mit Margaret, weit entfernt zwar von ihr, aber ich konnte die Verbindung fühlen; ich war nicht länger mehr verloren und ganz allein. Ich begann zurückzukehren.

Margaret lag auf dem Bett, zugedeckt, die Arme auf der Decke, und atmete sehr tief. Ich wollte nicht mehr als für den Rest der Nacht in Ruhe gelassen werden, um zu überdenken, was mit mir geschehen war, aber Morris Stein war immer noch da. Er saß neben dem Bett und rauchte, berührte Margaret zwar nicht, studierte sie aber sehr eingehend. Ich spürte seine Anwesenheit, als er sich über sie beugte, sie betrachtete und sich wieder zurücklehnte. Er begann zu sprechen, sehr, sehr leise, fast flüsternd.

»So müde. So schrecklich müde. Ganz kraftlos und schwach, erschöpft. Zu müde, um dich zu rühren. Du möchtest keinen einzigen Muskel rühren müssen. Zu müde für jede Bewegung ...« Das ging einige Minuten lang so weiter; nichts sonst drang zu mir durch, überhaupt nichts von ihrem Körper. Ich versuchte, sie dazu zu bringen, die Beine zu strecken, zu verdrehen, irgend etwas, aber es war, als seien sie abgetrennt. Und die Stimme sprach immer weiter. »Jetzt treibst du, du treibst weg von allem, du denkst jetzt nicht, du spürst jetzt nichts. Müde, müde, schläfrig. Du kannst meine Stimme hören, sonst nichts. Nichts außer meiner Stimme. Zu müde für jede Bewegung. Zu müde, um dich bewegen zu wollen ...«

Ich versuchte, sie aufwachen zu lassen, versuchte, sie zu einer Bewegung zu bringen, zu einem Traum. Ich versuchte, einen Traum zu formen, aber die unbarmherzige Stimme erlaubte das nicht. »Denk nicht«, sagte sie besänftigend, »laß los und laß dich treiben! Du spürst deine Beine nicht, deine Arme, du treibst jetzt ohne sie, denk nicht, treibe weg von deinem Körper, weg von deinen Händen ...«

Er hob ihre Hand hoch – die Hand einer Puppe. Er hielt sie am Gelenk fest, und die Hand hing schlaff hinab. Ich versuchte, sie zu strecken, aber seine Stimme befahl jetzt: »Laß los, Liebling! Laß einfach alles los! Hab keine Angst. Es gibt nichts, wovor du Angst haben müßtest, nichts, weswegen du dir Sorgen machen müßtest. Laß dich einfach nur treiben und denk an nichts. Sehr angenehm, sehr vergnüglich, so zu treiben und nicht zu denken.« Er ließ das Handgelenk los, und ihre Hand blieb dort, wo sie war. Ich konnte sie nicht hinabfallen lassen, konnte sie sich nicht strecken lassen. Er nahm sie wieder, schloß ihre Finger zu einer Faust und strich einige Male darüber. »Du kannst dich nicht bewegen. Jetzt überhaupt nicht mehr. Du hast vergessen, wie man sich bewegt. Du kannst jetzt mit keinem einzigen Muskel zucken.« Er ließ ihre Faust wieder los und sagte: »Öffne sie, Josie!«

Das »Josie« verwirrte mich, und eine Sekunde lang wollte ich mich beinahe von seiner Stimme zurückziehen, aber die Sekunde ging vorbei, und ich versuchte verzweifelt, die Faust zu öffnen – ohne Erfolg.

»Du kannst sprechen«, sagte er. »Wenn ich dir eine Frage stelle, wirst du sehen, daß du ohne Schwierigkeiten antworten kannst.« Er legte ihre Hand wieder auf die Decke und öffnete ihre Finger. Wieder war es, als würde er eine Puppenhand bewegen.

»Du hast Paul bei seinen Experimenten geholfen, nicht wahr?« fragte er.

Ich hörte ein Klicken, eine Taste – das Tonbandgerät. Ich versuchte erneut, wegzukommen aus seiner Reichweite, einfach nur weit wegzukommen. Er sagte: »Antworte mir, Liebling! Du hast Paul assistiert, stimmt's?«

»Nein, nein«, hörte ich Margarets Stimme, aber der Gedanke kam von mir. Sie klang traumverloren und schwach.

»Entspanne dich, Liebes, entspanne dich! Es ist schon gut. Du schläfst jetzt tiefer, noch tiefer. Tiefer, immer tiefer. Du wirst meine Stimme weiterhin hören, aber schlaf tiefer, noch tiefer.«

Ich schwebte, dachte an überhaupt nichts, schwebte einfach frei und friedlich dahin, ohne mir Sorgen zu machen wegen Margaret. Ich hörte zwar Morris Steins Stimme, aber er sprach zu jemand anderem, zu Josie, und ich gab nicht acht. Schweben, nur schweben, sonst nichts. Er sprach weiter zu ihr, nannte Josie einige Male beim Namen, und ich ignorierte es. Dann hörte ich: »Wenn ich deine Hand berühre, wirst du aufwachen. Ich werde deine Hand berühren und bis fünf zählen, und du wirst aufwachen. Du wirst spüren, wie meine Hand die deine ergreift, du wirst meine Stimme hören und du wirst aufwachen. Wenn ich sage: ›Du bist sehr, sehr müde‹, schläfst du wieder ein, aber das nächste Mal hörst du mich und antwortest, verstanden ...?!«

Ich vernahm alles, was er sagte, aber er sprach zu Josie. Es war jedoch meine Hand, die seine Berührung verspürte, und als er zu zählen begann, konnte ich fühlen, wie ich zurückkam, anfangs langsam, dann ganz plötzlich.

Margaret blinzelte in schneller Aufeinanderfolge und versuchte, sich aufzusetzen. Sie erblickte Morris Stein an ihrer Seite und schloß die Augen wieder ganz fest. »Wie fühlst du dich, Liebling?« fragte er.

Margaret war sich dessen nicht sicher. Ich fühle mich merkwürdig, dachte sie, aber sie sprach es nicht aus. »Normal«, sagte sie statt dessen. Er nahm ihr Handgelenk, und sie wußte, daß seine Finger nach ihrem Puls suchten. »Was machst du da?«

»Du bist sehr, sehr müde«, sagte er beiläufig.

Diesmal gab es keinen Widerstand, weder von Margaret, noch von mir. Er überzeugte mich von meinem Schwebezustand und vollführte seine Tricks mit Margarets Hand, und dann sagte er: »Du kannst dich aufsetzen, kannst aufstehen und umhergehen. Wenn ich es dir befehle, wirst du dich aufsetzen ...«

Er lotste sie zu dem Fauteuil, in dem sie gesessen hatte, als er kam, so lange, lange Zeit zuvor. Er brachte sie dazu, den Bademantel und die Pantoffeln anzuziehen, und währenddessen schwebte ich dahin und kümmerte mich nicht darum, was er tat oder sie tun ließ. Dann gab er ihr Anweisungen: Sie würde entdecken, daß sie sich an alles erinnerte, was sie und Paul miteinander gemacht hatten, an alles, was er ihr über seine Arbeit und seine Experimente erzählt hatte; sie würde Morris davon berichten wollen, nichts davon würde sie in Unruhe versetzen. Sie konnte Morris absolut vertrauen, würde ihm gegenüber keine Vorbehalte haben. Sie wollte mit ihm über die Experimente reden, über Paul und seine Arbeit etc. etc. Und er schärfte ihr auch wieder ein, daß sie einzuschlafen habe, wann immer er feststellte, daß sie sehr müde sei, und zu antworten habe, wann immer sie seine Stimme hörte etc. etc.

Die Hintertür wurde geöffnet und wieder geschlossen. Bok war da. Er blieb an der Tür stehen und sah Morris Stein zu. Morris unterbrach sich nur kurz und wandte sich erneut an Margaret. Er sagte, er würde sie jetzt verlassen, und sie würde nach zwei oder drei Minuten aufwachen und direkt zu Bett gehen. Sie würde das Licht eingeschaltet lassen, vergessen, daß Morris in dieser Nacht überhaupt hier gewesen war, sich nur daran erinnern, im Fauteuil eingeschlafen, später dort aufgewacht und wie üblich zu Bett gegangen zu sein. Das war alles, woran sie sich zu erinnern habe. Nichts Ungewöhnliches würde ihr auffallen – weder im Hinblick darauf, wie sie sich fühlte, noch im Hinblick auf die Bettücher. Und wenn sie Morris am Tag darauf sah, würde sie ihn fragen, weshalb er nach dem Abendessen nicht vorbeigekommen sei. Ich hörte, wie er seine Kleider und das Tonbandgerät nahm, und dann ihn und Bok im Wohnzimmer.

Morris Steins sanfte Stimme sagte: »Es ist nicht so einfach, wie ich anfangs erwartete. Sie ist ein gutes Objekt, leistet aber gehörigen Widerstand gegen die Idee, irgend etwas auszuplaudern. Alles andere hat sie ohne Schwierigkeiten befolgt.«

Darauf Boks tiefere, ungeduldige Stimme: »Warum belassen Sie es dabei? Sie hatten sie doch schon fast soweit! Warum hören Sie jetzt auf?«

»Beim erstenmal geht einfach nicht mehr. Eigentlich bin ich mit ihr schon zu weit gegangen. Wir wollen warten und schauen, wie das Bisherige wirkt. Von jetzt an wird sie bei jedem Mal leichter zu behandeln und empfänglicher sein. Außerdem habe ich eine Saat gelegt, die aufgehen muß. Nur nichts überstürzen, Bok! Sie haben so lange gewartet, daß ein paar Tage mehr Sie auch nicht mehr umbringen werden. Schsch!«

Ich hatte mich in einem kontinuierlichen Schwebestadium befunden, spürte nun aber, wie die Wirkung seiner Stimme graduell nachließ, und kehrte wieder zu Margaret zurück. Sie begann, sich beengt und verkrampft zu fühlen; es war kalt, und sie drehte sich herum und öffnete die Augen. Sie gähnte und kämpfte sich aus dem Fauteuil, und während sie zum Bett ging, öffnete sie den Gürtel des Bademantels und ließ ihn zu Boden fallen. Nachdem sie sich niedergelegt und die Decke bis über den Kopf gezogen hatte, schlief sie fast augenblicklich wieder ein. Überrascht merkte ich, daß ich mich während dieses kurzen Zeitraums erneut von ihr gelöst hatte, wenn auch nur ein, zwei Sekunden lang. Ich fragte mich, ob es mir gelingen würde, sie dazu zu bringen, anders zu handeln, und als sie schlief, grübelte ich darüber nach.

Bok und Morris Stein standen nebeneinander in der offenen Tür, und sobald Margaret offensichtlich wieder eingeschlafen war, durchquerte Morris das Zimmer noch einmal, sah ihr prüfend ins Gesicht und schaltete die Lampe aus. »Der echte Test kommt erst morgen früh«, stellte er fest, und Bok lachte in sich hinein. Zusammen verließen sie das Haus.

Kapitel Acht

Es war schon spät, als Margaret erwachte. Sie streckte sich und gähnte und kuschelte sich in die Decke, um noch einmal einzuschlafen. Doch nach und nach gab sie es auf und überlegte, welcher Tag heute war. Montag. Bok und Morris Stein würden kommen und gehen; wenn das Wetter es erlaubte, wollte sie schwimmen, spazierengehen und vielleicht ein bißchen Unkraut zupfen. Entlang der Zufahrt wuchs Iris, von Unkraut halb erstickt. Sie stand auf und duschte und summte vor sich hin, während die Wassernadeln auf ihre Haut prasselten. Sie fühlte sich so gut wie schon lange nicht; sie hatte gewußt, daß es ihr guttun würde, so allein am Meer zu sein, ohne Bennett, ohne die Stadt.

Gerade als sie mit dem Frühstück fertig war, rief Bennett an.

»Margaret, ich bringe heute abend Greeley mit hinaus, wir bleiben bis Mittwoch nachmittag oder abend. Mein Gott, der Mann ist ein Dynamo, aber es wird uns einfach zuviel. Wir brauchen einen Platz, weitab von den Reportern, wo wir in Ruhe reden und einen Tag Pause machen können.«

Margaret setzte sich auf die Couch und starrte dumpf vor sich hin. »Wann werdet ihr hier ankommen?« fragte sie.

»Weiß Gott. Ich habe Lizanne heute früh schon zeitig angerufen. Sie ist bereits unterwegs, sie kommt mit dem Bus um halb eins in Baiting Hollow an. Ich habe ihr aufgetragen, etwas zu kochen, das frisch bleibt, bis wir kommen, bis zehn oder elf, ich weiß es nicht. Wie sieht's denn mit Scotch aus? Wein, Bourbon? Ist Brandy im Haus?«

»Ich glaube nicht, aber ich kann noch nachsehen. Kommt nur ihr beide?«

»Sehr wahrscheinlich. Ich habe Greeley gesagt, wie klein das Haus ist. Es scheint uns ideal für eine kurze Ruhepause. Möglicherweise laden wir für Dienstag abend ein paar Leute zu einer Konferenz ein, aber davon bleibt niemand über Nacht, und Lizanne übernimmt ja das Kochen.« Er unterbrach sich, und als sie nichts in die Stille hinein sagte, fuhr er fort: »Geht es dir schon besser? Erholst du dich?«

»Ja. Ja, ehrlich gesagt, fühle ich mich sehr gut. Unerwarteterweise. Ich wollte, du hättest mich früher auf diese Idee gebracht. Aber ich habe nicht genug Kleider mitgenommen ...«

»Mach dir keine Gedanken deswegen, Liebes. Ich bringe dir was Hübsches, okay?«

»Fein, danke«, sagte sie.

»Also, dann bis heute abend. Du hast mir gefehlt.«

Sie legte sehr sachte auf, es klickte kaum. Sie mußte Bok und Morris Stein loswerden, mußte die Betten frisch überziehen, aufräumen und die Wohnung über der Garage für Lizanne vorbereiten. Sie goß sich Kaffee nach und nahm die Tasse mit ins Wohnzimmer. Es war zehn nach elf. Ihr Kopf begann zu schmerzen. Als sie die Telefonnummer des Schnapsladens in Baiting Hollow gefunden hatte, begann sie zu wählen, legte dann aber auf. In wessen Namen wollte sie bestellen? Sie konnte Josies Namen nicht für eine Schnapsrechnung von fünfzig Dollar oder mehr verwenden; und ihren eigenen Namen? Damit wäre ihre Doppelrolle zu Ende. Sie trank den Kaffee in kleinen Schlückchen, und je mehr sie an die Szene dachte, die unabwendbar vor ihr lag, desto heftiger wurde der Kopfschmerz. Bok würde wütend auf sie sein, und Morris Stein ... Sie zündete sich eine Zigarette an. Der einzige von allen, dem sie vertrauen konnte, und auch ihn hatte sie belogen. Sie hatte alle belogen, hatte ein Spiel mit ihnen gespielt, obwohl es ihnen ernst war mit dem, was sie taten.

Ihre Gedanken über Morris Stein überraschten mich in keiner Weise. Er hatte ihr vorausgesagt, daß sie diesen Eindruck haben würde. Was mich jedoch überraschte, war, daß ich diese Gefühle bis zu einem gewissen Grad teilte, obwohl mir gleichzeitig klar war, daß ich sie auch verabscheute und fürchtete. Margaret fragte sich, ob sie sich Morris Stein nicht anvertrauen sollte, ihm genau erklären könnte, wie sie in diese Situation geraten war, daß sie nicht die Absicht gehabt hätte, jemanden zu kränken oder in eine peinliche Lage zu bringen ... Ich hingegen dachte, daß wir hier einen Mann vor uns hatten, dem man aus dem Wege gehen mußte. Er hatte Margaret behandelt wie einen Klumpen Lehm, sie so geformt und so, sie in eine Form zwängen wollen, die nicht die ihre war, und sie dann mit freundlichen Gedanken an ihn alleingelassen. Es gefiel mir überhaupt nicht, daß er sie einfach beiseitegeschoben und statt dessen mich verwendet hatte. Ich machte ein Bild von Dyerman, aber sie weigerte sich, es zu sehen. Er kann die Schnäpse für dich bestellen, flüsterte ich ihr hartnäckig ein. Sie jedoch war der Meinung, es würde ihr nichts anderes übrigbleiben, als die Bestellung selbst durchzugeben und ihren richtigen Namen dazuzusagen, damit sie mit Scheck bezahlen konnte, wenn die Sachen geliefert wurden. Sie begann, die Nummer zu wählen …

Aber ich führte ihr den Finger, und Gus Dyerman hob ab. Margaret starrte verblüfft den Hörer an. »Es tut mir leid, Gus, ich wollte eigentlich die Spirituosenhandlung anrufen …«

»Soll ich etwas für Sie besorgen, Miß Oliver? Ich setze es Ihnen auf die Rechnung …«

Ich hörte Bok und Morris Stein kommen. Margaret mußte gerade telefonieren, wenn sie kamen, es würde eine Barriere sein gegen Morris. Ich ließ sie vergessen, was sie eigentlich bestellen wollte, und sie bat Gus, ihr ein paar Brandymarken aufzuzählen, bis er diejenigen nannte, an die sie sich erinnerte. Boks lautes Klopfen ließ die Tür erbeben. Margaret blickte auf, aber Gus sprach soeben, und sie konnte nicht weg. Bok und Morris Stein betraten die Küche und durchquerten das Wohnzimmer. Bok hielt das letzte Notizbuch, das er ausgeliehen hatte, in der Hand. Margaret nahm es und bedeutete ihnen, einen Moment zu warten. Als Gus eine Pause machte, entschuldigte sie sich bei ihm, bedeckte die Muschel mit einer Hand und sagte zu Bok: »Sie müssen abreisen, Doktor Bok, zeitweilig zumindest. Mein … Neffe kommt heute abend mit Freunden. Seine Köchin wird in weniger als einer Stunde hier sein. Sie braucht die Wohnung.«

»Miß Oliver, das kann doch nicht Ihr Ernst sein?«

Sie strich sich mit der freien Hand über die Augen. »Er hat vor ein paar Minuten angerufen. Ich hatte ganz vergessen, daß er herauskommen wollte. Tut mir leid. Sie können Mittwoch abend zurückkommen, oder besser am Donnerstag.« Sie hatte die Augen auf Bok gerichtet gehabt, aber nun sah sie Morris ins Gesicht und spürte, wie irgend etwas in ihrem Inneren plötzlich nachgab. Sie runzelte leicht die Stirn, aber schon war es vorbei. Sie lächelte und sagte leise: »Sie sind gestern abend nicht mehr gekommen, um einen Kaffee mit mir zu trinken.« Ich konnte es nicht verhindern, aber es war nicht genau die Frage, die er angeordnet hatte. Morris Stein lächelte zurück, und sein Blick verlor etwas von der Wachsamkeit, die darin gestanden hatte, als er eingetreten war. Er schüttelte den Kopf und deutete dann unauffällig in Richtung Bok, als hätte dieser ihn vom Kommen abgehalten. Margaret nickte.

»Warum legen Sie nicht auf, dann können wir das alles besprechen«, sagte Morris Stein leichthin. Margaret nahm die Hand von der Sprechmuschel.

NEIN, befahl ich. Ich begann rasch zu handeln, erinnerte sie, daß Lizannes Ankunft in einer Stunde fällig war, daß sie vorher die Wohnung aufräumen mußte, daß sie möglicherweise den Schwindel später fortsetzen konnte, wenn sie Bok und Morris sogleich loswurde. Jetzt gleich. »Können Sie eine Minute dranbleiben?« sagte sie zu Gus. »Ich habe Besucher, aber sie sind bereits im Aufbrechen. Ich begleite sie nur hinaus.«

Bok warf Morris Stein einen mörderischen Blick zu; Morris Stein hob die Schultern. Margaret legte den Hörer neben das Telefon und ging mit den beiden Männern zur Hintertür. Bok hielt ihre Hand einen Augenblick lang in der seinen und murmelte: »Bis Donnerstag, meine Liebe.« Sie zog ihre Hand schnell zurück und nickte.

Morris sah sie mit einem kaum merkbaren Lächeln an und griff nach ihrer Hand. Das Gefühl, das sie dabei durchlief, versetzte Margaret in Schrecken, und wieder erschien ein leichtes Runzeln auf ihrer Stirn. Ich hatte mich so eng wie nur möglich in sie geschmiegt, aber plötzlich, ohne Vorwarnung, hatte ich die Verbindung mit ihr verloren und hörte mich in dieser fernen, fremden Stimme, die zwar die ihre, aber trotzdem auch die meine war, fragen: »Warum sind Sie gestern nach dem Abendessen nicht vorbeigekommen?« Sie schüttelte sich und sah verwirrt drein und vergaß, was sie ihn eben gefragt hatte.

»Bis Mittwoch abend«, sagte er beiläufig. Er hatte sie sehr genau beobachtet, und was er sah, stellte ihn durchaus zufrieden. Ich hörte ihnen zu, als sie gingen und Margaret die Tür verriegelte. Bok war wütend, Morris Stein locker und sehr selbstsicher. In diesem Moment entschied ich mich dafür, den gutaussehenden jungen Mann zu hassen. Margaret kehrte mit einer bestürzenden Erinnerung an ihre Hand in der seinen und das Verlangen, das damit einhergegangen war, zum Telefon zurück. Sie hatte große Angst vor Morris Stein, vermischt mit dem Gefühl, ihm trauen und dem Wunsch, sich ihm anvertrauen zu können. Verwirrt schüttelte sie den Kopf und ging wieder über zu dem prosaischen Unterfangen der Wein- und Schnapsbestellung.

Lizanne kam mit dem Taxi an, und hinterher fühlte sich Margaret in der Küche wie ein ungebetener Gast. Lizanne ging ohne Umschweife an die Arbeit, kontrollierte die Vorräte, machte in ihrer unleserlichen Handschrift eine Liste und ging im übrigen um Margaret herum wie um einen Stuhl, der im Wege stand. Sie ließ Margaret wissen, daß sie sich um das Überziehen der Betten nicht zu kümmern brauche, das würde sie selbst erledigen. Dann holte sie Margarets Schmutzwäsche aus dem Korb und verschwand damit in die Wohnung, nachdem sie die Bestellung beim Kaufmann persönlich durchgegeben hatte, wobei sie, wenn die Entrüstung sie überkam, ins Französische abglitt. Einige der Dinge, die sie brauchte, führte Gus gar nicht, und sie ersetzte sie arrogant durch andere. Lizannc war fast einsachtzig groß und so flach und gerade wie eine Bohnenstange; sie besaß eine unglaubliche Fülle schwarzen Haares, das sie in komplizierten Schlingen flocht und mit großen spanischen Kämmen feststeckte. Margaret hatte ihr Bett in Pauls Zimmer bereits abgezogen und brauchte nur noch ihre Dinge dort einzusammeln. Sie betrat es noch einmal, um einen kontrollierenden Blick über alles gleiten zu lassen, denn Arnold Greeley würde heute nacht in diesem Zimmer schlafen. Der Gedanke daran war störend.

Sie nahm ihr Buch, den Aschenbecher, das Glas mit dem übriggebliebenen Schluck und blieb dann stehen, um den Fauteuil anzustarren. Sie war in dem Fauteuil eingeschlafen, war wieder aufgewacht und zu Bett gegangen. Sie erinnerte sich, im Fauteuil eingeschlafen zu sein. Das Licht hatte gebrannt. Sie hatte gedöst. Dann ... dann? *Was* ...? – Nichts. Sie verließ das Zimmer, und Minuten später hörte sie Lizanne hineingehen und lüften, und kurz darauf vernahm sie das Geräusch des Staubsaugers. Sie suchte in Josies Kleidern und fand einen langen Rock aus Rohseide, beige, mit breitem Gürtel. Das und ihre eigene Crêpe-de-Chine-Bluse. Und Bennett würde ihr ›etwas Hübsches‹ bringen. Sie hörte sich sagen: »Bis Mittwoch abend«, und biß sich in die Unterlippe. Sie mußte komplett verrückt sein.

Lizanne wollte ihr ein Mittagessen vorbereiten, aber sie lehnte ab. Nur Kaffee. Dann ging sie schwimmen, und obwohl das Wasser sehr kalt war, brannte die Sonne nachher heiß auf ihrer Haut. Es war sehr entspannend. Sie schlief ein wenig, und als nachher Lizanne den Tee servierte, hatte Margaret einen Bärenhunger. Anschließend hatte sie nichts zu tun, außer auf Bennett zu warten. Lizanne erklärte, sie wolle sich etwas ausruhen, bis sie Mister Bennett kommen höre, dann würde sie gleich herüberkommen. Alles befände sich in bester Ordnung. Und Miß Oliver solle sich auch ein wenig ausruhen, vielleicht müsse sie die ganze Nacht mit den Herren aufbleiben.

Margaret legte Platten auf und setzte sich mit einem Buch hin, machte sich aber nicht einmal die Mühe, es aufzuschlagen. Ich ließ alles, was in den letzten Tagen geschehen war, immer wieder Revue passieren, und ich mühte mich damit ab, eine Verteidigungsstrategie gegen Morris Stein zu entwickeln. Margaret hingegen versuchte, eine Lösung ihrer Probleme mit Bennett zu finden. Sie mochte ihn nicht, aber seine Frau zu sein hatte gewisse Vorteile, und wenn die Ehe mit jedem Mann mehr oder weniger das gleiche war, dann überwogen die Vorteile an seiner Seite die Nachteile. Er war sehr großzügig, machte ihr oft Geschenke, führte sie häufig aus, um sie herzuzeigen, ließ sich gern bei Premieren mit ihr – juwelenbehängt und wunderschön an seinem Arm – sehen. Sie hatten Umgang mit interessanten Leuten, wurden von ihnen eingeladen oder luden sie ein. Obwohl er selbst keine Begeisterung dafür aufbrachte, schien er ihre Freude am Schwimmen zu verstehen, und gegen Ende des Jahres wollte er mit ihr einen Monat auf den Bahamas verbringen, wo sie vorhatte, Tauchunterricht zu nehmen und die Welt unter Wasser zu erforschen. Er hielt das für ein verrücktes Vorhaben, erhob aber keine echten Einwände. Bennett war kein schlechter Mensch, er war freundlich zu Kindern und alten Leuten, spendete freigebig für Wohlfahrtseinrichtungen und hielt ab und zu einen Gratisvortrag für einen guten Zweck. Wenn sie rastlos war an seiner Seite, dann mußte der Fehler bei ihr liegen und nicht bei ihm.

Morris Stein hat mich ›Josie‹ genannt. Ich soll mich an Paul erinnern, an seine Arbeit, seine Experimente. Ich überflog im Geist die Aufzeichnungen, die ich zu Gesicht bekommen hatte, und hätte daraus zitieren können, aber das war nicht das, was er wollte. Ich suchte nach anderem, nach allem, was Josie betraf und von dem ich wußte; von Paul wußte ich natürlich nichts. Margaret ließ die Hand über Josies Rock gleiten, der schwer auf ihren Beinen lag, sehr, sehr teuer, sehr, sehr schön. Die Bluse paßt nicht dazu, dachte sie. Etwas Weiches sollte es sein, um einen Kontrast zu bilden zu dem schweren Material – vom Gewebe her, nicht von der Farbe. Sie wanderte ins Schlafzimmer, suchte noch einmal unter den Kleidern und fand eine beige Chiffonbluse, die zu dem Rock gehörte. Sie schlüpfte hinein, bog die überzähligen zwei Fingerbreit Rock an der Taille nach innen, legte den Gürtel um und starrte sich im Spiegel an.

»Josie?« sagte sie leise und machte einen Schritt nach vorn. Der Spiegel wurde matt. Sie schwankte. Es war im hellen Licht des Tages, und Paul stand hinter ihr, kam auf sie zu – sie konnte ihn im Glas sehen. Große, hervorstehende Knochen in seinem Gesicht verrieten Magerkeit, aber die Arme, die sich um Margaret legten, waren stark und muskulös. Sie schmolz in ihn hinein. Auch ich spürte ihn. Das gleiche Gefühl, das mich bei Morris Stein kurz gestreift hatte, eine Einheit, eine

Übereinstimmung, die so abrupt, total und erfüllend war, daß jede andere Art des Zusammenlebens öde, steril und undenkbar erschien.

»Meg, Liebling. Meg«, sagte er in mein Ohr. Ich preßte mich fest an seinen Körper, und sein Geist und der meine wirbelten miteinander im Kreis, tanzten zusammen, höher und immer höher. Ich wußte so viel, alles, was er je getan hatte, was er je gedacht hatte, ich wußte, wo wir uns befanden – und im selben Augenblick erblühte das Grau und wurde zu einem Garten mit Vögeln und Schmetterlingen und glucksenden Bächlein, aus denen Rehkitze tranken.

Es gab keine Zeit hier, kein System, alles war alles zugleich und wunderschön. Ich war immer schon hiergewesen und würde immerzu hier sein – und ›immerzu‹ war Augenblick und Ewigkeit. Paul, nackt, sonnengebräunt, harte Muskeln und flacher Bauch, alterslos; ich, genauso gebräunt, lebensvoll, alterslos. Antworten finden auf unausgesprochene Fragen, nicht in Worten, sondern in einem Teilen von Wissen und Gefühlen. Eden? In Ermangelung eines besseren Namens, vielleicht. Wie lange? So lange du willst. Für immer! Pauls Gestalt verschwamm, er blickte weg von mir, einen nachdenklichen Ausdruck auf seinem mageren Gesicht, eine Frage, die ich nicht kennen konnte, nicht mit ihm teilen konnte, die sich in nichts anderem ausdrückte als in einer Bewußtheit, die mir fehlte. Paul? Erschaffe, was du willst, Meg, Liebling. Und wenn du genug hast vom Gottsein ... Paul verschwamm noch mehr und blickte über mich hinweg, verließ mich auf eine Weise, die ich nicht begreifen konnte. Paul? Der Garten flatterte und wankte und festigte sich wieder, und ich wußte, daß ich ihn in einem Augenblick wieder erschaffen hatte. Ich brachte Paul zurück und versuchte, mit ihm zusammen die Kreise zu tanzen, und fand nur mich selbst vor. Der Garten ... Der Garten, dachte ich traurig und öffnete die Augen, um mich im Spiegel zu sehen.

Ich versuchte, Margaret zu erreichen, aber es war mir nicht möglich. Was immer uns vereinigt hatte, war verschwunden, und sie war allein, genau wie ich. Margaret sah totenblaß aus, als sie in den Spiegel starrte. Sie zitterte. Ist das der Wahnsinn?

fragte sie den Spiegel, ein Zurückziehen aus der Realität in etwas anderes? Ich wollte ihr sagen, daß dies auch die Realität war, realer vielleicht als jene versteinerte Frauengestalt, die sich im Spiegel anstarrte. Aber ich kam nicht durch zu ihr.

Immer noch totenbleich setzte sie sich an den Frisiertisch und tupfte ein bißchen Rouge auf die Wangen. Das Zittern verging langsam, aber sie blieb sitzen. Sie mußte es jemandem sagen. Nicht Bennett! Ihrem Arzt? Er würde es Bennett erzählen. Wem sonst? Sie konnte sich nicht vorstellen, sich einer ihrer Freundinnen gegenüber so zu entblößen, geschweige denn einem ihrer männlichen Bekannten ... Aber sie mußte mit irgend jemandem darüber sprechen. Mit Morris Stein? Die Welle der Erleichterung, die sie durchströmte, beantwortete die Frage. Wenn er nur hier wäre, dachte sie bitter, jetzt, in diesem Moment!

Ich war glücklich, daß er nicht hier war. Bis Mittwoch abend fand sich möglicherweise eine andere Lösung des Problems. Der Gedanke, sich Morris Stein anzuvertrauen, machte sie zu froh, als daß sie jetzt irgendeine Alternative in Betracht hätte ziehen können.

Bennett und Arnold Greeley kamen um 22 Uhr 35. Lizanne materialisierte aus dem Nichts, um ihnen die Mäntel abzunehmen und die Hors d'œuvres und den Apéritif zu servieren. Bennett küßte Margaret innig, und Arnold Greeley berührte ihre Wange mit kalten Lippen. Das Abendessen würde in einer halben Stunde serviert, verkündete Lizanne, wenn Mister Bennett es nicht später wünsche.

Immer zählt nur, was Mister Bennett wünscht, dachte Margaret und tat es mit einem Achselzucken ab.

»Sie sehen noch hübscher aus als sonst«, stellte Arnold Greeley fest, indem er sie von Kopf bis Fuß betrachtete, ehe er sich in die Couch sinken ließ. Er war ein massiger, grobknochiger Mann von etwa einsachtzig, der zur Beleibtheit neigte, dieser aber mit Hilfe von Gymnastik und einer sorgfältigen Diät Einhalt gebot. Er hatte zwar eine Brille in der Westentasche stecken, sah aber, so pflegte er zu sagen, auch gut genug ohne sie, außer wenn er die Bibel oder das Kleingedruckte bei

Verträgen lesen mußte. Er sah müde aus, aber dennoch aufgekratzt.

Auch Bennett sah Margaret nachdenklich an. Plötzlich stellte er fest: »Du siehst wunderbar aus, Liebling. Die Erholung tut dir gut.« Sie kannte den Blick. Er wollte auf der Stelle mit ihr ins Bett gehen. Sie nickte und lächelte und sagte nichts darauf.

»Arnold hat heute abend auf einer Massenveranstaltung im Madison Square Garden gesprochen«, sagte Bennett und nahm einen langen Schluck. »Es gab einen Krawall, einen richtigen Krawall.«

Arnold Greeley lachte.

»Was meinst du damit?« fragte Margaret.

»Ach, das übliche. Demonstranten tauchten auf, schwenkten Spruchbänder und veranstalteten Sprechchöre. Sie waren gegen uns, und die Polizei mußte einschreiten.«

Margaret nickte. Bennett sah aufgewühlt aus; der Krawall hatte ihn erregt, und er würde sich später an ihr abreagieren, dachte sie. Bennett war nur drei Zentimeter kleiner als Arnold, hatte aber die bessere Figur, mit breiten Schultern und einem flachen Bauch – ohne Diät oder Gymnastik. Sein lackglänzendes Haar war sorgfältig gescheitelt und gekämmt, und seine Brille wurde von Jahr zu Jahr stärker. Ohne sie konnte er nicht einmal quer durchs Zimmer sehen.

»Wir müssen daran denken, die Nachrichten einzuschalten«, bemerkte Arnold und warf einen Blick auf seine Uhr.

Bennett stand auf und schaltete den Fernsehapparat ein, und sie versuchten, während der lärmenden Schlußszene eines Westerns, der Sendepause, der Werbung und schließlich der in hämmerndem Stakkato abgespulten Nachrichtenübersicht über allerlei Belangloses zu plaudern. Lizanne kam und erklärte, daß das Abendessen bereit sei. Sie runzelte die Stirn, als Arnold keine Anstalten machte, sich zu erheben. Margaret hob hilflos die Schultern, und Lizanne marschierte zurück in die Küche.

»Warum bringt sie das Zeug eigentlich nicht hier herein?« fragte Arnold Bennett, ohne sich vom Bildschirm abzuwenden. »Richten Sie mir doch einen Teller, bitte. Ja?«

Bennett und Margaret gingen ins Eßzimmer, wo Lizanne den Tisch gedeckt hatte. Eine Flasche Wein lehnte in einem Eiskübel. Hinter der Tür küßte Bennett Margaret noch einmal, diesmal mit hastiger Leidenschaft. »Du bist so schön heute«, flüsterte er. »Mein Gott, hoffentlich geht er zeitig schlafen.« Er lachte und knetete dabei ihre Brust.

Margaret machte einen Schritt weg von ihm und begann, das Essen für Arnold Greeley auf einem Teller zu arrangieren. »Du kannst wieder zurückgehen«, sagte sie. »Ich bringe die Teller hinein.« Er lächelte ihr zu und ging aus dem Zimmer. Lizanne erschien aus der Küche, und ich wußte, daß sie die ganze Zeit dort gestanden und auf den rechten Moment zum Eintreten gewartet hatte. Sie sah Margaret scharf an und bedeutete ihr mit einer Handbewegung, wieder ins Wohnzimmer zurückzukehren.

»Gehen Sie hinüber zu Ihrem Mann, Miß Oliver! Ich bringe einen Servierwagen hinein.« Das Mißfallen in ihrer Stimme konnte viel bedeuten: daß sie wütend war, weil man ihr sorgfältig vorbereitetes Abendessen links liegenließ, daß sie den Audruck des Ekels bemerkt hatte, den Margaret nicht schnell genug unterdrücken konnte, als Bennett sie berührt hatte, daß sie die Bettücher inspiziert hatte, die von Pauls Bett stammten ... Vermutlich. Es gab nicht viel, was ihr entging. Bei anderen Gelegenheiten, zu denen Lizanne in diesem Tonfall mit ihr gesprochen hatte, war Margaret sich vorgekommen wie ein gemaßregeltes Kind; heute aber schenkte sie dem keine Beachtung. Ich nahm das Zusammenkneifen von Lizannes Augen wahr, als sie Margaret beobachtete. Das Weib war sich der Tatsache bewußt, daß irgend etwas passiert war, und von jetzt an würde sie hinter Margaret herschnüffeln.

Als Margaret das Wohnzimmer betrat, saß Arnold auf der Kante der Couch, das Gesicht dunkelrot vor Zorn; er hatte sein zweites Glas geleert. Die Sportnachrichten begannen, und Arnold knurrte: »Diese Schweine! Sollen sie mich jetzt nur ignorieren, aber sie werden schon sehen! Bei Gott, denen werde ich's noch zeigen. Warte nur, bis sie merken, von wem die Wahlprogramme kommen, und wer die Fäden hinter den Kulissen zieht ...« Er schwieg, als der Nachrichtensprecher wieder erschien, aber er verlas nur noch ein paar Lokalmeldungen, die Arnold nichts angingen. Und dann war die Nachrichtensendung vorbei. Fünf Minuten lang fluchte er erbittert und ohne Unterlaß vor sich hin. Seine Wut schloß auch Bennett und alle anderen ein, die mit ihm im Madison Square Garden gewesen waren. »Floyd kann seinen Hut nehmen!« rief er nach der Generalbeschimpfung, die alle seine Mitarbeiter betraf. »Gottverdammter, ahnungsloser Scheißkerl, was versteht denn der überhaupt von Pressearbeit? Herr im Himmel, ich brauche einen Public Relations-Mann, der was leistet! Du verschaffst mir Melville, Ben, oder du kannst auch verschwinden! Hast du verstanden?«

Bennett sah Margaret an und hob die Schultern. »Aber sicher, Arnold, ich werde es versuchen ...«

»Nein, Ben, du wirst es nicht bloß *versuchen*! Du kriegst ihn, oder du fliegst!« Seine Stimme steigerte sich zu einem Kreischen. »Die beste Show, die wir bis jetzt abgezogen haben, und sie erwähnen sie nicht einmal! Ich habe Floyd gesagt, daß ich Bilder brauche, auf denen man das Blut rinnen sieht! Ich habe ihn gewarnt ... Verbinde mich mit ihm! Ich sag's dem Hurensohn selbst!«

»Arnold«, warf Margaret freundlich ein, »wir wollen erst Kaffee trinken, und dann werde ich versuchen, Floyd an den Apparat zu kriegen.« Sie goß Kaffee ein und reichte ihm eine Tasse, die er nehmen mußte, weil sie sich fast augenblicklich wieder abwandte. »Vermutlich ist seine Nummer momentan besetzt, weil er herausfinden will, warum die Sache nicht gesendet wurde.«

Arnold stellte seine Tasse auf den Tisch und fischte eine Zigarre aus seiner Brusttasche. Er biß das Ende ab und spuckte es in Richtung Kamin auf den Boden. »Da haben Sie recht«, gestand er Margaret zu. »Wir geben ihm eine halbe Stunde.«

Als Margaret Bennett eine Tasse reichte, drückte seine Hand eine Sekunde lang die ihre. Sie entzog sie ihm, so schnell sie konnte, und vermied es, ihn anzusehen.

Lizanne kam herein und trug die Teller mit den kaum angerührten Speisen wieder hinaus. Ihr Gesicht war maskenhaft starr, aber der Ärger umgab sie wie eine Wolke. Sie füllte Eis nach, brachte frische Gläser und produzierte anschließend leise Abwaschgeräusche in der Küche. Kurz darauf war sie verschwunden. Margaret hörte nicht mehr zu, was Arnold und Bennett jetzt diskutierten. Sie trank eine zweite Tasse Kaffee, diesmal schwarz, weil sie spürte, daß sie schläfrig wurde. Sie wollte allein sein, um über die seltsame Vision nachdenken zu können, die sie gehabt hatte.

»... kann ich dich westlich von den Alleghenies nicht mehr brauchen«, sagte Arnold, und Margaret warf einen Blick auf Bennett, der nickte. »Die verstehen schon Floyd kaum mehr, geschweige denn dich.« Arnold schob Margaret ein Blatt Papier hin. »Lesen Sie mir das vor, ja?«

Es war eine Presseaussendung. »›Arnold Greeley beschuldigte heute die Bundesregierung der bewußt falschen Darstellung der Fakten, betreffend das Stadterneuerungsgesetz und seine Anwendung im Mittleren Westen ...‹« Margaret machte eine Pause und blickte auf. Arnold sah sie unverwandt an; Bennett betrachtete seine Fingernägel.

»Das reicht«, stellte Arnold fest. Und zu Bennett gewandt: »Nimm sie mit!«

»Wohin?« fragte Margaret.

»Auf die Tour durch den Mittleren Westen. Wir fangen damit Freitag in einer Woche an. Cincinnati, Indianapolis, Chicago, Gary ...«

»Ich fürchte«, log Margaret, »ich verstehe Sie nicht.«

»Ich will sagen, meine Liebe, daß Sie ein unbestrittener Aktivposten, eine wertvolle Mitarbeiterin bei unserer kleinen Gruppe wären. Wir sind wie eine Familie, Margaret, wir helfen und schützen einander, wo wir nur können und wann wir nur können. Ich, meine Frau Betty – und Betty ist zwar gut, aber Sie haben diesen Akzent aus dem Mittleren Westen, den keiner je ablegt. Offen gesagt, Betty hat ein Gesicht wie ein Geier und diese hohe Neuenglandstimme, die bei allen Westernern augenblicklich das Licht ausmacht.« Er wandte sich an Bennett und fragte: »Ist sie fotogen?«

»Wie ein Fotomodell.«

»Dachte ich mir. Sieh zu, daß sie oft in die Presse kommt, Werbefotos, du verstehst schon.«

Margaret starrte ihn ungläubig an. »Ich glaube nicht, daß ich Ihrer ... Gruppe in irgendeiner Weise von Nutzen sein könnte, Mister Greeley. Meine Dummheit in politischen Dingen ist grenzenlos ...«

»Mister Greeley? Was soll das? Vor einer Minute war ich noch Arnold für Sie!« Er setzte sein Publicitylächeln auf und beugte sich vor. »Sie brauchen von Politik gar nichts zu verstehen, aber ich nehme an, unser Ben wird Ihnen schon verraten, was Sie sagen sollen und was nicht. Sehen Sie? So einfach ist das. Was wir sicher gut gebrauchen können, ist diese gewisse Herzlichkeit, die von Ihnen ausgeht. Sie haben genau das, was auch Jackie hatte. Persönliche Ausstrahlung? Charme? Verdammt, ich weiß nicht, was es ist, aber wenn man mich mit der Nase draufstößt, dann erkenne ich es wieder. Komisch, daß mir das noch nie aufgefallen ist ... Sei's, wie es sei, egal, Sie haben es, Schätzchen, und Sie werden der größte Trumpf sein, den wir im Ärmel haben! Warten Sie's nur ab!«

Margaret schüttelte den Kopf. »Tut mir leid, Mister Greeley ...« Aus dem Augenwinkel bemerkte sie die warnende Geste von Bennett, sprach aber weiter, »ich muß ablehnen. Ich weiß das Kompliment zu schätzen ...«

Arnold Greeley legte die Stirn in Furchen und schoß Bennett einen finsteren Blick zu.

»Ich glaube, es kommt zu plötzlich für sie, Arnold. Ich muß ihr erklären, daß es sich hier nicht um rauchige Zimmer und lautstarke Männer handelt, die die ganzen Nächte hindurch nur saufen und fluchen, um mickrige kleine Hotels und all das. Laß mich erst mit ihr reden, dann wird sie schon einverstanden sein, darauf kannst du dich verlassen.«

»Ich verlasse mich darauf«, sagte Greeley. Er sah Margaret noch einmal an, und ich konnte an seinen Augen und seiner Haltung erkennen, wie er sie taxierte. Er musterte sie wie ein Sklavenhändler neue Ware. Ohne den Blick von ihr abzuwenden fragte er Bennett: »Ihr zwei habt doch nicht etwa Schwierigkeiten, oder? Wenn ja, dann sagt es mir gleich jetzt. Ich schleppe euch nicht mit, nur damit mir irgendwann mal der Skandal, den ihr macht, auf den Kopf fällt.«

Margarets Gesicht wurde vor Wut ganz schmal, und sie

stand auf. »Ich glaube, ich werde mich jetzt entschuldigen«, sagte sie. »Es war ein langer Tag für mich.« Ohne einen Blick zurück verließ sie den Raum. In Josies Zimmer blieb sie stehen und begann heftig zu zittern. Ich hätte ihr gern die Schulter getätschelt, aber ich konnte nicht mehr tun, als ihr ganz nahe zu bleiben und mir wünschen, sie würde sich nicht so allein fühlen; sie konnte sich doch an mich lehnen oder an irgend jemand anderen. Sie begann sich zu entkleiden und sah das Päckchen auf dem Bett. Eine lange Schachtel mit einem silbernen Band. Sie legte es auf das Sofa, ohne es zu öffnen, und bereitete sich weiter aufs Zubettgehen vor. Als sie nach dem Zähneputzen zu den Schlaftabletten griff, versuchte ich nicht einmal, sie davon abzuhalten. Sie wollte weder wach noch aufzuwecken sein, wenn Bennett zu Bett ging.

Kapitel Neun

Es war ein grauer, trüber Tag. Nebel lag über dem Wasser, bedeckte den Strand und reichte halb über die Böschung bis fast in den Garten. Margaret stand auf den obersten Stufen und starrte ihn an, dann wandte sie sich wieder dem Unkraut und den Iris zu. Sie hatte Schmutz unter den Nägeln, und aus einem Fingerknöchel sickerte Blut und mischte sich mit der Erde auf ihren Händen. Eine verbissene Zufriedenheit ging von ihr aus, während sie das Unkraut ausriß und auf die Zufahrt schleuderte, wo sie es später zusammenrechen und verbrennen wollte. Sie versuchte, den kurzen halluzinatorischen Traum wieder einzufangen, den sie am Tag zuvor gehabt hatte, und er war in ihrer Erinnerung nicht weniger real, nicht weniger lebhaft. Es war eine so reale Erinnerung wie die Erinnerung an die Szene mit Arnold Greeley. Später, als Bennett ins Bett gekommen war, war sie von den Schlafpillen schon zu müde, als daß er sie hätte wecken können, und so hatte er sie einfach gebraucht. Sie spürte, wie ihr die Tränen hochstiegen, und arbeitete schneller. Sie hatte weder protestiert noch nachgegeben; sie hatte einfach als Sache existiert, die man eine kurze Zeitlang gebrauchte und dann zur Seite legte.

Ich hatte Arnold Greeley das Haus verlassen und näherkommen hören, Margaret aber nicht; als er sie ansprach, erschrak sie so sehr, daß sie beinahe taumelte.

»Entschuldigen Sie, meine Liebe. Ich wollte Sie nicht erschrecken.«

Sie stand auf und wischte sich die Hände langsam an den Jeans ab, die sie trug, wobei sie lange Spuren aus feuchter Erde an beiden Beinen hinterließ. Seine Augen folgten jeder ihrer Bewegungen. Sie fischte eine Zigarette aus der Jackentasche, und er hielt ihr ein Feuerzeug entgegen. »Allerschönsten guten Morgen«, sagte sie dann.

»Setzen wir uns auf die Steine dort drüben. Ich möchte kurz mit Ihnen sprechen, bevor Bennett aufsteht.«

Kommentarlos ging Margaret auf die Felsen zu, und er ging ebenso schweigend neben ihr her.

»Margaret«, begann er, nachdem sie sich gesetzt und ein Bein unter sich gezogen hatte, während sie das andere baumeln ließ und den Blick auf den Nebel gerichtet hielt, der anscheinend immer dichter wurde, anstatt zu vergehen. »Margaret«, wiederholte er, als sie fortfuhr, ihn zu ignorieren, »ich möchte ganz aufrichtig zu Ihnen sein. Wenn Sie sich weiterhin weigern, zu uns zu kommen, dann kann ich dagegen natürlich nichts machen. Aber ich möchte, daß Sie sich anhören, was ich zu erreichen versuche, bevor Sie eine endgültige Entscheidung treffen.«

»Einen Moment, Mister Greeley«, warf sie rasch ein. »Hören Sie mich vorher an! Es interessiert mich nicht, was Sie zu erreichen versuchen, was Ihre endgültigen Ziele sind. Es genügt mir, daß ich Ihre unmittelbaren Ziele kenne, und ich lehne es ab, daran teilzuhaben. Wenn Sie sich entschließen, Bennett meinetwegen zu feuern, dann ist das unser Problem und nicht das Ihre.« Sie inhalierte tief und warf dann die Zigarette hinunter in den Nebel.

»Ich mag Sie, Margaret. Nicht viele Leute hätten den Mut, mir das zu sagen, ganz besonders nicht Leute in Ihrer Position …«

»Was soll das heißen?«

»Nun, Sie sind von irgendwo aufgetaucht und haben Bennett geheiratet. Aus Liebe, nehme ich an«, setzte er zynisch hinzu. »Die Tatsache, daß Sie aus einer Familie kommen, wo das höchste Einkommen im allerbesten Jahr immer noch unter zehntausend blieb, hatte damit natürlich nichts zu tun. Die Tatsache, daß Sie jetzt Nerze und Brillanten besitzen und in einer Sorglosigkeit leben, von der Sie früher nicht einmal träumen konnten, hat auch nichts damit zu tun. Ich verstehe das alles. Ich schätze Leute, die sich hochturnen. Ich habe mich selbst hochgeturnt. Ben auch. Jeder, der etwas zählt, hat es gemacht. Natürlich greifen wir nicht alle nach den gleichen Dingen. Sie wollten Geld und ein sorgenfreies Leben. Ben mag die Befriedigung, die einem die Zugehörigkeit zu einem bestimmten Machtapparat verschafft – und zwar nicht bloß zu jenem irgendeiner Firma, sondern zum echten Machtgefüge einer Regierung. Ich ... will auch gewisses. Also sind wir bereit, unseren Nächsten dazu zu benützen, das alles zu erreichen. Und in diesem Fall können wir einander benützen. Jeder von uns kann das bekommen, was er will und braucht.«

Margaret lachte, und er sah einen Augenblick lang verblüfft aus, dann war die Maske wieder aufgesetzt, und er lächelte auch. »Ja, es ist amüsant ...«

Margaret stand auf und bemerkte, daß die Nebelschicht schließlich doch an ihren dünnsten Stellen von der dahinter versteckten Sonne durchbrochen wurde. Vielleicht konnte sie später schwimmen ... »Sie bezahlen Ben doch gut, nicht wahr?« fragte sie. »Wieviel bieten Sie mir, wenn ich mich an der Sache beteilige?«

Wieder war er überrascht. Er zögerte und fragte dann: »Wieviel wollen Sie?«

»Ach, ich dachte an ... nun, ungefähr zehntausend im Monat. Ist Ihnen mein Charme, meine persönliche Ausstrahlung oder was auch immer, zehntausend im Monat wert, Mister Greeley?«

Da sprang auch er auf, und sein Gesicht wurde vor Wut dunkelrot. »Das werden Sie bereuen, Margaret. Sie können nicht ungestraft mit mir spielen. Lassen wir die Sache für den Augenblick, aber ich werde mit Ben sprechen. Dann werden wir weitersehen. Dann werden wir weitersehen!«

Margaret lachte und zündete sich selbst eine Zigarette an. »Das ist der Grund, weshalb Sie ein so gräßlicher Mensch sind«, sagte sie. »Sie haben überhaupt keinen Sinn für Humor, was? Ich weiß nicht, ob ich an Gott glaube oder nicht, aber wenn es ihn gibt, hat er sicher einen ausgeprägten Sinn für Humor. Daran sollten Sie denken, Mister Greeley. Sie sollten daran denken, wenn Sie sich auf seinen Thron setzen wollen.«

Arnold Greeley wandte sich zum Gehen, aber er hielt inne und stand einen Moment lang ganz still, bevor er sich umdrehte und ihr ins Gesicht sah. »Sie kleine Schlampe«, zischte er. »Sie abgefeimte kleine Schlampe! Sie huren doch in der

Gegend herum, was? Sie möchten wohl, daß ich die Dinge aufschaukle zwischen Ihnen und Ben; Sie möchten, daß er Ihnen davonläuft, damit Sie absahnen können, was?« Er lächelte und maß sie von Kopf bis Fuß. »Ich habe momentan wichtigere Dinge im Kopf, meine Liebe. Aber ich komme schon noch auf Sie zurück. Wir haben noch einiges offen, Sie und ich. Ich werde es nicht vergessen.« Er wandte sich abrupt um und kehrte mit raschen Schritten zum Haus zurück.

Margaret bemerkte, daß ihre Hände bebten; sie warf die Zigarette weg und bohrte beide Fäuste in die Taschen ihrer Jakke. Plötzlich fror sie. War es tatsächlich das, worauf sie hinauswollte? Sie konnte die Frage nicht beantworten.

Sie blieb noch eine halbe Stunde im Garten und ging dann hinein. Aus dem Wohnzimmer drang das leise Poltern von Stimmen, als sie zum Schlafzimmer ging. Sie schloß die Tür hinter sich. Als sie aus der Dusche kam, wartete Bennett im Zimmer auf sie. Seine Züge waren angespannt und hart. Sie war in ein Badetuch gewickelt, das sie fester um sich zog, als sie an ihm vorbei zum Kleiderschrank ging.

»Was ist zwischen dir und Arnold passiert?« fragte er.

»Nichts. Er wollte mich anheuern, aber ich weiß, daß dir der Gedanke an eine arbeitende Ehefrau nicht gefällt, also habe ich abgelehnt.«

»Margaret, um Himmels willen, laß die Scherze!« Bennett drehte sie herum, und sie sah ihm in die Augen. »Er hat mir erzählt, daß du ausfallend wurdest. Nicht nur ihm gegenüber, sondern auch der ganzen Kampagne gegenüber. Ist das richtig?«

»Kann durchaus sein. Ich interessiere mich nicht für Politik, wie du weißt.«

»Margaret, du kannst ihn nicht so behandeln! Er ist ein wichtiger Mann. Ich will nicht, daß du alles aufs Spiel setzt, wofür ich gearbeitet habe.«

Margaret fragte sich, warum Greeley Ernst gemacht und Bennett alles erzählt hatte, ließ den Gedanken aber fallen. So oder so, es war ihr egal. »Er hat mich nicht angeheuert, Bennett«, sagte sie. »Zumindest meines Wissens nach nicht. Du hast mich doch nicht etwa an ihn verkauft, oder?«

»Was hast du eigentlich vor?«

»Ich versuche zu begreifen, warum ich seine Befehle entgegennehmen soll, das ist alles. Ich bin deine gehorsame Ehefrau, aber das heißt doch nicht, daß du mich mit ihm teilen kannst, oder?«

Bennett nahm die Brille ab und putzte sie hingebungsvoll mit seinem Taschentuch. Ohne sie sah er so nackt aus. Und sehr viel jünger. Er sagte, den Blick auf seine Brille gesenkt: »Er glaubt, du hast ein Verhältnis.« Er rückte seine Brille wieder zurecht und sah sie streng an. »Margaret, gibt es jemand anderen? Bist du deshalb so verändert?«

Sie schüttelte leicht den Kopf. »Nein, Bennett ...«

Er glaubte ihr. Sie glaubte es selbst, und ihre Unschuld war unverkennbar. Bennett starrte sie noch eine Minute lang an und drückte sie dann heftig gegen seine Brust. Seine Stimme klang belegt. »Als er das sagte, schmerzte es wie ein Messer in meinem Innern. Ich habe geglaubt, ich bekomme einen Herzanfall. Ich wußte, daß es nicht stimmt, aber du bist dennoch verändert, Margaret, und es wäre eine Erklärung dafür gewesen – dachte ich. Margaret, vergib mir! Ich bin abgespannt, und er hat eine so überzeugende Art, und plötzlich erschien es mir durchaus denkbar ...«

Margaret nickte. Insgeheim bewunderte sie Greeley, weil er so schnell an diese Taktik gedacht hatte. Er kannte Bennett durch und durch. Wenn Bennett annahm, daß sie sich mit jemand anderem traf, würde er ihr nicht gestatten, auch nur zwei Stunden allein zu bleiben. Er würde sie nicht verlassen – oder ihr erlauben, ihn zu verlassen; nein, er würde sie einfach in Sichtweite halten. Bennett war nicht eifersüchtig, aber nur deshalb nicht, weil Margaret sein Besitz war. Sich einzugestehen, daß er eifersüchtig war, hätte bedeutet, sich einzugestehen, daß seine Eigentumsrechte nicht absolut waren. Und die würde er nötigenfalls dadurch garantieren, indem er ihr einen Leibwächter zur Seite stellte.

»Bennett, versuch zu verstehen, wie ich über die ganze Sache denke. Ich bin ein völlig unpolitischer Mensch, das weißt du. Ich habe gearbeitet, bin zur Schule gegangen, habe wieder gearbeitet und dann geheiratet. Das war mein bisheriges Leben. Du glaubst doch nicht eine Minute lang, daß ich wirklich ein Verhältnis mit einem anderen habe. Greeley erträgt es nur einfach nicht, jemanden in seiner Nähe zu haben, der sich ihm nicht unterordnen will, und genau das will ich nicht. Wirklich, ich werde es nicht tun. Seit ich ein Kind war, hat es nichts gegeben außer Krieg und Kaltem Krieg und noch viel mehr heißen Kriegen. Das ist alles, was Politiker je erreichten. Ich weiß, das war immer so, in der ganzen Geschichte der Menschheit, aber ich kann nur von dem ausgehen, was mich persönlich tangiert. Ich sehe mich um in der Stadt und sehe all den Dreck und die Slums und das miserable Leben, das die meisten Leute führen müssen, und ich denke: die Politik. Na gut, dein Arnold Greeley will an die Macht, das wollen viele. Ich weiß das. Geld ist nicht mehr gleichbedeutend mit Macht. Und das weiß ich auch. In der Politik, in der erfolgreichen Politik liegt die Macht. Es ist mir völlig gleichgültig, ob Arnold Greeley an diese Macht herankommt oder nicht. Ich sehe keinen großen Unterschied zwischen ihm und den anderen. Und es ist mir auch gleichgültig, daß du eine Scheibe von dieser Macht für dich selbst willst. Ich war ein bißchen überrascht davon, aber das hat sich gegeben. Es ist mir einfach gleichgültig. Es ist zu unwichtig. Aber ich will keinen Anteil daran haben. Ich lehne es ab, unter allen Umständen!«

Bennett hatte sie in der Hälfte dieser kleinen Rede losgelassen; er sah sie wieder ärgerlich an. »Kannst du nicht glauben, daß ich etwas für die Menschen tun möchte? Daß ich ganz ehrlich mit meinem Leben etwas Gutes anfangen möchte?«

Sie schüttelte den Kopf. »Nenn mich zynisch, wenn du willst, oder aufrichtig: Deshalb wirst du nie ein Politiker werden. Aber es ist mir egal.«

Sie ließ das Badetuch fallen und zog ihr Höschen an. Er wandte sich zur Seite. Schnell streifte sie ihre anderen Kleider über, während Bennett aus dem Fenster starrte. Als sie sich an den Frisiertisch setzte und anfing, ihr Haar zu bürsten, sah er sie wieder an. »Was ist mir dir geschehen, Margaret? Du bist dir doch im klaren, daß irgend etwas mit dir geschehen sein muß, nicht wahr?«

Sie schüttelte den Kopf. »Da bin ich nicht deiner Meinung.

Greeley hat dir das eingeredet, und jetzt siehst du Gespenster.«

»Warst du allein hier?«

»Ich sagte dir doch, ein Doktor Bok wollte herauskommen wegen irgendwelcher Papiere, die Josie hiergelassen hat. Der ist gekommen und hat einen seiner Studenten mitgebracht. Bok hatte einen Brief bei sich, mit der Erlaubnis, das Material studieren zu dürfen, also habe ich es ihm gestattet.«

Bennett tat Bok mit einer Handbewegung ab. »Ich kenne ihn«, sagte er. »Niemand sonst?«

»Um ehrlich zu sein, ja«, antwortete Margaret und legte Lippenstift auf. »Harry Dyerman, der Sohn des Kaufmannes. Er ist etwa sechzehn, siebzehn.« Sie zeichnete die Augenbrauen leicht mit einem Stift nach, und Bennett machte eine abrupte Wendung zur Tür hin.

»Margaret, es tut mir leid. Weiß Gott, ich glaube nicht, daß du mich anlügen kannst. Das ist eines der Dinge, die mich von Anfang an hingezogen haben zu dir. Du bist so kindlich aufrichtig, daß man dich einfach beschützen muß. Es tut mir leid«, wiederholte er brüsk.

Margaret nickte. Doch bevor er gehen konnte, fragte sie: »Bennett, wer war Paul Tyson? Wie ist er gestorben?«

»Warum?«

»Sein Name steht in manchen von den Aufzeichnungen hier. Also habe ich mich gefragt, wer er war.«

»Er ist ertrunken. Das hat zumindest die Polizei festgestellt. Er war ein Freund von Josie. Möglicherweise ihr Geliebter, ich weiß es nicht.« Er schien sich zum erstenmal bewußt zu werden, daß sie sich zum Ausgehen zurechtgemacht hatte. »Hast du eine Verabredung oder etwas Ähnliches?« Das Mißtrauen war wieder da.

Margaret lächelte und schüttelte den Kopf. »Ich gehe einkaufen, dann bin ich euch aus dem Weg, und du kannst ungestört mit Arnold reden.« Es war beiden klar, daß es sie nicht interessierte, ob er ihr glaubte oder nicht. »Ich sage Lizanne, sie soll beim Mittagessen nicht mit mir rechnen«, fügte sie hinzu, während sie die Handschuhe überzog. »Ich kaufe mir im Einkaufszentrum ein Sandwich.«

Bennett, der begonnen hatte, die Tür zu öffnen, ließ sie wieder ins Schloß gleiten. Einen langen Augenblick starrten sie einander an. Wieder war er es, der zuerst klein beigab. »Okay«, sagte er. »Ich mache dir keinen Vorwurf. Dieses Haus ist zu klein, als daß man einander aus dem Weg gehen könnte. Bis später.«

Margaret spazierte eine Stunde lang im Einkaufszentrum herum und kaufte nichts. Dann, in einem Stoffgeschäft, fiel ihr Blick auf ein Regal mit Wolle. Seit Jahren hatte sie nicht gestrickt, zum letztenmal mit zwölf Jahren, als sie sich das Bein gebrochen und einen Gipsverband getragen hatte. Doch plötzlich versenkte sie sich in die Hefte mit den Strickmustern und kaufte schließlich eine Anleitung und Wolle für einen Pullover mit dazu passender Kappe.

Sie fuhr mit ihrem Einkauf zum Haus zurück, zog den Badeanzug an und ging an den Strand, um zu schwimmen. Bennett kam für ein paar Minuten hinunter, ging aber nicht ins Wasser, sondern hielt ihr nur das Badetuch entgegen, als sie herausstieg. An diesem Abend kamen zwei Männer, die sich mit Greeley berieten, und Margaret konzentrierte sich drei Stunden lang auf die Strickarbeit, während die Gespräche um ihre Ohren wirbelten. Um Mitternacht entschuldigte sie sich und ging ins Schlafzimmer.

Bennett folgte ihr, packte sie fest und schüttelte sie. »Du kannst dich nicht so benehmen«, fauchte er. »Du hast Gäste!«

»Ich?« Sie riß sich los. »DeSilva mein Gast? Diesen Menschen würde ich nicht einmal auf ein Floß in der Mitte des Ozeans einladen, und seine Einladung würde ich ausschlagen, wenn er schon draufsitzt!«

»Schsch!« Er legte ein gefaltetes Blatt Papier in ihre Hand. »Arnold hat gesagt, ich solle dir das hier geben.«

Margaret öffnete es und las: »Sie haben einen Vater, der in der Stadtverwaltung von Terre Haute angestellt ist; außerdem haben Sie vier Brüder, die sich möglicherweise wünschen, ihre Schwester wäre höflicher gewesen.«

Sie reichte das Blatt Bennett. Er hielt viel zu lang den Blick darauf gesenkt, und sie wartete. Schließlich sah er auf und zerknüllte die Botschaft in der Hand. Er war blaß.

»Nun?« fragte sie.

Er wandte sich ab und griff nach der Tür. Mit ausdrucksloser Stimme sagte er: »Arnold möchte, daß du Brannigan ungefähr zwanzig Minuten lang in der Küche festnagelst, während er mit DeSilva spricht«, und ging hinaus.

Einige Minuten lang stand Margaret bewegungslos da. Sie starrte vor sich hin in den Spiegel, aber ohne etwas wahrzunehmen; langsam nur sah sie sich darin aus dem Nichts erscheinen, aus einer Leere, die sich vor ihr ausgebreitet hatte. Während dieser Minuten hatte ich verzweifelt versucht, zurückzufinden zu Paul und dem Garten oder zu dem grauen Nichts. Genau an dieser Stelle war sie gestanden, hatte genauso vor sich hingestarrt. Diesmal blieb das Bild sie selbst: Margaret, die sehr klein aussah, fast wie ein kleines Mädchen im besten Kleid ihrer Mutter. Das »Hübsche«, das Bennett ihr gebracht hatte, hatte sich als langes schwarzes Samtkleid herausgestellt, mit tiefem Ausschnitt und weitem Rock und einem breiten, goldbesetzten Gürtel. Von einer goldenen Haarspange fiel ihr Haar lose herab.

Margaret konzentrierte sich auf das Gefühl des Friedens, das sie im Garten verspürt hatte, und langsam wurde sie wieder ruhig und beherrscht. Sie sah sich im Zimmer um, nahm ein Taschentuch auf und ging hinaus. In der Küche schob sie einen Stuhl zu den Schränken und stellte eine Büchse Kaffee weit hinauf auf das oberste Brett; dann schob sie den Stuhl wieder zurück zum Tisch. Sie ging zur Tür zum Wohnzimmer und fragte: »Kann mir einer der Herren helfen? Ich bin offenbar zu klein für diese Küche.«

Zwei von ihnen standen auf, und Arnold Greeley bedeutete DeSilva, sich wieder zu setzen. Brannigan kam in die Küche.

»Unsere Köchin ist ungefähr zwanzig Zentimeter größer als ich«, sagte Margaret mit einem Lächeln. »Sie stellt alles so auf, daß nur sie es bequem erreichen kann.«

Brannigan lachte leise in sich hinein und holte die Kaffeebüchse herab. »Noch etwas?«

»Ich glaube, Lizanne hat Sandwiches vorbereitet. Ich weiß, daß sie dazu griechische Oliven gekauft hat, und jetzt frage ich mich, ob das Glas geöffnet ist ...«

Um halb eins kehrten Margaret und Brannigan mit einem Servierwagen, auf dem Kaffee, Sandwiches und kleine Kuchen waren, lachend ins Wohnzimmer zurück. Greeley empfing sie mit einem Lächeln und bedeutete Margaret, sich neben ihn auf die Couch zu setzen, doch Margaret wählte einen Stuhl neben dem Kaffeetischchen und ging daran, die Gastgeberin zu spielen. Sie füllte die Tassen und reichte die Sandwiches. Ich blieb sehr nahe bei ihr; sie befand sich in einer neuen, seltsamen Stimmung, und ich fand heraus, daß sie mir gegenüber sehr empfänglich war. Als sich das Gespräch von der lokalen politischen Szene von Atlantic City auf das allgemeinere Thema des ganzen Staates verlagerte, erinnerte sie sich daran, was sie über die Auswirkungen der Umweltverschmutzung auf die Austernfischerei New Jerseys gelesen hatte, über die Auswaschung der Strände durch die Stürme im letzten Jahr und den schleichenden Verlust von landwirtschaftlich genutztem Grund und Boden an Industrie und Straßenbau. Eine Stunde lang verwickelte sie DeSilva und Brannigan in eine Unterhaltung über ihren eigenen Bundesstaat, und Arnold Greeley sah ihr dabei zu. Margaret war völlig entspannt, amüsiert und amüsant und sehr interessiert.

Zehn Minuten nach zwei erhob sich DeSilva und meinte, daß es Zeit sei zu gehen. Er drückte Margarets Hand herzlich. »Kommen Sie morgen hinunter nach Atlantic City?«

»Diesmal nicht«, sagte Margaret und machte keine Anstalten, ihm ihre Hand zu entziehen.

»Kann ich Ihnen nicht verdenken. Könnte schlimm werden. Aber wenn sie das nächstemal durchkommen, im Spätsommer oder im Frühjahr, dann sind Sie sicher dabei, ja? Dann zeige ich Ihnen die Stadt.«

Margaret versprach, es zu versuchen. Um Viertel nach zwei waren Brannigan und DeSilva draußen, und Arnold Greeley machte Anstalten, den Arm um Margarets Schulter zu legen. Sie zuckte zurück und sagte eindringlich: »Wagen Sie es nicht, mich zu berühren. Nie!«

Greeley lachte, ging zur Karaffe und erneuerte seinen Drink. Mit dem Rücken zu ihr sagte er: »Ich finde es äußerst interessant, in welcher Rolle die verschiedenen Menschen sich offenbaren. Ben hat mich davon überzeugt, daß Sie ein unschuldiges Wesen sind, daß Sie keinen heimlichen Liebhaber haben, daß Sie sich aus Geld nichts machen, und so weiter und so fort.« Er hob sein Glas in ihre Richtung und fuhr spöttisch fort: »Außerdem habe ich herausgefunden, daß Märtyrer recht nützlich sind, weil ihre Suche nach dem Märtyrertum nie aufhört, bis zu ihrem Tod. Wie kurios, daß Sie sich zwar weigerten, für Ihren Mann zur Märtyrerin zu werden, nicht aber für Ihre Brüder und Ihren Vater.«

Bennett fuhr dazwischen: »Laß den Quatsch, Arnold! Es reicht. Margaret hat beschlossen, bei uns mitzumachen. Das reicht doch!«

»Ich finde, wir sollten unsere Augen offenhalten, alle«, setzte Greeley hinzu. Margaret wandte sich ab und ging ins Schlafzimmer, während Greeleys Blick von ihr zu Bennett und wieder zurück wanderte. Eine Minute später hörte ich Bennett sagen: »Ich gehe auch schlafen. Brauchst du noch etwas?«

Margaret war noch nicht zu Bett gegangen. Sie war umgezogen und trug jetzt einen geblümten Bademantel und Pantoffel und lief im Zimmer auf und ab.

Bennett blieb in der Tür stehen und sagte: »So wie heute abend habe ich dich noch nie gesehen. Du warst wundervoll. Danke.«

Margaret starrte ihn ungläubig an. »Ist das alles?«

»Was meinst du?«

»Dieser Mensch erpreßt mich. Oder ist das Nötigung? Und du sagst danke?« Plötzlich lachte sie auf und ließ sich auf die Couch fallen. »Ich glaube, ich werde wirklich verrückt!«

Bennett zog einen Stuhl an ihre Seite und versuchte, nach ihrer Hand zu greifen. Sie zog sie weg. »Du darfst nicht vergessen, Margaret, daß das kein Spiel ist. Du hast mich behandelt wie einen kleinen Jungen, der ein neues Spielzeug hat, von dem man weiß, daß es in ein paar Wochen wieder uninteressant sein wird. So ist es aber nicht ...«

»Das sehe ich auch langsam«, murmelte sie.

»Na gut, du haßt das alles. Die meisten Frauen müssen sich aber ihrer Männer wegen mit einigen Dingen abfinden, die ihnen mißfallen. Du hast dich über die Managerweiber mokiert –

die müssen mit etlichem rechnen in dieser Hinsicht, das weißt du. Auch Arztfrauen. Von den höchsten Regierungsmitgliedern bis hinunter zu den Kleinstadtbürgermeistern haben die Ehefrauen ihre Pflichten und müssen mitspielen.«

»Ich weiß«, sagte sie abwesend. Sie dachte darüber nach, daß das, was ihr widerfahren war, nichts mit ihr selbst zu tun hatte; man hatte sie benutzt; sie war von irgend jemandem von hier an irgendeinen anderen Ort gebracht worden. Und sie hatte Josies Rolle gespielt. Aber er, der Mann in ihrer Vision, rief sie Meg, Liebling. Es war nur eine Halluzination, hielt sie sich scharf entgegen. Nichts war geschehen. Sie hatte es sich nicht ausgesucht, ein halluzinatorisches Erlebnis zu haben. Es war ihr zugefügt worden. Und sie hatte es sich auch nicht ausgesucht, Greeley zu helfen … Wenn sie all die Entscheidungen, die sie in ihrem Leben getroffen hatte, zusammennahm – wie viele davon waren echte Entscheidungen gewesen? Die Schule? Sie hatte ein Stipendium bekommen, das bis zum Abschluß jährlich erneuert worden war. Die Stellung bei der Computerfirma hatte sie über den Dekan ihrer Schule bekommen. Und von der Firma war sie nach New York geschickt worden – nicht sie hatte um die Versetzung gebeten. Und die Entscheidung, Bennett zu heiraten? War das die einzige echte Entscheidung gewesen, die sie in ihrem Leben getroffen hatte?

Wir waren jetzt einander so nahe. Ich mußte sie ganz einfach auch diese »Entscheidung« sehen lassen. Ich war brutal zu ihr, ließ Bennett verschwinden, das Zimmer, alle. Ich zwang sie, die Szene nochmal zu betrachten, ließ sie die Blitze des Schuldbewußtseins nachvollziehen, die sie durchzuckt hatten, ehe sie sie so schnell, wie sie gekommen waren, wieder verscheuchte. Ich zog die Verpflichtung hervor, die sie sich selbst auferlegt hatte in jener Nacht, und ließ sie sie zum erstenmal bewußt sehen. Sie hatte sie sich auferlegt und dann weggeworfen, um sich ihrer nie wieder zu entsinnen, doch sie wirkte auf sie so vorhersehbar wie Pavlovs Glocken.

Sie hatte sich an diesem Abend gezwungen, sich mit Bennett verheiratet zu fühlen, für immer, ohne Rettung in letzter Sekunde. Alles andere war nur leere Geste gewesen, die das formalisierte, was bereits Tatsache war. Sie erkannte es zum erstenmal.

»Margaret! Margaret! Um Himmels willen, was ist mit dir passiert?« Bennett schüttelte sie.

Sie öffnete die Augen und starrte ihn an. Langsam schüttelte sie den Kopf, aber diesmal zogen sich die Geschehnisse jener ersten Nacht nicht in die Vergessenheit zurück. Sie erinnerte sich sehr deutlich an alles.

»Margaret, du bist weiß wie ein Gespenst! Ist dir nicht gut?«

Sie schüttelte den Kopf. »Nein, nein. Es ist nur so spät. Ich bin müde.« Sie stand auf und ging zum Bett, während sie ihren Bademantel auszog und fallenließ, ohne zu denken, was sie tat. Ich konnte Bennetts Angst und Unschlüssigkeit fühlen. Er hob den Bademantel auf und betrachtete sie. Dann schleuderte er den Mantel von sich, eilte zum Bett und setzte sich neben Margaret. Sie drehte sich um, weg von ihm.

»Margaret, es tut mir leid. Ich habe nicht erkannt, was ich dir angetan habe. Du mußt nicht weitermachen. Ich bringe Arnold schon dazu, dich aus dem Spiel zu lassen. Ich verspreche es dir.«

»Es ist nicht wichtig«, sagte sie ruhig.

»Margaret, das ist es ja, was er wollte. Er wollte uns auseinanderbringen, uns entzweien. Er hat Angst vor dir, weil du anders bist als er. Doch er weiß, daß du dich nicht fürchtest vor ihm, und er möchte dich dazu zwingen, ein bißchen nachzugeben. Du hättest fürs erste mal mitspielen und es nicht an die große Glocke hängen sollen. Greeley kann es nicht ausstehen, wenn man ihn abweist. Ich hätte dich schon wieder herausgezogen. Spiel ihm nicht so in die Hand, Margaret. Wir gehören doch zusammen!«

Sie lachte, wieder sehr leise. »Ich nehme die Antibabypille. Ich habe schon vor einem Jahr damit angefangen.«

»Ich weiß.«

Sogar das, dachte sie ohne Überraschung.

»Ich habe zu Doktor Crellen über uns und unsere Probleme gesprochen, und er erzählte mir, daß er sie dir empfohlen habe. Es sind eigentlich Fruchtbarkeitspillen, sagte er. Sie werden für beide Zwecke verwendet, klingt komisch, nicht ...«

Seine Stimme erstarb. Der falsche Humor in seinem Tonfall konnte den Satz nicht in Gang halten. Sie antwortete nicht, und nach einer weiteren Minute erhob er sich, zog sich aus und legte sich ins Bett. Er hatte vergessen, das Licht auszuschalten. Ich wartete interessiert, aber Bennett berührte nur ihre Schulter und ließ seine Finger über ihren Arm gleiten. Margaret machte keine Bewegung, weder zu ihm hin, noch von ihm weg. Er zog seine Hand weg, stand auf, löschte das Licht und kehrte wieder ins Bett zurück. Er rührte sie nicht mehr an.

Kapitel Zehn

Margaret träumte die ganze Nacht. Sie schlief so leicht, daß alles, was ich tat und dachte, sie in irgendeiner Weise beeinflußte, und sie empfing meine Aktivitäten als Träume. Ich hatte mich sehr bemüht, zurückzufinden zu dem Garten, aber ohne Erfolg; doch ich hatte eine Menge gesehen, von dem Margaret nur einen flüchtigen Blick erhaschen konnte, und daran erinnerte sie sich, als sie aufwachte. Sie brachte es arg durcheinander, nahm eine Szene von hier, eine Erinnerung von dort, einen Wunsch, eine Befürchtung … Das, woran sie sich erinnerte, schrieb sie nieder:

Ich war mit Bennett und einigen anderen Männern in einem Boot. Sie alle rauchten Zigarren, tranken und beobachteten mich und warteten auf ein erstes Zeichen, daß ich locker wurde. Aber ich wußte, daß sie über mich herfallen und mich nacheinander vergewaltigen würden, wenn ich nicht auf der Hut war. Ich war sehr aufgeregt, sehr wach und hatte Angst, versuchte aber, mich nicht zu verraten. Greeley wich mir die ganze Nacht nicht von der Seite. Das Boot fuhr immer im Kreis, wir hatten uns verirrt. Dann kam mein Bruder Gary mit zwei Pistolen in Halftern. Einen Fuß auf einer Messingstange, wie es sie in Bars gibt, stand er da und beobachtete alles. Betty Greeley meinte zu Arnold: »Ich habe dir doch gesagt, Margaret ist eine Null, aber das hier ist eine andere Frau. Ich kenne diese Frau nicht, wer ist sie? Sie wird uns alle ertrinken lassen.« Ich nahm eine von Garys Pistolen und schoß Löcher in das Boot, und als es sank, begann ich, zum Ufer zu schwimmen. Als ich müde wurde, half mir Paul Tyson.

Nachdem sie den Traum niedergeschrieben hatte, las ihn Margaret immer wieder und versuchte, die einzelnen Teile miteinander zu koordinieren. Dann faltete sie das Blatt Papier und steckte es in ihre Tasche, als es leise klopfte.

»Ja«, rief sie, und Lizanne trat ein.

»Möchten Sie hier frühstücken, Miß Oliver? Mister Bennett hat gesagt, ich soll Sie fragen.«

»Kaffee«, sagte Margaret abwesend. Sie hatte noch nie um irgendwelche speziellen Dienste gebeten, war immer bei Tisch erschienen, wenn die Mahlzeiten serviert wurden, und hatte keine Sonderbehandlung gewollt. Lizanne nickte, weniger als Antwort, sondern eher als Bestätigung ihres eigenen Argwohns. Sie verließ das Zimmer. Ich hörte sie draußen in der Diele auf der anderen Seite der Tür. Sehr leises Geflüster – ihre Stimme und die Arnold Greeleys. Sie verzogen sich irgendwohin, aber ich konnte sie immer noch hören, wie sie flüsterten, wie sie übereinstimmend der Meinung waren, daß Margaret verändert sei, daß es irgendwelche Heimlichkeiten gäbe bei ihr. Dann waren sie außer Hörweite – nein, Bennett war aufgetaucht. Arnold und Bennett im Gespräch – Arnold, der auf dem Standpunkt stand, daß man Margaret nicht allein lassen dürfe, daß sie nicht besonders gut aussähe; Bennett, der zustimmte, einen erleichterten Unterton in der Stimme.

Als Bennett eintrat, trug er den Kaffee, um den Margaret gebeten hatte. Sie war jetzt in langen Hosen und einen Pullover gekleidet. Auf dem Tablett standen zwei Tassen. Bevor er etwas sagen konnte, begann Margaret: »Ich hatte einen seltsamen Traum heute nacht. Darin stritten wir beide wegen Lizanne. Ich sagte dir, ich würde sie hinauswerfen, wenn sie nicht mit dem Bus zurückfährt in die Stadt, und du sagtest, daß ich sie nicht hinauswerfen könne, weil sie deine Köchin, deine Haushälterin sei.« Sie goß Kaffee ein.

»Es gefällt mir nicht, daß sie dich hier draußen ganz allein läßt, Liebling. Ich habe ihr aufgetragen, hier zu bleiben, bis du wieder heimfahren möchtest.«

Margaret nickte. »Déjà vu. Seltsam, nicht?«

»Überhaupt nicht. Du hast das Bewußtsein verloren, gestern abend, oder etwas Ähnliches. Klarerweise würde ich dich nicht allein lassen. Das hast du gespürt und diesen Traum geträumt. Die Erfüllung des Wunsches. Du willst tatsächlich im Augenblick nicht allein sein.«

»Doch, Bennett, das will ich! Und ich werde es auch. Im

Traum sagte ich zu dir, daß ich ins Hotel gehen würde, wenn sie bleibt.«

»Margaret, sei nicht kindisch. Ich habe Lizanne bereits aufgetragen, hierzubleiben bei dir. Mach mir keine Szene deswegen.« In der Vergangenheit wäre die Sache damit erledigt gewesen. Wie oft, fragte sich Margaret, hatte sie nachgegeben – nicht, weil er etwas Bestimmtes gesagt hatte, sondern weil er in diesem besonderen Tonfall sprach? Sie trank langsam ihren Kaffee, sah Bennett über den Rand der Tasse hinweg an und wartete, bis er geendet hatte. »Arnold und ich haben vor, um zwei oder drei Uhr nachmittags abzureisen«, sagte er. »Bitte komm und benimm dich jetzt!«

»Ich werfe sie hinaus, Bennett«, stellte Margaret ruhig fest. »Wirklich. Und wenn sie nicht geht, dann rufe ich die Polizei und lasse sie wegen unbefugten Eindringens verhaften.«

Bennett blinzelte, nahm seine Brille ab und putzte sie energisch. Nach einer Minute sagte er: »Du weißt, daß du sie nicht entlassen kannst. Das hast du bereits eingeräumt. Sie ist bei mir, seit ich ein Kind war; sie hat mein Leben lang für mich gesorgt. Es ist mir schon klar, daß die Hausangestellten normalerweise in die Domäne der Hausfrau gehören, aber in diesem Fall fürchte ich, daß dein Traum schon richtig war. Sie ist *meine* Köchin, *meine* Haushälterin. Sie würde dich auslachen, wenn du versuchst, sie hinauszuwerfen.«

»Und wenn ich sie verhaften lasse? Würde sie dann auch lachen, Bennett? Würdest du lachen?«

»Um Himmels willen, Margaret, es ist mir egal, ob sie hierbleibt oder nicht! Kommst du jetzt mit hinaus?«

»Nein. Ich will Arnold Greeley nicht sehen. Adieu, mein Lieber. Gute Reise. Hol dir keinen blutigen Kopf bei den Krawallen!« Sie drehte ihm den Rücken zu, nahm ein Buch und schlug es irgendwo auf; sie setzte sich damit hin und sah nicht mehr auf.

Er trat einen Schritt auf sie zu, blieb stehen, nahm die Brille noch einmal ab und rieb sie mit dem Taschentuch. Ich wußte, er würde keinen Streit mit ihr anfangen, nicht, wenn Arnold Greeley draußen vor der Tür stand. So etwas machte man einfach nicht. »Sobald ich mich freimachen kann, Liebes, komme ich zurück, und wir diskutieren diese ganze Situation einfach durch.«

Mit großer Anstrengung gelang es Margaret zu schweigen. Sie fürchtete, was immer sie auch sagen würde, es würde sich als zu viel erweisen, und dann könnte er beschließen, hierzubleiben, um die ganze Situation gleich durchzudiskutieren. Als er sich schließlich umwandte und ging, sprang sie auf, wirbelte durchs Zimmer und unterdrückte ein Lachen. Sie hatte ihn besiegt! Bennett hatte vor ihr gekniffen! Ich hörte, wie er draußen Greeley und Lizanne Bericht erstattete, hörte mit Interesse der dreiseitigen Auseinandersetzung zu, die dann stattfand, und bedauerte es, als Lizanne hinüberging in ihre Wohnung über der Garage. Sie hatte die Auseinandersetzung in Schwung gehalten; nachdem sie gegangen war, sprachen die beiden Männer nicht mehr über das Thema.

Um halb drei sagte Bennett Margaret Adieu und bereitete sie auf seinen Anruf zur Abendessenszeit vor. Er fragte sie sehr nett und höflich, wann sie plane, nach Hause zu fahren, und sie zuckte die Achseln. Bennett wollte nicht weg, aber Arnold Greeley rief ungeduldig nach ihm, also küßte er sie auf die Stirn und lief zum Wagen. Margaret sah zu, wie sie sich über die Zufahrt zur Straße hinauskämpften, Lizanne auf dem Rücksitz, und als das Auto Richtung Baiting Hollow verschwand, tat sie einen Seufzer der Erleichterung.

Sie sang, während sie die Bettücher von Pauls Bett nahm und das Fenster öffnete, um den Raum gut zu durchlüften. Sie saugte den Teppich, wischte Staub und machte Feuer im Kamin. Dann erst holte sie die frischen Bettücher. An der einen Seite des Hauses hatte sie am Vortag Narzissen entdeckt; sie ging hinaus und schnitt drei Sträuße ab. Die Vasen stellte sie auf Pauls Tisch, ins Wohnzimmer und auf den Küchentisch. Josies Zimmer ignorierte sie völlig. Das Telefon läutete, und Margaret hatte einen fröhlichen Klang in der Stimme, als sie sich meldete.

»Miß Oliver, hier spricht Gus. Ich … Madam, vielleicht steht's mir nicht zu, aber ich muß es einfach loswerden. Ich muß Ihnen das sagen von der Köchin, die Ihr Neffe da hat. Die ist eine rechte Unruhestifterin, Madam.«

Margaret setzte sich abrupt hin und umklammerte den Hörer fester. »Was hat sie getan, Gus?«

»Getan … getan … na, sie flitzte im Ort hin und her und stellte Fragen und steckte ihre lange Nase in Ihre Angelegenheiten. Wissen Sie das? Ich meine, Sie sollten das wissen.«

»Ist sie jetzt weg? Ich dachte, Bennett, mein Neffe, wollte sie mitnehmen?«

»Ach, sie haben sie hier abgesetzt. Ich habe sie zum Bus gebracht. Zum Regionalbus«, fügte er schadenfroh hinzu. Margaret lächelte leicht. Da würde sie sechs Stunden brauchen, um mit dem Regionalbus zurück nach Manhattan zu kommen.

»Gus, vielen herzlichen Dank. Ich weiß nicht, was sie erfahren wollte oder warum. Wie Sie sicher bemerkt haben, ist sie eine recht neugierige Person, ein merkwürdiger Mensch. Nochmals vielen Dank.«

»Schon gut. Ich wollte nur, daß Sie es wissen: Die ist nicht gerade Ihre Freundin. Und herausgekriegt hat sie nichts. Nicht mal 'n Guten Tag«, setzte er hinzu.

»Davon bin ich überzeugt.«

Nachdem sie aufgelegt hatte, fragte sich Margaret, was Lizanne herauskriegen hatte wollen. Vermutlich hatten die Leute sie für verrückt gehalten – oder sie die Leute.

Das Zimmer füllt sich mit violetten Schatten, dachte sie plötzlich. So hat es wohl ausgesehen an jenen einsamen Tagen, als Paul hier saß und darauf wartete, daß Josie zurückkam. Sie sah zu, wie die Schatten dunkler wurden, und fühlte sich unendlich traurig wegen Paul, der tot war, ertrunken, und wegen Josie, die vor dem Ganzen davongelaufen war. Das Telefon läutete wieder, und sie fluchte halblaut vor sich hin, weil es die Stimmung zerstörte, in die sie gerade geglitten war. Sie rührte es nicht an. Vermutlich Bennett, der sich davon überzeugen wollte, daß sie da war – allein da war. Sie ging ins Schlafzimmer, zog eine Jacke mit einer Kapuze über und verließ das Haus, während das Telefon immer noch hartnäckig weiterläutete.

Von der See her kam wieder Nebel. Hier und da bildeten sich wolkenartige Gebilde über dem stillen Wasser; ob sie aus dem Wasser hochstiegen oder von anderswo hergetrieben wurden, war schwer zu sagen. Sie wurden größer, breiteten sich über den Wellen aus wie flache Tafelberge. Als die Wasseroberfläche zugedeckt war wie mit einem weißen Tischtuch, begann der Nebel sich zu heben, sehr langsam, nur insoweit überhaupt zu bemerken, als er über die Küste hinaufkroch, auf den Felsen zu, auf dem Margaret saß. Als er den Stein berührte, ging sie hinüber zu den Stufen, die in den Garten hinaufführten, und der dichte weiße Dunst folgte ihr lautlos und langsam. Margaret ließ ihn herankommen bis an ihre Zehen, zog sich dann auf die nächsthöhere Stufe zurück, und der Nebel trieb sie alle Stufen hoch, bis sie im Garten stand. Dort wartete sie auf ihn und ging dann schließlich in einem kleinen weißen Wirbel zum Haus zurück. Von nirgendwoher kam ein Laut; das letzte Geräusch, das sie gehört hatte, war das Tönen eines Nebelhorns in weiter Ferne gewesen, überaus melodiös in seinem einsamen Drängen. Der Schrei eines umherirrenden Bootes. Sie hatte die Stimmung von vorhin wieder eingefangen, und als sie im Haus war, legte sie den Telefonhörer neben den Apparat, verriegelte die Türen und zog die Vorhänge zu.

Es war sieben Uhr, und sie war hungrig. Abgeschlossen von der Welt bereitete sie sich ein frugales Abendessen. Dann brachte sie das Feuer in Pauls Zimmer in Schwung und holte jene Briefe hervor, die sie noch nicht gelesen hatte. Sie ließ sie einige Minuten lang unberührt auf ihrem Schoß liegen, lehnte sich zurück und schloß die Augen.

Ich war auch zufrieden. Ich suchte nach dem Boot, das sich im Nebel nicht mehr zurechtfand, und entdeckte es wieder. Jenseits der Klippen auf der linken Seite der Stufen, die die Geretteten hier heraufführen würden. Ich fand auch noch einen anderen Nebel, sehr ähnlich diesem hier, der eines Winters über Terre Haute gelegen hatte, als Margaret dort aufwuchs. Sie hatte sich in dem Nebel verlaufen, und ihr Vater und ein Bruder hatten sie gefunden. Margaret erinnerte sich mit einer Spur von Überraschung an den Vorfall. Sie hatte weder an ihren Vater noch an ihren Bruder, noch an zu Hause gedacht. Sie verweilte nicht bei diesem Gedanken, sondern überließ sich bewußt und willentlich einer geistigen Passivität. Ich ging hinaus, um das kleine Häuschen anzusehen, das in den Nebel hineingepreßt dastand, isoliert, vor der Welt versteckt; Margaret akzeptierte dieses Bild und riß sich nicht los davon. Nach einigen Minuten öffnete sie die Augen und griff zum letzten Brief, den sie gelesen hatte, um sicherzugehen, daß sie keinen ausließ. Dann begann sie mit einem neuen. Josies Brief an Paul. Datiert 29. November.

Regen und Eisregen den ganzen Tag, verdammt, verdammt, verdammt! Mir wird nicht warm. Wenn ich meine Arme und meine Zehen angreife, merke ich, daß sie nicht kalt sind, aber ich bin dennoch völlig durchfroren. Und wenn ich zu Bett gehe, zittere ich und höre nicht auf, den Arm nach Dir auszustrecken, höre nicht auf, mit den Füßen herumzusuchen nach einem warmen Körper, an den ich mich kuscheln könnte. Du bist immer so warm. Eigentlich wollte ich Dir heute abend gar nicht schreiben, schließlich habe ich erst vor einer Stunde mit Dir gesprochen, aber was soll's, hier bin ich. Ich liebe Dich, Paul. Ich mag es gar nicht. Ich wünschte, ich hätte Dich nie getroffen, aber statt dessen liebe ich Dich. Ich kann Deine Narben sehen, und ich möchte jeden umbringen, der Dir wehtut. Ich spüre Deinen warmen Körper, und wenn ich daran denke, daß ihn schon andere gespürt haben, möchte ich sterben. Ich habe heute Sid Reisman getroffen, er trug mir auf, Dich von ihm zu grüßen. Aber mit was für einem Blick er das sagte! Mißbilligend, haßerfüllt – in der Gewißheit, daß ich Dich nur von Deiner Arbeit abhalte. Ich bin eifersüchtig auf Deine Vergangenheit, Deine Freunde, Deine Kollegen, ja selbst auf Deine Erinnerungen. Wenn ich Dich auf ein winziges Stückchen Deiner selbst komprimieren und in die Tasche stecken könnte, würde ich es tun. Und Dich nie wieder herauslassen. Siehst du, deshalb muß ich Dir heute abend noch schreiben, mein Liebling. Auch diese Seite von mir sollst Du kennen: besitzergreifend, eifersüchtig, unvernünftig, zutiefst selbstsüchtig. Ich würde Dir sogar die Arbeit und die Bücher wegnehmen. Alles, was sich irgendwann in irgendeiner Weise zwischen uns stellen könnte. Warum hast Du nicht wenigstens eine Spur dieser Eifersucht gezeigt? Die Vorstellung, daß Du mich loswerden willst, daß Du meiner bereits überdrüssig bist, macht mich verrückt.

Hier endete der Brief. Keine Unterschrift, nichts sonst. Margaret faltete ihn langsam, ließ die Finger an den Kanten verweilen, strich mit dem Zeigefinger am Bug entlang. Arme Josie, dachte sie. Das mußte der Anfang gewesen sein. Später hatte Josie seine Arbeit und die vielen Trennungen akzeptiert. Aber am Anfang, wenn es so weh tat, wenn die Liebe so weh tat …

Sid Reisman? dachte ich. Sidney Reisman … dann fand ich es. Ein Artikel in den *Times*, der ihm eine Entdeckung auf dem Gebiet der Astronomie, der Radioastronomie, zuschrieb. Er war Physiker und hatte jene Theorie entwickelt, nach der sich die rätselhafte Frequenz bestimmter Signale, die von einer dunklen Quelle im Sternenbild des Schwanes ausgingen, erklären ließ. Der Artikel war auf Seite 49 fortgesetzt worden, aber Margaret hatte die Seite 49 nicht aufgeschlagen, und ich kannte den Rest des Beitrags nicht. Woher kannte ich Reisman sonst noch? Aus zumindest einem der Notizbücher, möglicherweise aus mehr als einem, falls ›S‹ für ›Sid‹ stand. Paul hatte etwas über Sid geschrieben und über jemanden, den er mit ›S‹ abkürzte. Doch Margaret hatte die Seiten zu rasch durchgeblättert; ich hatte nichts von dem, was darauf stand, lesen können, gerade nur ein Wort da und einen Satz dort. Ich war fest entschlossen, sie zu den Notizbüchern zurückkehren zu lassen, aber ich wußte, an diesem Abend würde es nicht sein. Zu viel anderes wartete in dieser Nacht noch auf sie.

Margaret griff nach einem neuen Brief, wieder einem von Josie, und begann zu lesen.

Liebling, die Krokusse blühen, nicht wahr? Gestern, als ich bis spät in die Nacht hinein mit Tod arbeitete, habe ich plötzlich nichts mehr von dem wahrgenommen, was rundum war – alles, was ich sah, warst Du, neben den Krokussen kniend, eine Blüte in der Hand. Ich weiß! Ich weiß! Noch zwei Tage, und ich bin daheim. Danke, Liebling. Ich danke Dir.

Margaret starrte den Brief an und las ihn langsam noch einmal, verwirrt und beunruhigt. Ich horchte nun auf ein anderes Geräusch, nicht auf das Knistern des Feuers oder das leise Rascheln von Briefpapier und Umschlägen oder auf das Knarren des Fauteuils, wenn Margaret sich bewegte, sondern auf das

Geräusch des Wassers, das gegen die obersten Planken eines Bootes schwappte, und auf Stimmen, die zugleich erregt und gedämpft klangen.

Ich hörte das erste Knirschen der Bootsplanken auf den Felsen, wußte, wann es wieder flottwurde, hörte den Motor im Rückwärtsgang und wieder das unverkennbare Geräusch von Schiffsplanken auf Stein. Diesmal gelang es dem Motor nicht, es loszumachen, und Margaret sah mit einem angespannten Ausdruck auf dem Gesicht hoch. Ich wußte, daß sie noch keine Ahnung hatte, was sie so aufmerksam machte, aber ich brachte sie für alle Fälle auf Alarmstufe Eins, und sie sprang auf und rannte zur Tür, immer noch, ohne etwas Bestimmtes zu hören. Als sie die Tür öffnete, waren die Geräusche – wenngleich schwach – so doch vernehmbar. Ich weiß nicht, wie ich sie hätte dazu bringen können, hinauszugehen, wenn sie so unterschwellig geblieben wären wie vorhin, aber das Problem war hinfällig. Sie rannte zurück ins Schlafzimmer, schnappte sich die Jacke, lief in die Küche und fand eine Taschenlampe. Damit eilte sie durch den dichten Nebel zu den Stufen zum Strand.

Der Strahl der Taschenlampe wurde von dem Nebel gestoppt wie von einer Wand, also richtete sie ihn auf den Boden, wo er einen kleinen Kreis aus Licht bildete, der nicht weiter reichte als eine Spanne von ihren Füßen weg in jede Richtung und die weißen Steinplatten, aus denen der Weg bestand, beleuchtete. Als sie das Gefühl hatte, nahe der Treppe zu sein, verlangsamte sie ihr Tempo und tastete mit dem Fuß den Boden ab, ehe sie einen Schritt machte. Sie hatte keine Lust, über die Steine auf den Strand hinunterzupurzeln. Schließlich spürte sie, daß sie am Rand des Gartens angekommen war, und zog den Fuß rasch zurück. Sie wußte nicht, ob sie sich rechts oder links der Treppe befand, und erinnerte sich absolut nicht, wie der Rasen endete, wo die letzte Steinplatte lag, wie sich die oberste Stufe anfühlte.

Schwach war der Schrei einer Frau zu hören; er kam von dem gestrandeten Boot, und plötzlich entdeckte Margaret, daß sie bereits die Treppe hinabstieg. Als sie wieder den Gang der Dinge übernahm, wurde es zu einem gefährlichen Unterfangen, aber dann kam ein zweiter Schrei von dem Boot, und ich führte sie schnell den Rest der Stufen hinab und ließ sie sich unten nach links wenden.

Sie rief hinaus zu dem Boot und horchte dann erwartungsvoll. Sie hatten Margaret gehört. »Hallo!« rief sie erneut. Sie wußte nicht, was sie für die Leute dort draußen tun konnte, außer zu rufen.

»Wo sind Sie?« Die Stimme eines Mannes.

»Am Ufer! Sitzen Sie draußen auf den Steinen fest?«

»Ja, wir haben eine Klippe erwischt. Wie weit ist es bis zum Strand?«

Vorsichtig ging Margaret auf die Reihe von Felsen zu, die sich fünfzig oder sechzig Meter weit ins Wasser hinaus erstreckte. Die Stimmen klangen so schwach, daß sie nicht sicher war, ob das Boot überhaupt an diesen Klippen hier festlag. Möglicherweise waren die Leute weit draußen, und ihre Stimmen wurden von einem launischen Luftzug hereingetragen. Ich ließ sie das Ufer hier betrachten, so weit sie es überblicken konnte; außer dieser Ansammlung von Felsen hier gab es keine anderen, die über das Wasser hinausragten. Sie brüllte: »Ist die Klippe, auf der Sie festsitzen, noch über Wasser?«

Stille folgte, eine lange Stille, so schien es. Dann kam die Antwort: »Ja, teilweise. Ein Stück davon.«

Sie stolperte über den ersten der Steine und fing sich gerade noch, ehe sie hinfiel. Die Taschenlampe schlug auf dem Stein auf und klapperte, aber das Licht erlosch nicht. Sie rief hinaus: »Die Klippen hier führen bis zum Strand, ungefähr fünfzig Meter weit, und ragen alle aus dem Wasser. Sie können hinaufklettern und ihnen bis ans Ufer folgen. Aber seien Sie vorsichtig, sie sind äußerst glitschig!«

Eine neue Stimme rief: »Hurra, fünfzig Meter! Dann können wir ja schwimmen!«

Der Klang mehrerer Stimmen, aber zu verschwommen, um die Worte zu verstehen. Dann die vertraute: »Wir kommen über die Felsen! Wir sind fünf. Können Sie uns hin und wieder etwas zurufen, damit wir uns danach richten können?«

»Viel Glück!« rief Margaret zurück. »An sich ist das Wasser

hier nicht sehr tief, aber wenn die Strömung Sie herumdreht, schwimmen Sie in die falsche Richtung!«

Ein unterdrückter Schrei und ein Lachen, das hart am Rand der Hysterie lag.

»Halten Sie sich an die linke Seite der Felsen!« schrie Margaret, einfach, um mit ihnen in Verbindung zu bleiben. »Es werden mehr, je weiter man hereinkommt, und sie rücken auseinander! Dazwischen gibt es Spalten, in die man leicht abrutschen kann!« Sie war überzeugt davon, daß das meiste von dem, was sie gerufen hatte, im Nebel unterging, aber sie fuhr fort, zu schreien und zu rufen.

Ein kurzes Grunzen, ein Aufklatschen und ein Hagel von Flüchen und Fragen: »Clive, bist du okay?« – »Ja, ja, Scheiße, ist das kalt. Hör mal, nimm den Koffer hier, ja?« – »Ja, ich komme wieder hoch. Herrrrgott, ist das kalt!«

Margaret kletterte auf den Felsen, und als sie oben stand, versuchte sie, den Lichtstrahl durch den Nebel zu zwingen, um ihnen zu helfen, um sie zu sehen. Nichts.

»Ist alles in Ordnung?« rief sie. Langsam, sehr vorsichtig, tastete sie sich vorwärts.

»Ja! Clive ist ausgeglitten, aber wir konnten ihn auffangen.« Dann: »Ihre Stimme klingt verändert!«

»Ich bin jetzt auch auf einer Klippe. Sie müssen schon ganz nahe sein!« Ein Mädchen schnappte keuchend nach Luft, und dann kam das Geräusch von Füßen, die über den Fels scharrten. Ein Stein klapperte und klatschte ins Wasser. »Vorsicht!« rief Margaret. »Sie sind ganz nahe am Ufer! Nur keine Hast!« Langsam schwenkte sie den Strahl der Lampe hin und her, und plötzlich sagte eines der Mädchen: »Ich kann Ihr Licht sehen! Sind wir schon aus dem Wasser?«

»Nicht ganz.« Jetzt konnte Margaret auch die Stimme des Mannes hören, der leise, fast eintönig zu der Gruppe sprach. Muß wohl der Anführer sein, dachte sie. Die Stimme wurde lauter. Sie folgten jetzt ihrem Lichtstrahl, und Margaret blieb stehen und wartete. Dann sah sie eine schwache Bewegung und wußte, daß sie endlich da waren.

»Ich bin nicht weit draußen«, sagte sie. »Ihr seid fast am Ufer.« Die Bewegung kam näher, und sie spürte eine Hand auf der ihren, in der sie die Taschenlampe hielt. Sie drückte ihre Finger, tastete sich über ihren Arm nach oben und wurde sichtbar, als er einen letzten Schritt näher machte.

»Hallo!« sagte er, und seine Hand berührte kurz Margarets Wange, bevor er sich umdrehte und dem Mädchen half, das hinter ihm kam.

»Junge, hatten wir Glück, daß Sie hier waren!« keuchte das Mädchen. Sie tauchte als gespenstische Gestalt mit flatterndem hellen Haar auf.

»Ich mache euch besser Platz«, sagte Margaret. »Nehmen Sie meine Hand!« wandte sie sich an das Mädchen. »Von jetzt ab ist es zwar trocken, aber doch noch schlüpfrig an manchen Stellen, und man sieht überhaupt nichts.«

Eisig lag die Hand des Mädchens in der ihren, und sie dachte an die Hand des Mannes an ihrer Wange. Seine Finger hatten sich warm angefühlt auf ihrer kalten Haut. Sie richtete den Strahl der Taschenlampe auf den Boden und suchte sich einen Weg zurück. Sie erkannte den glatten Felsblock nicht wieder, auf dem sie an jenem Tag gesessen hatte, als Morris Stein sich zu ihr gesellt hatte, aber ich erkannte ihn und richtete ihre Schritte auf ihn zu. Dort unten fiel das Gehen leichter als auf dem Weg, den Margaret gekommen war. Sie schlitterte zuerst hinunter, dann einer der Männer, die Mädchen und dann die anderen beiden Männer. Sie lachten jetzt alle und scherzten und wollten alle Margaret umarmen, sie küssen und ihre Hand schütteln.

Der Mann, dem die Stimme gehörte, die die ganze Zeit über gerufen hatte, fragte: »Haben Sie einen Wagen hier, ein Haus oder sonst etwas? Was machen Sie hier?«

»Haus«, antwortete Margaret. »Aber es wird nicht leicht sein, die Stufen zu finden; sie müssen rechts von uns sein, etwa sechzig, siebzig Meter.«

»Lassen Sie mich vorgehen!« sagte er, nahm ihre Taschenlampe und ihre Hand. »Haltet euch alle an den Händen!« wandte er sich an die übrigen. »Wir haben es bis hierher geschafft, und jetzt wollen wir auch keinen mehr verlieren.« Darauf folgte ein Kichern und wieder eine Spur Hysterie von einem der Mädchen, ehe sie sich alle den Strand hinauf in Bewegung setzten. Die eisige Hand des Mädchens ließ Margaret frösteln. »Wie lange sind Sie denn schon dort draußen gewesen?«

»Seit Stunden irren wir herum«, sagte das Mädchen. »Fuhren immer nur im Kreis in dem Nebel. Irgend etwas am Boot ging kaputt, und wir hatten Angst, fürchteten, gegen die Felsen geworfen zu werden. Und Clive sagte, er kenne diesen Abschnitt der Küste«, setzte sie hinzu, aber ohne Groll.

Sie fanden die Treppe und stiegen sie ohne Panne hoch. Minuten später befanden sie sich im Haus, wo Margaret sie ins Bad führte, Bademäntel und Handtücher austeilte und den Mädchen Kleider gab. Einer der Jungen machte im Wohnzimmerkamin Feuer, und alle ließen sich abwechselnd davor rösten. Außer dem Mann, der mit ihr durch den Nebel gesprochen hatte, waren es ganz junge Leute, bemerkte Margaret, und auch er war nicht viel älter, vielleicht so alt wie sie selbst, Mitte zwanzig etwa. Das Mädchen mit dem weißblonden Haar war ganz sicher nicht älter als siebzehn, und das andere, mit dem schwarzen Haar, etwa achtzehn. Beide Jungen waren unter zwanzig. Clive, einer von ihnen, war hochgewachsen und gebaut wie ein Footballspieler, und der Koffer, um den er sich Sorgen gemacht hatte, enthielt eine Gitarre. Noch bevor er richtig aufgetaut war, holte er sie hervor und begann ängstlich die Saiten zu zupfen, aber sie war nicht naß geworden. Er hatte langes Haar, das er sich von Zeit zu Zeit aus dem Gesicht warf, aber meist zu ignorieren schien. Der andere Junge war kleiner und schlanker und hatte irgendwo draußen im Nebel eine Kontaktlinse verloren. Er entschuldigte sich bei Margaret, weil er zum drittenmal mit ihr zusammenstieß, als er Holzscheite für das Feuer hereinholte; sie konnte nicht umhin, ihn immer wieder mit ihrem jüngsten Bruder Timmy zu vergleichen. Timmy hatte auch etwas von einem Teddybären, wußte nie so richtig, was er mit Händen und Füßen tun sollte und hatte sie immer zur unrechten Zeit auf dem unrechten Platz. Der Junge hieß Mike, die beiden Mädchen Ronie und Dale. Der Mann hieß John Llewellyn.

Nachdem sie sich vorgestellt hatten, lächelte John Llewellyn und wandte sich an Margaret: »Jetzt kommen Sie dran!«

Margaret öffnete den Mund und schloß ihn wieder. Wer war sie für diese jungen Leute? Nicht nur für diese jungen Leute, dachte sie und formulierte die Frage neu: Wer war sie jetzt für sich selbst? Ronie, das Mädchen mit dem langen, weißblonden Haar und dem Kindergesicht, sagte: »Eigentlich ist es ganz unwichtig. Sie können sein, wer Sie sein wollen. Das hier ist ein Märchenhaus im Feenland, ganz unsichtbar, wissen Sie, bevor man es betritt.«

Clive klimperte auf den Saiten herum und sang: »Wir wurden errettet, wir wurden errettet, wir wurden errettet aus Neptuns Seen; aus Neptuns Seen hat uns errettet die Königin aller Feen.«

Sie lachten alle, und Margaret sagte: »Meg Fowler.« Es war ihr Mädchenname, und Meg hatte Paul sie in einem anderen Märchenland genannt. Plötzlich fühlte sie, daß sie in Wirklichkeit Meg Fowler war. »Und jetzt – was hätten Sie gern: Kaffee, heiße Schokolade, Sandwiches, Suppe ... na?«

»Kaffee«, kam unisono die Antwort. »Kann ich Ihnen helfen?« Das war Dale, das Mädchen mit dem schwarzen Haar.

Margaret schüttelte den Kopf. »Sie sollten sich besser die Haare trocknen«, sagte sie. »Das dauert nicht lang.« John Llewellyn folgte ihr in die Küche. In der Tür blieb er stehen und fragte: »Haben Sie ein Telefon hier? Sicher, nicht wahr? Die Kinder sollten vielleicht zu Hause anrufen.«

»Es steht auf dem Ecktischchen. Der Hörer liegt daneben, aber es funktioniert.«

Er nickte, als ob jedermann normalerweise den Hörer neben dem Apparat aufbewahrte. Er sprach wieder zu den jungen Leuten und kam dann zurück zu Margaret in die Küche. »Wenn die Kinder fertig sind mit dem Telefonieren, sollte ich wohl die Küstenwache verständigen. Ich brauche Hilfe, um das Boot wieder flottzumachen.«

»Vielleicht hebt es die Flut von den Klippen«, bemerkte Margaret.

»Möglicherweise, aber ich glaube nicht, daß das reicht. Clive«, sagte er und schüttelte den Kopf. »Er hat hier gelebt, er war so sicher, daß wir direkt auf einem flachen Stück Strand auflaufen würden und das Boot bis morgen früh liegenlassen könnten.«

Margaret wurde jetzt in zunehmendem Maße nervös, nicht jene Art von Nervosität, die sie dazu bringt, Sachen fallen zu lassen oder Nägel zu kauen, sondern die sich eher als ein Zukken im Magen und ein gelegentliches Beschleunigen ihrer Atemzüge äußert. Manche Leute hätten es als ein Gefühl der Vorahnung bezeichnet, aber Margaret glaubte nicht an Vorahnung.

Während sie damit beschäftigt war, Kaffee zu kochen, Schinken aufzuschneiden und Käse und Brot vorzubereiten, studierte ich John Llewellyn sorgfältig.

Er war sehr groß, über einsachtzig, und zehn bis zwanzig Pfund mehr hätten ihm nicht geschadet, aber auch so war er sehr gut gebaut. Seine Haut war sonnenverbrannt, hoch oben auf seinen Wangen saßen dunkelrote Flecken, und in seinem Haar zeigten sich die Folgen von Dunst und salzigem Sprühregen: frisch gewaschen würde es vermutlich heller sein. Es war schweres, ziemlich langes Haar, glatt und momentan in alle Windrichtungen zerzaust. Hin und wieder fuhr er geistesabwesend und unbekümmert mit den Fingern durch, aber wenn es ihm ins Gesicht fiel oder ihn an den Ohren kitzelte, störte es ihn. Er besaß die ruhigsten, festesten grauen Augen, die Margaret je gesehen hatte. Wenn er den Blick auf sie richtete, spürte sie, daß es absolut nichts in ihr gab, was er mit diesen ruhigen, festen Augen nicht sehen konnte.

Sie sprachen miteinander – aber wenn sie gerade nicht sprachen, konnte Margaret sich nicht erinnern, was sie soeben zueinander gesagt hatten. Sie hob das Tablett hoch, doch er nahm es ihr ab und trug es ins Wohnzimmer, wo sie von Begeisterungsrufen empfangen wurden.

Der Raum hatte sich unter der Gegenwart der jungen Leute verändert. Das Feuer knisterte und krachte laut, und sie waren fröhlich und hungrig und fühlten sich in Margarets Gegenwart wohl. Sie redeten alle mit vollem Mund, alle zugleich, und niemand schien irgend jemandem zuzuhören. Als er gegessen hatte, begann Clive zu singen, und Margaret füllte die Tassen noch einmal, bevor sie sich mit dem Rücken an die Couch gelehnt auf den Boden setzte und Clive zuhörte. Zwischen den Liedern wurde viel gescherzt, Geschehnisse wurden erwähnt, von denen Margaret nichts wußte, und nach und nach erfuhr sie, daß die jungen Leute alle Studenten waren, daß John Llewellyn entweder Lehrer oder Berater oder etwas Ähnliches war, daß er jedenfalls die Verantwortung trug für alle; keiner von den jungen Leuten hatte zwar am nächsten Tag Vorlesungen, sie mußten aber wegen einer Theaterprobe morgen nachmittag zurück in der Schule sein.

John Llewellyn hörte den Wagen fast zugleich mit mir in die Zufahrt einbiegen, und er sah Margaret an, sagte aber nichts, als er merkte, daß sie das Geräusch noch nicht wahrgenommen hatte. Ich hörte Morris Stein und Bok aussteigen, zum Haus kommen und stehenbleiben, als sie Musik und Gelächter hörten. Als Morris Stein an die Tür klopfte, unterbrach Clive sein Spiel mitten im Ton, und Margaret schrak zusammen.

Ich beobachtete das Mienenspiel der Mädchen und Jungen, das sie noch nicht gelernt hatten zu beherrschen, und Margaret bekam auch einiges davon mit. Bei dem Geräusch des Klopfens war sie blaß geworden, aber nun errötete sie, entschuldigte sich hastig und verließ den Raum. John Llewellyn folgte ihr. Es war fast Mitternacht.

Margaret ließ Morris Stein und Bok eintreten, wandte sich um und wollte die beiden Llewellyn vorstellen, bemerkte aber, daß sie alle einander kannten. Bok sah Llewellyn finster an, und Morris hatte ihm nur sehr kurz die Hand geschüttelt, bevor er sich auf die Tischkante setzte und wartete, daß Bok sprach.

»Ist das eine Überraschung, Doktor Llewellyn«, sagte Bok langsam. »Ich hatte keine Ahnung, daß Sie sich für Tysons Arbeit interessieren ...«

Margaret fühlte sich, als sei sie mitten in einen Traum hineingestolpert, mitten in den Traum eines anderen. Sie warf John einen schnellen Blick zu, aber er schüttelte den Kopf. »Tyson?« fragte er mit gerunzelter Stirn. »Paul Tyson?«

Bok wandte sich ungeduldig ab und an Margaret: »Ich habe das so aufgefaßt, daß ich – zumindest für den Augenblick – alleinigen Zugang zu dem Material besitze.«

»Das habe ich nicht gesagt«, antwortete Margaret. »Jedenfalls ist John ... Doktor Llewellyn nur durch einen Zufall hier. Er hat einige Studenten bei sich, ihr Boot ist vor meinem Strand auf Grund gelaufen.«

Weder Bok noch Morris Stein glaubten ihr, und Bok starrte sie einen Augenblick lang an, ehe er die Schultern hob. »Wenn das so ist, wird es Ihnen sicher nicht viel ausmachen, wenn wir einige der Notizbücher mitnehmen. Wir haben viel Zeit verloren ...«

Ich hatte gesucht und gesucht und wußte jetzt, daß es keine Rolle spielte, ob sie ihnen die Aufzeichnungen gab oder nicht, also sah ich davon ab, ihr irgendwelche Ausflüchte einzugeben, aber Margaret zögerte dennoch. Sie fürchtete, daß in der Konversation, die unweigerlich in dem Moment zwischen den drei Männern beginnen würde, in dem sie ihnen den Rücken kehrte, die Verwirrung um ihren Namen ihren Anfang nehmen mußte, und der Rest würde folgen. Ich beobachtete Morris Stein; irgend etwas an Margaret verstörte ihn sichtlich, etwas, das er nicht verstehen konnte – die Veränderung, von der Bennett gesprochen, die Greeley gespürt hatte? Wahrscheinlich. Aber Morris störte das noch mehr als diese beiden anderen, und er fühlte sich verantwortlich dafür. Er wollte mit ihr weggehen, allein sein, das sah ich, und ich wußte, daß ich es nicht erlauben durfte. Fünf Minuten allein mit ihr, und das Spiel wäre vorbei gewesen. Er war einfach zu neugierig, um sie sich nicht vorzunehmen und zielsichere Fragen zu stellen. Ich konnte fast seine Gedankengänge verfolgen, und bevor er noch den Mund öffnete und etwas sagen konnte, zwang ich Margaret praktisch aus dem Raum. Ich wußte, daß dies die drei Männer verblüffte, und versuchte, zu hören, worüber sie sprachen, aber die Jungen und Mädchen im Wohnzimmer hatten wieder angefangen zu singen, und ich konnte die Worte der Männer nicht verstehen.

Als Margaret mit dreien der Notizbücher in die Küche zurückkam, sagte John soeben, daß er und die Jungen auf den Morgen warten wollten und darauf, daß der Nebel sich hob, um zu versuchen, das Boot ohne fremde Hilfe wieder flottzumachen, doch in jedem Fall mußten sie zeitig wegkommen, um nachmittags wieder in der Schule zu sein. Bok nahm die Notizbücher, nickte eine Gute Nacht und ging. Morris zögerte einen Augenblick lang und folgte ihm dann, als niemand ihn zum Bleiben einlud. Margaret verriegelte hinter ihnen die Tür.

»Ich wollte die Betten drüben in der Wohnung eigentlich den Jungen anbieten«, sagte Margaret, »aber das ist jetzt nicht mehr möglich, weil Doktor Bok und Mister Stein sich dort niederlassen.«

»Wenn Sie ein paar überzählige Decken und nichts dagegen haben, wenn sie auf dem Boden vor dem Kamin schlafen, dann reicht das schon.«

Margaret nickte und machte kehrt, um ins Wohnzimmer zurückzugehen, aber er packte sie am Arm und sagte: »Die Kinder können noch ein Weilchen warten. Haben Sie etwas dagegen, wenn wir erst ein bißchen plaudern?«

Sie setzten sich an den Tisch, und er sah ihr direkt ins Gesicht; Margaret wußte, sie würde ihm alles erzählen, was er erfahren wollte. »Ich weiß über Paul Tyson Bescheid«, sagte er einen Moment später. »Er war ein großartiger Mensch, und vielleicht hatte er recht mit seinen Theorien. Das kann ich nicht beurteilen. Sie nannten Sie Josie, aber Sie sind nicht Josephine Oliver, nicht wahr?« Er schloß rasch die Augen. »Nein, antworten Sie nicht! Es geht mich nichts an. Tut mir leid.« Er sah sie wieder an und lächelte; das Pochen ihres Herzens normalisierte sich wieder, so schnell, wie es in ein wildes Rasen verfallen war. »Es ist mir egal, wer Sie sind. Für mich sind Sie Meg. Das genügt. Hüten Sie sich vor diesen beiden Männern, Meg. Das ist alles, was ich Ihnen sagen wollte.«

Sie nickte. »Die beiden sprachen Sie mit Doktor an. Was für ein Doktor? Sind Sie Physiker?« Sie dachte an den Brief, an den Namen Sid Reisman, obwohl sie diese Verbindung nicht bewußt hergestellt hatte.

John lächelte wieder. »Nein, nichts dergleichen. Ich bin Geistlicher. Doktor der Theologie.«

Kapitel Elf

Margaret schlief in Pauls Bett, die Mädchen in Josies Bett, und auf dem Boden im Wohnzimmer lagen die Jungen eingerollt in Decken, während John ausgestreckt auf der Couch lag. Er schlief nicht, sondern starrte an die Decke, in Gedanken, in Wachträume, in Meditation versunken. Ich konnte nicht sagen, was davon zutraf, jedoch schloß ich aus dem Geräusch seines Atmens, daß er nicht schlief. Ich fühlte seine Gegenwart im Haus, im ganzen Haus, und es war, als ob ich hin und wieder an etwas streifte, das vorher nicht dagewesen war, als ob auch ein Teil von ihm kreiste, auf Kollisionskurs – oder nahezu Kollisionskurs – mit mir, jedenfalls nahe genug, daß wir das Vorbeiziehen des anderen spürten. Ich versuchte, ihn zu erreichen, aber es gelang mir nicht; nur das Gefühl seiner Gegenwart war da, nicht mehr.

In der Wohnung über der Garage war es ruhig, nachdem die Lichter angegangen waren und das Gespräch sich über Stunden hinzog. Wind erhob sich, der den Nebel noch vor dem Morgen vertreiben würde; die Wellen schlugen gegen das Boot, die Felsen und leckten über den Strand; die Kiefern erwachten unter der Berührung des Windes, rieben seufzend ihre Nadeln gegeneinander, und gelegentlich krachte ein Ast. Es war ein langer Tag gewesen, und es gab eine Menge zu ordnen, zu sortieren, zu sichten und zu überdenken. Und die ganze Zeit über schwebte ich in immer größer werdenden Kreisen, schaute nach dem Grau aus, suchte aber noch nicht danach – und befand mich plötzlich mitten darin.

Verloren, treibend, vertraut und doch neu, seltsam und furchterregend. Keine Kontakte mehr mit irgend etwas, kein Ich, kein Körper, nichts. Zielloses Treiben, weil es kein Ziel gab, nichts zu sehen und nichts zu tun, keine Vergangenheit, keine Zukunft, nicht einmal Gegenwart. Und dann wußte ich plötzlich – wie etwas, das mir immer schon bekannt gewesen war, das ich aber momentan vergessen hatte –, daß ich, sollte es irgend etwas geben, es mir selber machen mußte. Also erschuf ich eine Wiese, grünes Gras, auf dem Tautropfen in der Morgensonne glitzerten, die Wärme sanft wehender Winde. In der Ferne machte ich eine schöne Stadt, deren Turmspitzen und Dächer erleuchtet waren von der frühen Sonne. Ich tat noch ein Flüßchen hinzu, um der Szene Klang und Bewegung zu verleihen, dann ein paar Bäume und einen ganzen Wald auf einer Seite, mit furchtlosen Tieren, Vögeln aller Schattierungen und Schmetterlingen. Noch war ich nicht mehr als nur eine Bewußtheit, also brachte ich Margarets Körper in den Garten und ließ die Hände über den weichen, warmen Körper gleiten, der auch ich war. Aber während ich den Garten vor mir machte und mich selbst neu erschuf, fühlte ich, daß hinter mir alles zurückwich, und ich wirbelte rechtzeitig herum, um das Grau zu sehen, das sich heimlich herbeistahl. Ich verscheuchte es. Und nun Paul. Ich brachte ihn zurück, golden, bronzen, lebendig.

»Paul!« Ich flog über das Gras zu ihm hin. »Ich habe dich so vermißt! Geh nicht mehr weg! Nie mehr!«

Ich warf mich ihm entgegen, und seine Arme fingen mich ein und hielten mich fest, und als ich das Gesicht zu ihm erhob, küßte er mich. Ich glühte vor Sehnsucht, und sein Kuß ließ mich frösteln. Bestürzt trat ich einen Schritt zurück und starrte ihn an, starrte durch ihn hindurch. »Du bist nicht Realität, du bist gar nicht wirklich hier!« Er verschwand. Ich wandte mich um und sah, wie das Grau den Garten, die Bäume wegnahm, wie es über den Bach kroch und ihn bei der Berührung ausradierte. »Zurück! Hinaus!« schrie ich dem Grau zu, und wieder war es verschwunden. Ich ließ die Wiese und den Wald wiedererstehen und vergaß das Flüßchen, und so hatte ich rinnendes Wasser, das abrupt endete und nirgendwo hinfloß, sondern einfach nur aufhörte. Ich starrte es an, machte ein Loch in den Boden und sah zu, wie es hinabstürzte. Ich ließ auch Erdreich in das Loch hinabgleiten, dann floß der Grasteppich darauf zu, schob sich zusammen und rutschte hinterher; es folgten die Bäume, die ihre Äste anlegten, als es abwärts ging; ein Wirbelwind fing die Vögel ein, und sie flatterten, unfähig, ihm zu entkommen, in immer enger werdenden Kreisen hinunter. Als schließlich nichts mehr da war, spürte ich, wie ich selbst hineingezogen wurde, und gab mich hilflos geschlagen. Ich löste mich auf und floß auf das Loch zu, immer schneller werdend, stürzte hinein und drehte mich, wie in einer Zentrifuge, schneller und immer schneller.

Es war meine Welt, ich hatte sie erschaffen, und nun fiel ich durch sie hindurch, genau wie meine Bäume, meine Tiere, mein Gras, meine Stadt. »Hinaus!« kreischte ich die Stadt an, die um mich herumwirbelte. »Du existierst nicht!« Sie verschwand. Ich verscheuchte alles. Allein stürzte ich hinab, nicht länger mehr umhergestoßen von all dem, was ich selbst geschaffen hatte. Ich war unfähig, innezuhalten. »Paul! Irgend jemand! Kommt und helft mir! Bitte helft mir!«

Ich weiß nicht, wie lange ich um Hilfe rief, aber nachdem ich durch das gesamte Universum gefallen war, befand sich plötzlich jemand bei mir, jemand, der meinen Fall bremste, das Tempo verlangsamte, mich stützte. »Sachte, sachte«, sagte er. »Es ist alles gut. Ich bin da.«

»Wer bist du?« Ich konnte weder ihn noch irgend etwas anderes sehen, aber er war hier bei mir.

Es war John, erkannte ich dann. John Llewellyn. »Aber ich dachte, hierher kämen nur Tote?«

»Du hast mich hergebracht zu dir«, sagte er. Während wir vorher auf Kollisionskurs gewesen waren, hatten wir jetzt unsere Kreisbahnen vereinigt. Jetzt gab es nur noch ein Wesen, nicht die zwei verschiedenen, die jedes für sich hergekommen waren; mehr als ein simples Zusammenfügen zweier Teile. Wir erschufen eine Welt, die ganz war und schön und sehr real, und wir bevölkerten sie und lebten darin bis in alle Ewigkeit, und es war gut so. Und eines Tages sah er an mir vorbei, und ich fühlte mich mit einem Ruck in die Hälfte gerissen, wiederum geteilt in ein leeres, unvollendetes, schmerzbewegtes Wesen, das sich danach sehnte, wieder ganz zu werden. Ich sah ihn für sich allein dastehen und zu einem weit entfernten Punkt blicken, den ich nicht sehen, nicht verstehen konnte, und er begann zu verblassen. Während er verblaßte, löste sich die Welt auf und wurde zu Nebel, der sich in Ranken hochhob und verlor in dem Grau. Da weinte ich.

Margaret wälzte sich unruhig von einer Seite auf die andere, erwachte aber nicht. Dann setzte sie sich ruckartig auf: die Jungen und Mädchen sangen wieder. Es war noch dunkel, noch nicht Morgen, aber sie sangen und lachten im Wohnzimmer. Sie schwebte vom Bett zur Tür, um durch einen Spalt hinauszulugen. Es brannte kein Licht; das Feuer war wieder in Gang gebracht worden und beleuchtete das Zimmer mit zukkendem, veränderlichem rotem Licht. Ronie tanzte nackt, das weißblonde Haar floß ihr über die Schultern und bedeckte die Brüste, und ihre schmalen Hüften bewegten sich krampfhaft zum Rhythmus von Clives Gitarre. Margarets Blick wurde starr. Sie befeuchtete sich die Lippen und konnte die Augen nicht von dem Körper des Mädchens abwenden, der vor dem Feuer zuckte und sich wand. Die Distanz, die sie von der Gruppe im Zimmer getrennt hatte, schmolz dahin, ohne daß sie etwas dazu getan hätte, und sie gesellte sich zu den jungen Leuten. Margaret bemerkte, daß alle nackt waren, und machte eine zögernde Handbewegung zu den Trägern ihres Nachthemdes. John zog die Bänder von ihren Schultern, und das Hemd glitt sanft an ihrem Körper entlang zu Boden und lag in einem Ring um ihre Füße. Sie trat heraus. Ronie tanzte mit offenen Augen weiter und beobachtete Margaret. Ich fühlte die suchende Intensität ihrer Augen und schob Margaret auf sie zu. Ronie war sehr zart und klein und wunderschön gewachsen; sie hatte sonnengebräunte Beine und Schultern, an denen man die Spuren des Badeanzugs sah; Bauch und Brüste waren weiß. Margaret berührte sie leicht an der Schulter, und es war, als hätte man sie selbst berührt. Sie spürte die warme Haut des Mädchens unter ihrer Hand und spürte auch, wie ihre eigene Haut auf das Berühren der anderen reagierte. Plötzlich ließ sie die Finger hemmungslos über den ganzen Körper des Mädchens gleiten, dessen Herz schneller zu schlagen begann, was an dem sichtbar werdenden Pochen zwischen ihren Brüsten zu erkennen war. Ihr Atem kam keuchend, und auf den Wangen erschienen rote Flecken.

Ronies Schamhaar war so weißblond wie das Haar auf ihrem Kopf und so weich wie Seide. Margarets Finger strichen es glatt, rollten es zu kleinen Löckchen und strichen es wieder glatt. Sie spürte jetzt Ronies Hände auf ihrem eigenen Körper, und die ungestüme, berauschende Flut des Verlangens hob sich in regelmäßigen Wellen, jede höher als die vorangegangene, schraubte sich aus ihren Lenden, aus ihrer Vagina nach oben, ließ sie die Luft heftig einsaugen, brachte ihr Herz zum Rasen und dann fast zum Stillstehen, und unmittelbar darauf wieder zum Rasen. Ronies schlanke Finger fanden ihre Brustwarzen, und dann liebkosten ihre weißen Zähne sie noch zarter, als es ihre Finger getan hatten. Margaret genoß die Haut des Mädchens, und ihre Hand begann, sanft über ihre Schamlippen zu streichen. Dann fanden ihre Finger die winzige harte Klitoris, und Ronie zuckte zusammen und hauchte einen langen Seufzer der Lust.

»Mein Gott, ist sie schön!« sagte jemand, und Margaret wußte, daß jetzt alle zusahen, doch sie blieb bei dem Mädchen. Sie lagen vor dem Feuer auf der Wolldecke, und das Spiel des roten Lichts auf dem blassen Körper des Mädchens war noch aufregender, als es ihre Berührung gewesen war. Ronies Körper war in Bewegung, reckte sich nach oben und zurück, von einer Seite zur anderen. Ihre Augen waren halb geschlossen, die Lippen leicht geöffnet. Margaret küßte die Lippen, zwang sie auseinander und traf auf Ronies harte, empfängliche Zunge. Ihre Finger fühlten Ronie heiß und naß. Plötzlich ein Zusammenziehen in konvulsivischen Wellen, und Ronie schrie auf.

Margaret erinnerte sich nicht, wie sie auf die Füße gekommen war. Jemand führte sie zurück in ihr Zimmer. Ein Knoten hatte sich in ihrem Innern gebildet, und sie weinte, schluchzte. Hinter ihr lachten die jungen Leute; jetzt war einer der Jungen über Ronie, und das andere Pärchen trieb es auf der Couch. Es gab großes Gelächter von allen. John drückte die Tür zu Margarets Zimmer zu, hob sie hoch und küßte sie heftig. Der Knoten explodierte, zersplitterte und schleuderte sie aus seinen Armen auf das Bett. Sie lag da, die Beine weit auseinandergespreizt, und als er sie berührte, wollte sie ihn spüren, wollte seinen Körper mit ihren Händen und ihrem Mund kennenlernen, genauso, wie er es mit dem ihren tat. Sie wollte seinen Penis in ihren Händen haben, ihn küssen und mit ihrer Zunge liebkosen. Der Gedanke hielt sie gefangen, aber sie machte keine Bewegung, denn ihr Körper erzitterte jetzt unter seinen Händen und seinem Mund, und ihre Gedanken liefen ihr davon: Was würde er denken, wenn sie ihn berührte, was würde er tun? Es war zu spät. Ihre Hüften hoben sich, ihr ganzer Körper drängte sich ihm entgegen; die Welt war versunken, alles war versunken, alles. Was blieb, war nur das emporsteigende, mächtige Ende. Plötzlich zog er sich zurück. Sie packte seine Hüften und versuchte, ihn wieder an sich zu ziehen, aber er legte nur sanft ihre Beine nebeneinander, küßte sie leicht auf die Lippen und verließ das Zimmer. Lautlos schloß sich die Tür hinter ihm.

»Nein!« schrie sie auf und sank in Bewußtlosigkeit.

Ich hörte John aufstehen, zur Tür kommen und eine Minute lang draußen horchen. Dann flüsterte er ihren Namen, öffnete die Tür und blickte herein. Er ging auf das Bett zu, blieb mitten im Raum stehen und sah Margaret eine weitere Minute lang an. Sie lag bewegungslos da, nur ihre Fäuste, die sich soeben öffneten, verrieten, daß sie erst vor kurzem aus einem hitzigen Traum zu ihrer entspannten Stellung und dem tiefen Schlaf gefunden hatte. Er ging so leise, wie er eingetreten war.

Margaret rührte sich, und als das Erwachen ihre Muskeln erneut anzuspannen begann, kehrten die Wellen des Verlangens zurück. Ich wußte, daß sie mit der Erinnerung nicht fertigwerden konnte, also brachte ich sie außer Reichweite und überließ Margaret ihrer sexuellen Begierde, ohne sie jedoch auf einen fixen Bezugspunkt zu richten. Sie setzte sich auf, umklammerte ihre Schultern mit den Armen und wiegte sich ein Weilchen vor und zurück. Sie wußte, daß sie nicht mehr einschlafen können würde. Es war fast Morgen.

Einige Minuten später fühlte sie sich zu rastlos, um noch länger im Bett zu bleiben. Sie stand auf, zog sich an und öffnete ihre Tür sehr leise, um die Jungen, die auf dem Wohnzimmerboden schliefen, nicht zu wecken. Eine Sekunde lang blieb sie vor der geschlossenen Küchentür stehen. John Llewellyn hatte erklärt, sie würden alle sehr zeitig aufstehen, um zu versuchen, das Boot wieder flottzubekommen. Ich wußte, daß er bereits in der Küche war, am Tisch saß und Kaffee trank und in einem von Pauls Notizbüchern las. Als Margaret die Tür öffnete, war sie nicht überrascht, ihn wach zu sehen.

»Guten Morgen«, flüsterte sie und zog die Tür leise hinter sich zu. »Sie sind aber furchtbar zeitig auf. Haben Sie auf der Couch nicht gut geschlafen?«

Er zögerte, betrachtete sie eingehend, aber nicht auffällig. »Ich habe viel geträumt heut nacht«, erklärte er schließlich. »Und Sie?«

Sie ging von der Tür weg und sagte, immer noch im Flüsterton: »Ich habe eine ganze Menge Träume, seit ich hier bin. Das muß das Meer sein und der Wind.«

»Möglich.« Er glaubte es nicht. »Ich habe Kaffee gekocht. Macht es Ihnen etwas aus?« Er bewegte die Hand Richtung Wohnzimmer. »Um die brauchen Sie sich keine Sorgen zu machen. Die hochzukriegen, wird ein Kraftakt werden.«

Margaret lächelte und nahm die Tasse Kaffee, die er ihr reichte. Sie zeigte auf das Notizbuch. »Verstehen Sie, um was es sich handelt?«

»Ich glaube schon, zumindest bei einem Teil bin ich mir recht sicher. Vor acht oder neun Jahren, als ich studierte, hörte ich seine Vorlesungen.«

»Wollen Sie mir davon erzählen?«

»Schwierige Sache. Es ist so, als würden Sie sagen: ›Erzählen Sie mir etwas über Gott.‹ Das verschlägt mir auch immer die Rede. Lassen Sie mich einen Moment nachdenken.« Er lehnte sich zurück und starrte eine Weile vor sich hin, ehe er sagte: »Tyson hatte die Theorie, daß es eine Art übergeordnetes Bewußtsein gibt – ziemlich genau in jener Richtung, die die Mystiker, die Metaphysiker und so weiter meinen. Aber er glaubte nicht daran, daß dies ein Geisteszustand sei, den man erst nach Jahren des Studiums zu erreichen imstande ist. Und Drogen hielt er auch nicht für den richtigen Weg, dahin zu kommen. Eigentlich kombinierte er das Ganze mit der Art, wie wir die Zeit als solche empfinden – oder den Ablauf der Zeit, besser gesagt. Er war davon überzeugt, daß wir, wären wir imstande, die Zeit aus einem anderen Blickwinkel zu betrachten, sehen könnten, daß rund um uns eine andere Dimension existiert, daß wir uns aber in weit zurückliegender Vergangenheit aus Gründen der Zweckmäßigkeit dem verschlossen haben.« Er lächelte entschuldigend und hob die Schultern. »Und das ist so ziemlich alles, was ich über seine Arbeit weiß. Er hat nicht viel veröffentlicht, und als er plötzlich starb, blieb fast alles in der Luft hängen.«

Margaret hatte seinen Worten angespannt zugehört, und nun entspannte sie sich wieder. »Ein Mystiker?« murmelte sie. »Ich dachte, er sei eher ... nun, anders gewesen. Ich weiß nicht, was ich von ihm dachte, aber das nicht. Es hört sich an wie das Zeug, über das immer in Taschenbüchern mit großen, aufgerissenen Augen auf dem Umschlag geschrieben wird.«

John lachte. »Paul Tyson war einer der großartigsten Physiker«, sagte er. »Er hat sogar an der Bombe mitgearbeitet. Aber nach einem leichten Schlaganfall hat er sich ins Privatleben zurückgezogen und sich dem Studium der Zeit gewidmet. Hin und wieder, wenn er Lust hatte, hielt er ein paar Vorträge.«

Margaret verspürte leichten Ärger und sagte reumütig: »Und das beweist meine Unwissenheit.« Sie nahm das Notizbuch zur Hand und ließ die Blätter unter ihrem Daumen durchlaufen. »Ich habe versucht, eines davon durchzulesen, aber die Diagramme, die er verwendet, die Mathematik, die Symbole ... ich habe absolut nichts damit anfangen können.«

»Ich glaube, er war der Überzeugung, wenn jemand das Prinzip versteht, kann er es auch demonstrieren und aus der Erfahrung heraus lehren, so daß weitergehendes Verständnis – obwohl stets erwünscht – nicht unbedingt notwendig ist. Der schwierige Teil, der Teil, den er selbst durchführen mußte, war dabei, seine eigene Methode der Wahrnehmung zu ändern. Es ist wie eine religiöse Bekehrung, denke ich. Muß alle Schichten durchdringen, oder es hält nicht. Also sammelte er all seine Daten und Unterlagen ...« – er zeigte auf die Notizbücher – »und lebte damit, bis seine Betrachtungsweise der Welt nicht mehr ihresgleichen auf Erden hatte. Er stellte ganz bewußt die Auffassung in Frage, wonach die Gegenwart nichts anderes ist als die Vergangenheit auf dem Weg zur Zukunft. Und das ist schließlich die Grundlage der westlichen Zivilisation.« Er schloß das Notizbuch, das er zur Hand genommen hatte, und schüttelte den Kopf. »Es ist das Werk eines Mannes, der eine Vision hatte und nicht genug Zeit, die klitzekleinen Details herauszuarbeiten. Einstein hat ein Leben lang gebraucht, und das war nicht genug. Immer noch versucht man, gewisse Teile seiner Theorie zu beweisen. Tyson hatte aber nicht das, was man ›ein Leben lang‹ nennt. Er hatte ein paar Jahre. Drei, vier. Nicht genug.«

Margaret dachte an den Garten, in den Paul sie geführt hatte – an die Halluzination des Gartens, korrigierte sie sich hastig. »Woran, glauben Sie, hat er gearbeitet?« fragte sie, als das Schweigen irgendwie zu persönlich zu werden schien.

»Ich weiß es nicht. Noch gestern hätte ich gesagt, ein Narr unter vielen. Aber heute ... Es gibt Hunderte von Sekten, Organisationen, Studiengruppen, was Sie wollen, die alle nach diesen Dingen suchen. Es gibt Millionen Menschen, die durch irgendein Erlebnis zu der Überzeugung gekommen sind, daß es ein Über-Bewußtsein gibt oder einen Himmel oder ein Gotteserlebnis – jedenfalls irgend etwas, das nicht begrenzt wird von den Gesetzen der Raum-Zeit, die wir in dieser Realität, in der wir leben, anerkennen. Jede Religion, alle volkstümlichen Bräuche stoßen früher oder später darauf, und jedes Jahrhundert tritt es irgendwann einmal mit Füßen – der mechanisch bestimmte Mensch, der existentielle Mensch, der elektrochemische Mensch –, aber es bleibt nicht auf dem Boden liegen. Man hat es verdreht, um es gewissen Überzeugungen anzupassen – der Prädestinationslehre eines Luther oder eines Calvin; dem Heil durch Gebet und gute Werke; den zyklischen Theorien der Vorhölle, bis der nächste Zyklus beginnt; der Reinkarnationstheorie mit dem letztendlichen Ziel, eins zu werden mit etwas, das jenseits menschlicher Erkenntnis liegt ...« Er lächelte plötzlich. »Ich will Ihnen keine Predigt halten, Meg. Noch weiß ich selbst nicht, woran ich glaube. Vielleicht werde ich es auch nie wissen. Ich glaube nicht daran, daß der Mensch sich nur aus dem Nichts erhebt, um dorthin wieder zurückzufallen, sobald seine paar Jahre hier zu Ende sind, aber wohin er dann geht – das weiß ich nicht. Und ob er sich vor seinem Tode dorthin begeben kann, weiß ich auch nicht.«

»Dieses ... dieses Gefühl, dieses mystische Erlebnis. Haben Sie es gehabt?« Ihre Hände lagen ganz still auf dem Tisch und spielten nicht mehr mit den Blättern des Notizbuches, das sie immer noch in der Hand hielt.

»Bis gestern würde ich wohl gesagt haben, ich sei mir dessen nicht ganz sicher. Jetzt hingegen ... ja. Ja, ich weiß, was damit gemeint ist.«

Margaret stand rasch auf und ging zum Fenster. »Der Himmel brennt. Was für ein seltsames Licht.« Ohne sich umzudrehen fragte sie: »Warum habe ich das Gefühl, daß ich Sie kenne? Nicht nur irgend etwas über Sie, nein, Sie selbst, als Mensch. Wir haben uns doch vorher nie kennengelernt?« Sie hatte nicht die Absicht gehabt, das zu fragen, denn sie kannte die Antwort bereits.

»Ich weiß, was Sie sagen wollen. Nein, wir haben uns noch nicht gekannt.«

Sie blieb mit dem Gesicht zum Fenster gewandt. Der Sonnenaufgang schien es jetzt eilig zu haben; Feuerbänder flatterten, so weit Margaret sehen konnte, von Norden nach Süden. »Alles ist so merkwürdig hier draußen. Alles scheint auf den Kopf gestellt. Fernsehen. Wahrscheinlich habe ich Sie im Fernsehen gesehen. Oder einen Artikel von Ihnen gelesen.«

Er antwortete nicht, und einen Augenblick später wandte sie sich zu ihm um. »Schließlich«, fuhr sie rasch fort, »sind Sie ein berühmter Mann. Vermutlich haben viele Leute, die Sie kennenlernen, das Gefühl, Sie bereits zu kennen.«

»Nicht berühmt – berüchtigt vielleicht. Und Sie? Waren Sie schon im Fernsehen? Oder auf dem Umschlag von *Newsweek*?

Sie lächelte bei der Vorstellung. »Natürlich nicht.«

Er fuhr fort, sie unverwandt anzublicken. »Als Sie heute hier hereinkamen, waren Sie nicht überrascht, mich schon hier zu finden, oder?« Sie schüttelte den Kopf. »Und in dem Augenblick, als Sie zur Tür hereintraten, bemerkte ich, daß ich zwei Tassen auf den Tisch gestellt hatte, daß eine davon für Sie bereitstand. Ich habe nicht bewußt daran gedacht – aber hier stand sie.«

»Das war nur Höflichkeit.«

»Und Sie haben vermutlich bemerkt, daß ich nicht auf der

Couch schlief, als Sie durchs Wohnzimmer kamen. Unser Tun griff einfach ineinander.« Er lachte, obwohl keine Spur von Heiterkeit in seinem Gesicht zu finden war.

»Zufall«, sagte Margaret und hörte die Schärfe in ihrer Stimme zu spät.

»Oder Vorahnung?«

Margaret ignorierte das, als ob sie es nicht gehört hätte. Sie nahm das Notizbuch wieder auf, und als sie sprach, zwang sie eine kühlere, distanziertere Note in ihre Stimme. »Doktor Bok ist der Ansicht, daß ein mystischer Ort existiert, an dem es die Zeit, wie wir sie kennen, nicht gibt.«

»Meg, warten Sie einen Moment.« John umschloß mit seiner Hand die ihre auf dem Notizbuch. »Paul Tyson sagte noch etwas in einem seiner Vorträge. Damals habe ich es nicht verstanden. Er sagte, daß die Entwicklung weitergeht, noch lange, nachdem der Mensch physisch aufgehört hat zu wachsen. Die emotionale, geistige und psychische Entwicklung hört nie auf, aber man kann sich natürlich irgendwann einmal weigern, diese Entwicklung weiter mitzuvollziehen. Paul sagte, daß das manchmal erschreckend sein könne, daß es lebensgefährlich sein könne für einen selbst oder die anderen. Und dann muß man ganz bewußt seine Wahl treffen.«

»Man kann nicht eine Wahl treffen, wenn man nicht weiß, welche Alternativen man hat!« rief sie fast hysterisch. Nicht jetzt! dachte sie immer wieder. Nicht jetzt! Sie konnte im Moment an gar nichts denken. Abrupt ließ er ihre Hand aus, und sie setzte sich. In einem Wortschwall sprudelte sie heraus: »Doktor Bok glaubt, daß man diesen mystischen Ort erreichen könne. Er glaubt, daß er dorthin gelangen könne. Bok glaubt, daß Paul ... Tyson den Weg entdeckt hat. Er findet diese Arbeiten sehr aufregend. Wozu will er sie verwenden? Wissen Sie es?«

»Wissen Sie es?« John schüttelte den Kopf, als formten sich Fragen in seinem Hirn, die er sich weigerte auszusprechen. »Ich weiß es jedenfalls nicht. Um eine neue geistige Richtung zu begründen vielleicht, um ein Heiliger der Letzten Tage zu werden, der uns führen kann auf dem Weg des Heils, um ein Buch zu schreiben? Jedes von diesen Dingen kann wohl der

Grund sein.« Er stand auf, ging zur Tür und blickte hinaus. »Wollte Gott, wir müßten heute früh nicht weg von hier. Aber ich habe versprochen, sie bis Mittag daheim abzuliefern. Ich muß hinunter und mir anschauen, wie das Boot aussieht. Kommen Sie mit?«

Ohne zu sprechen gingen sie hinunter zum Strand. Das Boot schaukelte frei auf den Wellen, nur gehalten vom Anker; John starrte es ungläubig an. Es war ein altes Segelboot mit einem Hilfsmotor, blau mit orangeroten Verzierungen und glänzenden Messingarmaturen. Margaret las den Namen: *La Belle Dame Sans Merci*. Überrascht sah sie John Llewellyn an. Aber er war mit dem Problem beschäftigt, zu dem Boot zu gelangen. Er kletterte auf die Felsen, betrachtete es eingehend, nickte und sprang wieder herab.

»Okay, holen wir die Schlafmützen da oben, sie sollen sich an die Arbeit machen. Clive und Mike können von den Klippen aus hinausschwimmen und das kleine Beiboot für die Mädchen zu Wasser lassen.« Wieder sah er Margaret entschuldigend an. »Es tut mir wirklich leid, daß wir jetzt weg müssen. Ich wäre so gern geblieben, um mich mit Ihnen zu unterhalten. Ich möchte wiederkommen. Hätten Sie Lust, am Samstag zu segeln, wenn das Wetter aushält?«

»Sehr gern«, sagte sie.

»Gut. Dann komme ich gegen Mittag, ankere hier und hole Sie ab. Okay?«

Die jungen Leute waren hungrig, und sie vertilgten sämtliche Vorräte: Eier und Speck, den Rest Schinken und das Brot und die Butter. Clive allein trank einen ganzen Liter Milch. Die Mädchen verschwanden, während die Jungen zusammen mit John hinuntergingen, um das Boot wieder flottzumachen. Als sie alle bereit waren für die Abreise, sah Margaret, daß die Mädchen im Haus saubergemacht hatten.

Die Betten waren gemacht, die Decken ordentlich gefaltet und weggeräumt, das Badezimmer glänzte. Margaret ging mit ihnen hinunter zum Strand, stand auf den Felsen und sah zu, wie sie alle an Bord gingen und die Segel setzten – jetzt in sicherer Entfernung von den Klippen. Der Motor machte ein stetiges tuckerndes Geräusch.

Dann winkten viele Hände, eine Stimme rief Adieu, die Segel strafften sich, und das Boot setzte sich in Bewegung. Margaret blieb auf den Felsen stehen, bis es nur noch ein Pünktchen auf dem Wasser war, dann ging sie langsam zum Haus zurück und fühlte sich sehr einsam. Es war erst fünfzehn Minuten nach neun, als sie in die Küche trat. Was sollte sie den ganzen Tag lang anfangen? Sie wollte weder Bok noch Morris Stein sehen, und der Gedanke, im Haus zu bleiben, erschien ihr unerträglich. Sie beschloß, ans Ende der Insel zu fahren, irgendwo unterwegs mittagzuessen, möglicherweise ein bißchen einkaufen zu gehen – zumindest Lebensmittel. Als sie aus der Zufahrt hinausbog auf die Straße, sah sie, daß Morris Stein vor der Tür der Wohnung über der Garage erschien und ihr nachsah. Er winkte ihr, stehenzubleiben oder zurückzukommen, was auch immer, jedenfalls gab sie vor, ihn nicht zu bemerken. Doch ihr Herz klopfte, und ihre Hände umklammerten das Lenkrad, bis sie aus seinem Gesichtsfeld verschwunden war. Warum wirkte er so auf sie? überlegte sie wütend. Ich entspannte mich etwas. Ich hatte sie aus dem Haus gebracht, für den einen Tag wenigstens weg von Morris, denn ich brauchte Zeit, um über ihn nachzudenken und zu überlegen, wie ich mich ihm entziehen konnte. Sobald er und Margaret zusammen waren, würde ich wieder so verletzlich sein, das war mir klar, und nun wußte ich zu vieles, was ich ihm verraten würde. Ich hatte keine Möglichkeit, mich vor ihm zu schützen. Das war das erste Mal, daß eine außenstehende Person eine gewisse Bedrohung für mich darstellte, und ich mußte einen Weg finden, seiner beruhigenden Stimme entgegenzuwirken und intakt zu bleiben. Was mir bange machte, war, daß es Margaret – mir – gelungen war, John zu erreichen und hineinzuziehen in die Leere. Und daß John sich daran erinnerte. Er hatte zwar gesagt, er habe geträumt, aber ich war sicher, daß er sich erinnerte, und daß er deshalb zurückkommen wollte, um mit Margaret über das alles zu sprechen.

Margaret hatte drei der Notizbücher mitgenommen und hatte vor, ein ruhiges Stückchen Strand zu suchen oder ein kaum besetztes Restaurant, wo sie bei einem Kaffee sitzen und sie studieren wollte. Ich wußte, wenn ich sie in jene Stimmung bringen konnte, die ihr Morris Stein verursacht hatte, würde sie sich für mich in jede einzelne Seite vertiefen, und ich hätte die Zeit, alles darauf zu entziffern, auch wenn sie selbst es nicht schaffte. Sie wandte sich nach Osten, um nicht nach Baiting Hollow zu kommen, und fuhr ein gleichmäßiges Tempo, nicht schnell, betrachtete die Landschaft und genoß die Luft auf dem Gesicht. Boks Wagen sah ich praktisch in dem Augenblick, als er auf die Straße herausbog, aber Margaret bemerkte ihn nicht. Ich konnte nicht erkennen, wer hinter dem Lenkrad saß, aber ich nahm an, daß Bok Morris hinter ihr hergeschickt hatte. Margarets Gedanken waren jetzt bei Bennett und Greeley angekommen, und sie fragte sich, ob Bennett tatsächlich versuchen würde, Greeley dazu zu bringen, während der Wahlkampfreise auf sie zu verzichten. Sie wußte, daß sie nicht mitkommen würde, ungeachtet seiner Drohungen –, aber wie ernst waren diese Drohungen zu nehmen? Konnte er ihrem Vater, einem Highschool-Direktor, wirklich irgend etwas antun? Sie glaubte nicht daran. Mit seiner so offen gemachten eklatanten Drohung hatte Greeley Margaret arg mitgenommen, und sie hatte damals keine Zeit gehabt, darüber nachzudenken; aber jetzt war sie überzeugt davon, daß sie ihn und sein Geschwätz ruhig ignorieren konnte.

Margaret begann eine Melodie zu summen. Je weiter sie sich von dem Haus entfernte, desto klarer und einfacher wurden die Dinge für sie. Alles, was vorher unentwirrbar geschienen hatte, fiel jetzt von selbst auseinander. Angenommen, sie verließ Bennett – was dann? Arbeiten? Vermutlich. Schließlich würde sie jemand anderen heiraten, ein paar Kinder bekommen und vollauf beschäftigt sein mit Elternverein, Klubs, Komitees und ... Sie hörte auf zu summen. So mußte es nicht unbedingt sein, sagte sie zu sich selbst. Sie konnte ihre Zukunft selbst formen, konnte ihrem Leben einen Sinn geben, auch wenn sie im übrigen Universum keinen sah.

Margaret sah nun finster drein, und das ganze Problem schien noch weniger lösbar. Sie entsann sich der Ganzheit, die sie mit Paul in ihren Halluzinationen erlebt hatte, und wußte, daß dies es gewesen war, was John Llewellyn gemeint hatte, als er sagte, Millionen Menschen würden irgend etwas erleben, das sie dann an jene andere Dimension glauben ließ. Alles andere verblaßte im Vergleich zu dieser einen kurzen, trügerischen Erfahrung ...

Wenn es einen Weg gäbe, dorthin zurückzukehren ... Ihre Hand fiel auf die Notizbücher neben sich, und sie begann nach einem Platz Ausschau zu halten, wo sie parken konnte.

Sie hatte keine Erinnerung an jene Gelegenheiten, bei denen es nicht erfreulich gewesen war, als Schmerz und Gewalt nur allzu real waren in der Welt der Illusion. Ich zog meine Kreise und sah, daß Morris Stein und Margaret ruhig miteinander plauderten – und dann nicht mehr so ruhig. Ich bemerkte die aufgeschlagenen Notizbücher auf ihren Knien und las jene Seiten, die ich vor Augen hatte. Das mochte der richtige Weg sein, also suchte ich nach anderen Malen, als sie sie ebenfalls aufgeschlagen hatte. Nach und nach bekam ich einiges zusammen, eine Seite hier, ein paar Seiten weiter hinten. Morris verringerte die Distanz zwischen den beiden Wagen, und ich mußte die Aufzeichnungen sein lassen und auf Margaret aufpassen. Ich zwang ihren Blick wiederholt in den Rückspiegel, und sie sah den näherkommenden Wagen, ohne ihn jedoch zu erkennen. Daraufhin ließ ich das Bild des Wagens, der geparkt neben ihrem eigenen auf der Zufahrt stand, kurz vor ihr aufblitzen, und da bemerkte sie, daß sie verfolgt wurde.

Ich ließ sie meine Unruhe, meine Besorgnis spüren, aber das brachte sie auf den falschen Weg. Sie stemmte sich dagegen, und statt einfach davonzufahren, entschloß sie sich, vor dem erstbesten Restaurant, das sie sehen würde, stehenzubleiben und abzuwarten, ob er es wagte, sich an einem öffentlichen Ort zum Narren zu machen. Das ist nicht das Richtige! versuchte ich ihr zu sagen. Mit vier leise gesprochenen Worten würde er sie dazu bringen, alles zu tun, was er von ihr wollte. Ich versuchte, die Sache selbst in die Hand zu nehmen und sie ihm davonfahren zu lassen, aber im selben Augenblick wußte ich, daß es eigentlich keinen Platz zum Davonfahren gab: Die Straße war dort zu Ende, wo die Insel zu Ende war; so weit konnte sie fahren, aber schließlich würde sie anhalten, umkehren und zurückfahren müssen. In den nächsten Minuten überkamen Margaret so viele zwiespältige Gefühle, wie sie sonst in Jahren nicht hatte. Sie hegte den verzweifelten Wunsch, an diesem Tag alleingelassen zu werden, um nachzudenken, um die Notizbücher zu lesen, um Entschlüsse zu fassen. Genauso verzweifelt wollte sie mit Morris Stein sprechen, ihm von der kurzen Halluzination erzählen, die sie gehabt hatte, mit ihm über Paul Tyson und seine Arbeit reden. Ich wußte, daß ich mit ihm sprechen wollte, kämpfte aber gegen dieses Wissen an – und gegen die Tatsache, daß ihr Fuß auf die Bremse stieg, als sie das Schild an der Straße sah: *Plum on the Sound – Hier speisen Sie ausgezeichnet!*

Morris kam nun rasch näher. Er wollte sie einholen, ehe sie das Restaurant betrat. Ich drängte sie zur Eile, jagte ihr mehr Angst ein, und sie rannte fast zur Tür. Das Restaurant war ein altes, im viktorianischen Stil erbautes Gebäude, dessen Holzteile fast schwarz waren. In seinem Innern war es dunkel und kühl, ein altes Wohnhaus, das man in ein Restaurant umgewandelt hatte, sehr hübsch mit massiven, schönen Kronleuchtern ausgestattet. Es gab eine lange Theke, an der jedoch keine Gäste saßen, und jenseits des bogenförmigen Durchgangs einen Speisesaal mit drei oder vier besetzten Tischen. Aus dem Dunkel hinter der Bar erschien ein Mann.

»Eine Person?« fragte er.

Margaret nickte und warf einen Blick zu Tür. Es war eine schwere Tür, und kein Geräusch drang vom Parkplatz herein. Sie folgte dem Mann zu einem Tisch neben einem Fenster, von dem aus man die Bucht überblickte. Er legte ihr die Speisekarte vor und zog sich zurück.

An einem der Tische saßen drei Männer: Anwälte oder Geschäftsleute. An einem zweiten Tisch saß ein Ehepaar mittleren Alters, das überhaupt nicht sprach. Am dritten plauderten zwei mittelalterliche Damen, die Margarets Ankunft keine Beachtung schenkten, angeregt mit eifrig zusammengesteckten Köpfen. Margaret zündete sich eine Zigarette an und wartete. Als die Tür aufging, sah sie nicht hoch. Ich hörte Morris eintreten und wußte, daß er sich einen Augenblick lang mit dem Kellner unterhielt, ehe er den Raum durchquerte und zu Margarets Tisch kam.

»Hallo, Josie«, sagte er und zog sich einen Stuhl zurecht.

»Mister Stein, warum sind Sie mir gefolgt? Was wollen Sie von mir?«

»Josie, das ist nicht fair von Ihnen. Ich esse hier oft zu Mittag. Es ist richtig, ich habe Sie gesehen, aber ich dachte, daß Sie vielleicht mit mir sprechen wollen. Irre ich mich?«

»Ja«, sagte sie knapp.

Er lachte und streckte die Hand über den Tisch nach der ihren aus. »Das stimmt nicht, Sie möchten sehr wohl mit mir sprechen. Sie wollen mir von Paul Tyson und seinen Experimenten erzählen, nicht wahr?«

Ich nickte, und Margarets Hand erzitterte in der seinen. Verschwinde! sagte ich zu ihr. Steh auf und mach dich aus dem Staub! Laß deine Handschuhe auf dem Tisch liegen, dann glaubt er, du kämst gleich zurück! Entschuldige dich und geh! Jetzt! Sie griff nach ihrer Handtasche und begann sich zu erheben. Seine Hand schloß sich fester um die ihre, und er sagte leise: »Sie sind sehr müde, meine Liebe. So ist es recht, setzen Sie sich hin, ruhen Sie sich aus! Bleiben Sie aufrecht sitzen, aber entspannen Sie sich! Haben Sie keine Angst. In einer Minute werde ich Ihnen befehlen, aufzuwachen und mit mir in den Raum auf der anderen Seite der Bar zu gehen. Sie werden gern mit mir hinübergehen, denn dort können wir uns einen Drink bestellen und uns friedlich unterhalten. Sie werden absolut keine Angst verspüren.«

In dem anderen Raum war es sehr dunkel – von den schweren braunen Vorhängen vor den Fenstern und der massiven grün-dunkelroten überladenen Einrichtung. Margaret sank in einen der Sessel, und Morris zog einen zweiten neben den ihren. Er bestellte Gin und Tonic für beide. Der Barkeeper konnte sie von seinem Platz hinter der Theke aus sehen, und hin und wieder blickte er herüber, wobei er die Frau sah, die ruhig in dem tiefen Lehnsessel saß, und den Mann, der sich leicht zu ihr hinüberbeugte, an seinem Drink nippte und leise auf sie einredete.

Margaret schwebte und entspannte sich, und ich beantwortete hin und wieder Fragen – nicht jene, die an Josie gerichtet waren, sondern Erkundigungen nach meinem Wohlbefinden, ob ich Angst hätte, diese Art Fragen. Irgend etwas schien Morris Stein zu verwirren, bemerkte ich – wenn ich ihn überhaupt bemerkte, was nicht oft der Fall war. Er fragte: »Erinnern Sie sich daran, daß wir miteinander geschlafen haben?«

»Ja.«

»Sie waren sehr einsam gewesen, stimmt's? So hatten Sie es seit langem nicht mehr gehabt, nicht wahr?«

»Nein.«

»Sie haben Paul Tyson wohl sehr geliebt?«

Diese Frage setzte mir ziemlich zu, und ich spürte, wie ich wachsamer wurde und weniger bestrebt, ihm zu gefallen.

»Nur ruhig, nur ruhig!« sagte er. »So ist es recht.« Er schwieg einige Minuten lang, bevor er weitersprach: »Wir gehen von hier weg. Ich werde Sie wecken, und Sie werden das Sandwich essen, das ich für Sie bestellt habe, und den Kaffee trinken. Wenn Sie aufwachen, werden Sie sich sehr gut fühlen, sehr ausgeruht und gut! Sie werden keine Angst haben vor mir und auch nicht versuchen, mir auszuweichen. Wenn wir gehen, werden Sie zu Ihrem Häuschen zurückfahren, und wenn Sie hineingehen, werden Sie sich daran erinnern, wie wir miteinander geschlafen haben. An jedes Detail werden Sie sich erinnern, an jede winzige Einzelheit, und bemerken, daß dies Sie sehr erregt. Die Erinnerung wird Sie so erregen. Sie werden mir nicht mehr aus dem Weg gehen wollen ...« Ein paar Minuten lang ging es so weiter, dann weckte er sie auf.

Kapitel Zwölf

Margaret hatte eine vernünftige Erklärung, weshalb sie so früh zum Haus zurückgekommen war: Um Pauls Aufzeichnungen verstehen zu können, brauchte sie Nachschlagewerke; außerdem war sie sehr müde, weil sie seit dem Morgengrauen auf den Beinen war; und es gab sowieso keinen Platz, wo sie damit rechnen konnte, alleingelassen zu werden. Also hatte sie ebensogut gleich heimfahren können …

Ich grub verzweifelt in allem nach, was ich je über Hypnose gehört hatte, um einen Weg zu entdecken, wie man Morris Stein entkommen konnte. Es wollte mir einfach nicht gelingen. Ich verstand nicht, wie er es erreicht hatte, wieso es funktionierte – aber es funktionierte, und in dem Moment, wo er zu sprechen anfing, war ich ihm wieder preisgegeben. Es schien fast, als ob Margaret nichts anderes sei als Dekor, als Mittel zur Verschleierung der Absicht, direkt an mich heranzukommen, und sie rückte willig zur Seite, ohne daß auch nur eine Erinnerung an dieses Zurseiterücken bei ihr zurückblieb. Er hatte ihr die verbalen Konzepte der Zustimmung, der Freundlichkeit und des Verlangens nach ihm eingegeben, aber die tiefer schlummernden Gebote der Selbstbeschränkung, die zusammen damit erwachten, konnte er nicht unterdrücken. Sie wollte mit ihm sprechen, sich ihm anvertrauen, und zur gleichen Zeit hatte sie Angst vor ihm. Sie verspürte eine unbestimmte sexuelle Faszination, die sie sich nicht erklären konnte, und dennoch war ihr der Gedanke, sich bewußt mit ihm zu paaren, widerlich. Was sie wirklich wollte, war, mit ihm Hand in Hand spazierenzugehen: ohne Verpflichtung, ohne sich in irgend etwas hineinziehen zu lassen – nur unschuldig aufregend, stimulierend. Und doch fuhr sie nach Hause zurück, ohne sich gewahr zu werden, daß er der einzige Grund für ihre frühe Rückkehr war.

Ich kreiste, sah sie wieder zusammen, sah Bennett mit ihr,

Margaret in einem Kanu, zusammen mit zweien ihrer Brüder. – Josie? – Josie und Margaret im Gespräch. John und seine Bemerkungen über Paul Tysons Theorien – daß er einen anderen Standpunkt suchte zu etwas, das an sich nicht existent schien. Würde ich überleben, wenn Margaret mit einem Lkw frontal zusammenkrachte? War meine Existenz völlig unabhängig von der ihren – mit ihr verbunden nur durch ... was? Ihre Wehwehchen bedeuteten nichts für mich, berührten mich nie auch nur im geringsten. Ihre Wünsche und Bedürfnisse waren nicht die meinen. Ihre Gelüste teilte ich nie. Während ich mich in diese Gedanken verstrickte, distanzierte ich mich mehr und mehr von ihr, und ich sah sie wie aus großer Entfernung. Sie fuhr nicht so flüssig und sicher wie sonst, aber gut genug. Margaret dachte an nichts. Solange ich mit ihr verbunden war – wenn auch nur so dürftig wie im Augenblick –, schien sie fast normal zu sein, aber bei jenen Gelegenheiten, wenn ich zurückgekehrt war zu ihr von ... jenem anderen Ort, hatte sie mir einen geradezu katatonischen Eindruck gemacht, am Leben erhalten nur von jenem Teil des Gehirns, der ihr Herz schlagen ließ und ihre Lunge und die anderen Organe zum Funktionieren brachte, von jenem Teil, der niemals irgend etwas empfing, das nicht vorher von mir gefiltert worden war. Wenn ich wollte, konnte ich alle seine Funktionen übernehmen, aber er selbst konnte nur Sachwalterpflichten erfüllen, nicht mehr. Ohne mich hätte sie keine Empfindungen von draußen; niemand wäre da, der diese ordnet und lenkt und versteht. Aber ohne Margaret und ihre sensorischen Fähigkeiten könnte auch ich nichts empfangen. Natürlich! Das war die Möglichkeit, wie ich Morris Stein aus dem Weg gehen konnte: Ich mußte sie nur einfach verlassen, wenn er ihr nahekam. Aber konnte ich damit rechnen, auch wieder zurückzufinden zu ihr?

Ich erinnerte mich an dieses Gefühl der Verlorenheit, und ich war sicher, daß ich bis jetzt einen Führer gehabt hatte: Paul. Er hatte mir jedesmal geholfen, zurückzufinden. Könnte ich es allein schaffen, wenn ich sie bewußt verließ? Konnte ich sogar jene letzte hemmende Verbindung unterbrechen? Ich wagte nicht, es hier im Wagen zu versuchen, aber ich beschloß, es zu probieren, sobald Margaret allein war. Allein und sicher in einem Lehnstuhl oder ausgestreckt auf dem Bett. Ich hatte fast das Gefühl, ich bräuchte mich nur umzudrehen und könnte sehen, wie ich es anstellen mußte, diese Verbindung zu durchbrechen, aber ich hatte keine Worte dafür. Eine andere Richtung – sogar für mich selbst konnte ich die Idee nur so in Worte fassen.

Margaret sah eine Hinweistafel für ein Einkaufszentrum, das nach drei Kilometern auf der rechten Seite der Straße kommen sollte, und bereitete sich darauf vor, von der Straße abzubiegen. Sie war nervös, und der unwiderstehliche Drang, direkt nach Hause zurückzukehren, machte sie wütend und fest entschlossen, erst einzukaufen. Ein bohrender Kopfschmerz überfiel sie, während sie diese drei Kilometer fuhr, und zu dem Zeitpunkt, als sie mit ihrer kurzen Einkaufsliste fertig war, konnte sie kaum mehr sehen, so durchdringend war der Kopfschmerz. Während sie wieder auf die Straße bog, klang er etwas ab, aber ein leichtes Pochen blieb. »Ich muß nach Hause«, dachte sie und sprach die Worte laut aus. »Geradewegs nach Hause.«

Als sie das Haus erreichte, sträubte sich alles in ihr, einzutreten. Sie lud die Lebensmittel aus, stellte alles auf die Veranda und begann auf die Stufen zum Strand hinunter zuzugehen. Sie fühlte einen Zwang, ins Haus zu gehen, widerstand ihm aber; doch ihre Schritte wurden immer langsamer, bis sie schließlich stehenblieb. Schließlich drehte sie sich um und ging schnell zum Haus zurück, hob ihre Einkaufstüten hoch und trat ein.

Man muß sich einen endlosen Korridor vorstellen, mit unendlich vielen Türen, eine hinter der anderen. Wenn sie an eine dieser Türen klopfte, konnte ich für gewöhnlich bestimmen, ob ich sie öffnete und wie weit, ob ich sie eintreten ließ oder nicht, oder ihr nur eine Erinnerung hinausreichte. Diesmal konnte ich nur von jenseits einer tiefen Kluft zusehen, unfähig, sie auszusperren oder die Tür geschlossen zu halten, unfähig, etwas zu korrigieren oder zu verändern. Sie ging geradewegs hinein, und das, was sie sah und verspürte, warf sie fast um.

»Nein!« flüsterte sie und machte die Augen ganz fest zu. »Lieber Gott, nein!« Aber da war es, und je mehr sie sich bemühte, es nicht zu sehen, desto klarer wurden die Details: wie er sie auszog in dem Fauteuil, seine Hände, seine Lippen auf ihrem Körper, sein Glied in ihrem Körper, ihre Schreie. Sie setzte sich abrupt hin, die Augen immer noch geschlossen, und erinnerte sich an das, was er mit ihr gemacht hatte, erinnerte sich an ihre eigene Sinnenlust, die beinahe unerträglich geworden war.

Mit der zurückkehrenden Erinnerung kam auch das Verlangen wieder. Es war, als würde er all diese Dinge wieder tun, sie erregen mit seinen Lippen an ihren Brustwarzen und seinen Fingern an ihrer Klitoris. Sie glühte und konnte spüren, wie ihre Brustwarzen hart wurden, konnte die Woge der Begierde in ihrer Vagina spüren, in ihrem Bauch, ihren Eingeweiden, ein heftiges Wühlen, das entweder von Angst stammte oder von sexuellem Verlangen. Es war die Heimsuchung durch einen Inkubus, ein unsichtbares Wesen, das sie berührte und mit ihrem Körper spielte, das an jeder Stelle dieses Körpers gerade so lange verweilte, bis die Erregung nur noch durch den Orgasmus befriedigt werden konnte; der Gedanke an die Erleichterung durch einen Orgasmus ließ sie sich zusammenkauern und mit geschlossenen Augen und tief hinabgebeugtem Kopf vor und zurück schaukeln. Sie konnte das nicht aushalten. Als sie sich bewegte, spürte sie den Sessel unter sich, den Druck auf ihre Schamlippen, und sie stöhnte und stand auf. Mit einem fast irren Ausdruck auf dem Gesicht sah sie sich um.

Margaret verriegelte die Tür und rannte ins Schlafzimmer, warf die Tür hinter sich zu und lehnte sich zitternd und bebend dagegen. Sie spürte die Hitze in ihren Wangen und wußte, daß sie gerötet waren. Ihr Herz raste, sie keuchte, und das Bild Morris Steins erschien immer wieder. Sie schüttelte den Kopf und stöhnte auf. »Nein, nein!« flüsterte sie. Als sie eine Hand an ihr Gesicht hob, zitterte sie unkontrolliert. So hatte sie sich noch nie gefühlt, und ich war neugierig, welches Stadium des Vorbereitetseins ihr Körper durch eine simple hypnotische Beeinflussung erlangt hatte. Oft nach Bennetts bedächtiger Leidenschaft war sie unbefriedigt genug, um aufzustehen und herumzulaufen, ja sogar ein- oder zweimal zu masturbieren, aber das war nach der totalen Erregung durch eine andere Person gewesen, nicht durch ein spontanes Auflodern wie jetzt. Während ich sie beobachtete und versuchte, zusammen mit ihr die scharfe Klinge der sexuellen Begierde zu fühlen, die tiefer und tiefer in sie eindrang, überdachte ich auch Tabus im allgemeinen und dieses hier im besonderen. Ich konnte beispielsweise nicht an ihre Hand denken, die zwischen die Beine griff, ohne eine andere Szene heraufzubeschwören: eine kleine, schmuddelige Hand, die neugierig ihre Geschlechtsteile befühlte, ein plötzlicher Schlag, das Wegreißen unartiger Finger, und danach die heftige Sorge ihrer Mutter. Ein klarer Fall von Konditionierung, aber so war es nun mal. Ich versuchte, es diesmal nicht hochkommen zu lassen, aber es kam hoch. Obwohl ich sie nicht teilhaben ließ an dieser Erinnerung, gelangte doch etwas davon zu ihr durch, und sie war den Tränen nahe, hin und her gerissen zwischen Frustration und einem Verlangen, das zu intensiv war, um es zu negieren. Sie dachte an die erste Nacht in dem Häuschen: damals hatte sie versucht, ihrem gepeinigten Körper Erleichterung zu verschaffen, aber es war ihr nicht gelungen. Nur Schuldgefühle waren geblieben. Ich beschloß, Morris Stein zu bestrafen. Ich wußte noch nicht wie, aber es mußte einen Weg geben, und ich würde ihn finden. Wieder sickerte etwas von meinen Gedanken durch, und Morris Steins Bild erschien vor ihr. Wieder schüttelte sie den Kopf, diesmal in Verzweiflung. Sie stieß sich von der Tür ab, und jede ihrer Bewegungen schien ihre sexuelle Spannung zu erhöhen. Sie begann zu schwitzen, und ihr Mund füllte sich mit Speichel, so daß sie schlucken mußte, wieder und immer wieder. Sie hatte Angst, verrückt zu werden, Angst, so tief in ihre eigene Verderbtheit verstrickt zu sein, daß es keine Hoffnung für sie gab. Doch sie wußte, sie konnte es jetzt nicht aushalten, und fing an, sich die Kleider vom Leib zu reißen. Dusche, dachte sie. Lang kühl. Spitze Nadeln aus Wasser. Dusche. Sie ließ die Kleidungsstücke verstreut hinter sich liegen, lief ins Bad und sah ihr Bild im großen Spiegel – harte, aufgerichtete Brustwarzen, hoch oben rote

Flecken auf den Wangen. Ihr Körper war empfindlich den Berührungen ihrer eigenen Hände und dem Gefühl der Nylonstrümpfe gegenüber, als sie sie abstreifte. Sie griff nach hinten, um die Haken des Strumpfgürtels zu öffnen, und als sie die Härchen auf ihren Hinterbacken streifte, bebte sie plötzlich am ganzen Körper. Sie richtete den Blick erneut auf ihr Spiegelbild und berührte eine ihrer harten, geröteten Brustwarzen, und mit einem Mal waren ihre Hände so brutal, wie Morris' Hände gewesen waren. Sie preßte eine ihrer Brüste gegen die Rippen, und die unsicheren Finger der anderen Hand krallten sich in ihr Schamhaar. Sie setzte sich auf den Rand des Toilettesitzes, spreizte die Beine weit und stieß die Finger in die Vagina, so weit sie konnte, heftiger, immer heftiger. Sie wünschte, sie hätte etwas anderes, das sie benutzen konnte, so war es nicht genug, sie reichte nicht weit genug hinein, sie wollte sich Schmerzen bereiten, so ausgefüllt sein davon, daß sie daran erstickte. Ihre zweite Hand verließ die Brustwarze, um ungestüm an ihrer Klitoris zu reiben, und sie fühlte das Aufwallen, das lodernde Feuer, und schließlich durchraste sie der Höhepunkt; mit einem schluchzenden Schrei fühlte sie den krampfartigen Orgasmus, und die heiße Flüssigkeit glühte auf ihrer Hand. Sie fiel auf die Knie, legte den Kopf auf die Arme und lehnte sich nach vor gegen die Badewanne. Sie schluchzte und weinte, und ihr Körper bebte einige Minuten lang unter der heftigen Reaktion.

Margaret stemmte sich hoch, weg von der Wanne, und drehte die Dusche auf. Zehn Minuten lang stand sie darunter, versuchte nicht zu denken, versuchte sich nicht zu berühren, ließ einfach nur das Wasser mit kleinen Stichen ihren Körper reinwaschen. Sie hörte keines von den beiden Autos, die mit kreischenden Reifen vor der Zufahrt bremsten und einbogen, zu schnell für den Zustand des heruntergekommenen Belages. Das erste hatte ich als Boks Wagen erkannt, und ich fragte mich, wo Morris Stein geblieben war, was ihn aufgehalten hatte. Das war es nicht, was er mit Margaret vorgehabt hatte, soviel war sicher. Ich fragte mich auch, ob er wohl außer sich gewesen war aus Sorge um Margaret, da er nicht wußte, wie die Erinnerung auf sie wirken würde, und weil er nicht anwesend sein konnte, um die Früchte seiner Bemühungen zu ernten. Ich kriege dich schon, Morris Stein! sagte ich zu mir. Den zweiten Wagen, der Minuten später folgte, kannte ich nicht, und jetzt, da die Dusche bis zum Maximum aufgedreht war, konnte ich überhaupt nichts mehr von draußen hören.

Als Margaret schließlich das Wasser abdrehte und sich abzutrocknen begann, wußte sie, daß es noch nicht vorbei war. Als das Badetuch über ihre Brust strich, wurden die Warzen hart, und das Verlangen, das sie vertrieben geglaubt hatte, kehrte zurück. Sie biß sich auf die Unterlippe, trocknete sich flüchtig ab und ging nackt ins Schlafzimmer, auf der Suche nach Kleidern.

Nur Sekunden, nachdem ich angefangen hatte, die Bewegungen des Mannes im Wohnzimmer zu vernehmen, konnte ich seine Schritte als die Bennetts identifizieren. Als Margaret die Bewegungen hörte, dachte sie, es sei Morris. Augenblicklich war der Wunsch nach sexueller Befriedigung wieder da, und sie rannte zur Tür, lehnte sich dagegen, wollte sie aufreißen und ihm entgegenlaufen, und wollte sie zugleich verriegeln und warten, daß er ging.

»Margaret, bist du endlich fertig?«

Sie fiel fast um. Bennett! Eilig schlüpfte sie in ihren Bademantel und ging ins Wohnzimmer.

»Bennett! Was ist los? Ist etwas passiert?«

»Das sollte ich dich fragen! Ich habe ein ums andere Mal angerufen. Anfangs war die Leitung besetzt, und dann hob niemand ab. Wo bist du gewesen?«

Sie standen einander gegenüber, jeder an einem anderen Ende des Zimmers, und schleuderten einander Fragen entgegen. Im selben Moment schwiegen sie beide. Margaret zuckte die Achseln und drehte sich zuerst um. Sie ging in die Küche und sagte über die Schulter: »Ich war einkaufen. Hinterher war ich ganz klebrig, also habe ich erst geduscht, bevor ich die Sachen wegräumen wollte. Möchtest du ein Sandwich oder irgend etwas anderes?«

»Nein.« Er folgte ihr und sah zu, als sie die Einkaufstüten ausleerte. Sein Blick kehrte immer wieder zu ihrem Gesicht zurück, und dann sagte er unvermutet: »Margaret, hör auf damit! Setz dich eine Minute hin. Weshalb hattest du den Hörer abgelegt?«

Sie setzte sich neben ihn an den kleinen Küchentisch. »Ich habe um zehn Uhr entdeckt, daß er neben dem Apparat lag, und ihn zurückgetan«, antwortete sie. »Ich muß ihn vorher 'runtergestreift haben, ohne es zu bemerken. Und heute bin ich vor dem Einkaufen eine Weile spazierengefahren.« Einen Augenblick lang hatte sie das Gefühl, irgend etwas ausgelassen zu haben, aber was es auch war, es war verschwunden, und sie wartete.

Plötzlich stand Bennett auf und ging zur Tür, um sich zu überzeugen, daß sie verriegelt war. »Kommen diese beiden dort drüben eigentlich immer, wenn es ihnen gerade paßt? Ich sah den Jungen, wie er sich gerade anschickte, zur Hintertür zu gehen, als ich hereinfuhr. Er hat mich gesehen und kehrte um. Was machen die beiden eigentlich?«

»Ich weiß es wirklich nicht. Sie studieren das Werk von Paul Tyson. Ich lasse sie immer nur eines der Notizbücher mitnehmen, und wenn sie damit fertig sind und es zurückbringen, gebe ich ihnen das nächste. Sie arbeiten in der Wohnung über der Garage.«

Aber Bennett hörte ihr gar nicht zu. Er sah sie wieder an und wandte schnell die Augen ab. »Ich fühle mich wie ein Idiot«, sagte er nach einer Minute. »Noch nie bin ich argwöhnisch gewesen, erst nachdem Arnold Greeley mir den Floh ins Ohr gesetzt hat. Und jetzt, hier bei dir, fühle ich mich wie ein Idiot. Hast du geweint?«

»Nur die Seife«, sagte Margaret.

Er nickte. »Du ... du siehst wundervoll aus. Und du benimmst dich ... irgendwie anders. Du bist doch nicht ... ich meine, bist du schwanger, Margaret?«

Die Frage verblüffte sie, und sie schüttelte den Kopf. Bennett trat zu ihr und berührte leicht ihre Wange. Sie wandte sich nicht ab, und er blieb hinter ihrem Stuhl stehen; seine Hand strich über ihren Hals, glitt in den Bademantel und hinab. Als seine Finger ihre Brustwarze berührten, die immer noch hart war, hielt er inne. Während seine zweite Hand ihre Schulter umkrampfte, packte er mit der anderen ihre Brust und drückte fest zu. Er tat ihr weh. Plötzlich zog er seine Hand zurück und sagte mit belegter, beinahe fremder Stimme: »Zieh dich an! Wir fahren zum Abendessen hinunter nach Hampstead. Ich kenne dort ein nettes Lokal. Aber wir werden nicht lange bleiben, sondern zusehen, daß wir zeitig ins Bett kommen. Morgen früh muß ich zurückfliegen nach Atlantic City.«

Margaret spürte, wie ihr bei seiner Berührung das Blut ins Gesicht schoß und wieder zurückwich, was sie ganz schwach machte. Unsicher stand sie auf und wandte sich ihm zu: »Bennett ...« Sie hielt sich an der Lehne fest, um nicht das Gleichgewicht zu verlieren. Sie wußte, wenn er sie jetzt nähme, wäre das das Ende vieler, vieler Probleme. Würde er nur ihre Sexualität besser kennen, ihre Begierden, die so stark, so übermächtig waren wie die seinen – oder vielleicht sogar noch stärker. Geh mit mir ins Bett und laß mich kommen, immer wieder! dachte sie. Bitte, Bennett!

Er wandte sich ab. »Ist noch Scotch im Haus?« fragte er. Bevor sie noch antworten konnte, hatte er ihn schon gefunden. »Um Himmels willen, Margaret, zieh dich doch an! Jeden Augenblick kann einer der beiden dort drüben kommen und dich so sehen!«

»Bennett, laß uns noch nicht ausgehen. Es ist noch zu früh.« Ihre Stimme klang in ihren Ohren wie die einer Fremden.

Er hatte sich ein Glas Whisky eingegossen. Als er sich zu ihr umdrehte, war sein Gesicht eine Maske. »Wenn ich dich jetzt auch nur anrühre, würde ich dich behaneln wie die schmutzigste Hure, die ich je gehabt habe.«

Sie sah seine Hand an, die das Glas umklammert hielt. Lange, kräftige Finger, dachte sie. Sie würden gut tun. Seine Worte ließen sie auffahren.

»Die letzte Nutte, mit der ich zusammen war, habe ich beinahe erschlagen«, sagte er unartikuliert. »Hörst du, was ich dir sage? Sie war dreckig und degeneriert, und ich habe sie fast zu Tode geprügelt, bevor ich sie nahm.« Er machte einen großen Schluck. »Manchmal erinnerst du mich an sie oder an jemand anderen, der ihr ähnlich war, vor langer, langer Zeit. Dann schäme ich mich. Du bist so gut, so arglos. Es macht mir Angst, wenn ich dich plötzlich so sehe. Ich weiß, das liegt an mir, es ist in mir. Ein Teufel in mir, ein ...« Er unterbrach sich, und Margaret drehte sich um und ging ohne ein weiteres Wort aus der Küche.

In dem Augenblick, als Margaret und Bennett das Haus verließen, war der Bann zu Ende. Ich spürte, wie er verschwand, und mit ihm die Hürde zwischen ihr und mir, und wir waren wieder vereint. Ich hatte nicht bemerkt, wie verwaist ich durch die hypnotische Beeinflussung geworden war, aber solange sie damit zu kämpfen hatte, war ich fast ein Außenseiter gewesen, und nun war ich wieder eins mit ihr – oder ebensosehr eine Einheit mit ihr, wie wir je gewesen waren. Sie verspürte es als Nachlassen einer Spannung, ein plötzliches Nachgeben, eine Befreiung, die sich vergleichen ließ mit dem Durchschneiden einer beengenden Fessel um die Brust. Sie holte tief Atem und schloß kurz die Augen, ehe sie die Luft wieder ausblies. Bennett warf einen Blick auf sie, sagte aber nichts, und sie gab ihm auch keine Erklärung.

Sie dachte über die merkwürdige Szene zwischen ihnen beiden nach und über seine Worte. Wie hatte sie nur darum betteln können, ihn praktisch anbetteln können! Jetzt verspürte sie kein wie immer geartetes Verlangen nach ihm: es war so kalt und tot wie zu erwarten. Sie hatte auch nicht den Wunsch, daß er sie nähme, wenn sie ins Haus zurückkehrten. Vielleicht ergab sich heute nacht die Gelegenheit, ihm zu sagen, daß es aus war zwischen ihnen. Sie runzelte die Stirn, zündete sich eine Zigarette an und versuchte, die Worte und Sätze zu formulieren, die sie für diese Szene brauchen würde. Schauplatz: Wohnzimmer. Ganz gewiß nicht das Schlafzimmer. Auch nicht die Küche: sie könnte sich dazu verleiten lassen und irgend etwas nach ihm werfen, und das wäre schlimm. Sie hatte niemandem etwas nachgeworfen seit ... seit ihrem zwölften, dreizehnten Lebensjahr. Sie konnte sich nicht daran erinnern. Ich schon. Eine Keramikschale nach ihrem ältesten Bruder. Er hatte sich geduckt, hatte sie höhnisch aufgefordert, es nochmal zu versuchen, und sie hatte es getan: mit einer handbemalten Obstschüssel, die ihn in den Solarplexus getroffen und k.o. geschlagen hatte. Margaret erinnerte sich nur daran, ihn getroffen zu haben, und daran, daß er zu

Boden gestürzt war. Und sie erinnerte sich an ihre Zerknirschung hinterher. Seit damals hatte sie nichts mehr nach irgend jemandem geworfen. Dennoch fühlte sie einen starken Widerwillen gegen einen Streit in der Küche.

Bennett fragte sie, was sie so unternahm bei Tag und bei Nacht, allein im Haus, wie sie war. Margaret hörte nicht zu, und er wiederholte die Frage mit einer gewissen Schärfe in der Stimme.

»Eigentlich bin ich sehr wenig allein gewesen«, antwortete sie. Als sie ihm von dem gestrandeten Boot und den unerwarteten Gästen für die Nacht erzählte, glaubte er ihr ganz offensichtlich nicht.

»Okay«, sagte er, als sie die Geschichte zu Ende erzählt hatte. »Ich habe nichts anderes verdient. Aber ich wollte nicht schnüffeln.«

»Was meinst du damit?«

»Du brauchst dir meinetwegen keine Stories auszudenken.«

»Es ist aber passiert. Wozu, glaubst du, sollte ich so etwas erfinden?«

»Weiß ich nicht. Aber, Margaret, ein Segelboot würde nicht auf der einzigen Ansammlung von Felsbänken in der ganzen Gegend stranden und dann über Nacht wieder flottwerden. Und wenn fünf Leute mehr im Haus gewesen wären, hätten sie irgendwelche Spuren hinterlassen. Vergessen wir es!« Eine Spur von Bitterkeit lag in seinem Tonfall, und sie erkannte, daß die Zweifel, die Arnold Greeley gesät hatte, Wurzeln gefaßt hatten. Sie zuckte die Achseln und verlagerte ihr Interesse auf die Landschaft, ohne sie jedoch wirklich zu sehen.

Ich verfolgte das alles nur sehr flüchtig. Margaret war schläfrig und benötigte nichts, also ließ ich sie in Ruhe und wandte meine Aufmerksamkeit anderen Dingen zu: dem Wechsel des Lichts, als die Sonne immer tiefer sank, den dunkler und länger werdenden Schatten. Ich vergegenwärtigte mir noch einmal die Vereinigung mit John Llewellyn, das Verschmelzen von zwei Wesen zu einem, das so befriedigend gewesen war, mehr als jede andere der kurzen Berührungen, die der Geschlechtsverkehr für gewöhnlich bot. Aus großer Entfernung betrachtete ich Margaret und sehnte mich nach ihr, so wie sie sich oft nach mir sehnte, und ich wußte, daß keiner von uns beiden Erfüllung finden konnte, ehe diese Sehnsucht gestillt war, aber ich wußte nicht, wie ich das herbeiführen sollte. Es war, als ob sich alle Türen nur in eine Richtung öffneten; von meiner Seite aus konnte ich sie nicht aufstoßen, und Margaret hatte Angst, es von ihrer Seite aus zu versuchen.

Es war eine schweigsame Fahrt. Als sie dann in dem netten Restaurant saßen, fühlte Bennett sich bemüßigt, Konversation zu machen, um nicht linkisch zu erscheinen. Er haßte schweigendes Dasitzen in der Öffentlichkeit. Margaret erweckte den Eindruck, zuzuhören, doch in Wirklichkeit zollte sie seinen Worten nur sehr wenig Aufmerksamkeit.

Das Essen war mittelmäßig, der Service ließ zu wünschen übrig, und Bennett war schlechter Laune, als sie gingen. Ich hatte den Verdacht, er wünschte sich, sie wären in Josies Haus geblieben, dann hätte er bei Einbruch der Dunkelheit Margaret vernascht. Er sah ganz danach aus.

Je kühler Margaret auf dem Heimweg wurde, desto mehr wuchs seine Spannung. Er wollte, daß sie näherrückte, aber sie heuchelte Angst vor einem Unfall, wenn er nur eine Hand am Lenkrad ließ. Er begann ihr vorzuschwärmen, wie hübsch sie bei seiner Ankunft zu Mittag ausgesehen habe, und sie dankte kurz und drehte das Radio auf, zu laut. Um neun kamen die Nachrichten, dann der Wetterbericht, der Nebel und milde Temperaturen bis Freitag abend vorhersagte. Sie hoffte, der Samstag würde klar und warm sein und guten, frischen Segelwind bringen.

Und ich fragte mich, wo die Grenzen von Morris Steins hypnotischen Eingebungen lagen. Würde sie in eine Trance voll Leidenschaftlichkeit fallen, sobald sie das Haus wieder betrat? Sie hatte die Nacht der Lust, die sie mit Morris Stein verbracht hatte, wieder vergessen, und das schien mir eher unerwartet. Ich war fast sicher, er hatte gewollt, daß Margaret sich weiterhin daran erinnerte, aber ich konnte es ihr nicht auftischen, wenn sie nicht von sich aus versuchte, da heranzukommen. Die Tatsache, daß ich mich mit alldem beschäftigte, sickerte zu ihr durch, so daß sie zu dem Zeitpunkt, als Bennett den Wagen vor dem Häuschen parkte, ein Gefühl des Unbehagens verspürte, aber eher allgemeiner als spezieller Natur. Und als sie das Haus betrat, wurde kein Auslöser betätigt; es war vorbei. Dann fühlte sie sich seltsam beschwingt und fand auch dafür keinen Grund. Bennett, der ihr gefolgt war, verschloß die Tür, nachdem er einen Blick hinüber zu der Wohnung über der Garage geworfen und etwas von ›zu vielen Leuten hier‹ gemurmelt hatte.

Margaret ging ins Wohnzimmer, knipste jede Lampe, an der sie vorbeikam, an und setzte sich schließlich mit einem Buch auf die Couch. Bennett stand in der Tür und lockerte seine Krawatte. »Du kannst schon zu Bett gehen«, sagte er leichthin. »Ich komme in einer Minute nach.«

Margaret blickte nicht auf. »Ich glaube, ich bin noch nicht schläfrig genug. Geh du nur schon voraus.«

Bennetts Drehbuch enthielt zwei Versionen für das Zubettgehen. Eine lautete: »Gute Nacht, Liebling, ich bin reif fürs Bett.« *Bennett ab.* Die andere: »Du kannst schon zu Bett gehen. Ich komme in einer Minute nach.« *Margaret ab.* Seit ihre Ehe eine Woche alt war, hatte Margaret noch nie ihr Stichwort versäumt – bis zu diesem Abend. Ich war dicht bei ihr, interessiert, neugierig und vermutlich verantwortlich für den Anstieg des Adrenalins in ihrem Kreislauf.

Bitte, er soll nur nicht vernünftig reden wollen mit mir! wünschte sich Margaret. Bennett stand unentschlossen in der Tür, bevor er ins Wohnzimmer kam und sich ihr gegenüber in den Sessel setzte. Er wollte vernünftig reden mit ihr ... Sie dachte: Wenn er herüberkommen und mir klarmachen, zeigen würde, was er will, und mich dazu bringen könnte, es auch zu wollen ...

»Was ist los, Margaret?« fragte Bennett. »Sag mir, was ich getan habe!«

Mit weitaufgerissenen Augen sah sie hoch. »Was du getan hast? Was meinst du damit?«

»Du weißt schon. Als ich heute kam, warst du ... nur allzu bereit. Du wolltest ins Bett gehen mit mir. Was ist geschehen?«

»Wie kannst du nur fragen, was geschehen ist! Ich fühlte mich ... ich wollte dich haben. Und jetzt bin ich absolut nicht in der Stimmung dazu. Brauche ich dazu einen Grund? Du brauchst doch auch nie einen. Entweder du willst oder du willst nicht, ohne jede Erklärung.«

Bennett sah schockiert aus. Ich war in Hochstimmung. Sie schaffte es selten, ihn zu schockieren. Nur zu, Mädchen, drängte ich, nur zu! Aber sie ignorierte mich und schämte sich plötzlich. Ich erhöhte ihren Adrenalinspiegel noch einmal, und ihre Wut kehrte zurück.

»Um Himmels willen, Margaret! Du kannst das doch nicht so vergleichen! Du weißt, daß es unfair ist. Es tut mir leid um heute. Aber du hast mich überrascht. Ich hab' dich noch nie so ... so bereit gesehen. Jedenfalls möchte ich es wieder gutmachen. Es tut mir wirklich leid.«

Margaret stand auf, die Wangen gerötet, doch diesmal vor Wut, nicht aus Leidenschaft. Sie überlegte zu sagen: ›Ich möchte, daß du mir beim Ausziehen zusiehst, daß du uns beiden beim Geschlechtsakt zusiehst, unsere Körper ansiehst und dich nicht benimmst, als sei das etwas Schmutziges. Kannst du das? Kannst du es hinauszögern – nur für mich ganz allein? Mich mehr als einmal kommen lassen, ein Dutzend Male, wenn ich es will? Kannst du mich wie einen Menschen behandeln, der auch seine Befriedigung bekommen möchte, statt wie ein Objekt, das nur dazu da ist, deinen Penis reinzustecken und deinen Samen aufzunehmen?‹

Margaret blinzelte heftig. Bennett mixte in der Zwischenzeit in der Küche einen Drink. Sie machte ihre Worte rückgängig; sie wußte, daß sie das nicht sagen konnte. Es würde sowieso nicht funktionieren. So etwas konnte sie ihm ganz einfach nicht sagen.

Margaret verwarf die Sache. Sie wollte nicht, daß er mit ihr sprach. Sie wollte, daß seine Leidenschaft endlich zu dem wurde, was sie in seiner Vorstellung war. Sie wollte, er würde entdecken, daß auch sie Leidenschaft besaß, was er seit so vielen Jahren ignorierte. Unentschlossen stand sie auf, sah sich um und ging dann ins Schlafzimmer, wo sie sich auszog. Sie suchte in Josies Kleidern und holte einen hauchdünnen Morgenmantel hervor, mit einer Schleife, die unter der Brust gebunden wurde. Ohne irgendein Darunter zog sie ihn an und betrachtete sich im Spiegel. Ihre Brustwarzen, das helle Schamhaar, das Grübchen, welches ihr Nabel war, die Hinterbacken und der lange Spalt dazwischen – nichts wurde von dem dünnen Gewebe verborgen, nur ein leichter Schleier lag über ihrem Körper. Sie löste ihr Haar, ließ es auf die Schultern fallen und verließ das Schlafzimmer.

Bennett starrte sie einen Augenblick lang an und trank dann schnell den Scotch mit Wasser aus, den er sich gemixt hatte. »Du kannst schon zu Bett gehen. Ich komme in einer Minute nach.« Margaret unterdrückte ein Kichern und kehrte ins Schlafzimmer zurück.

Ins Bett gehen? Natürlich konnte sie das. Sie ließ den Morgenmantel zu Boden fallen, zog die Decken zurück und legte sich nackt auf die kühlen Laken. Im letzten Moment kreuzte sie die Beine und verschränkte die Arme unter dem Kopf. Jetzt.

Sie horchte auf die Geräusche aus dem Badezimmer; ihre Stellung wurde ihr unbequem, und sie mußte die Arme unter dem Kopf hervornehmen und die Beine strecken. Sie war doch sehr müde, und der Gedanke, schlafen zu können, hatte beinahe größere Anziehungskraft als die Liebe. Als sie Bennett an der Tür hörte, nahm sie wieder ihre ursprüngliche Stellung ein. Er hatte seinen Bademantel an und zog scharf die Luft ein, als er sie sah. Dann nahm er die Brille ab, und Margaret wußte, daß sie augenblicklich zu einem verschwommenen Fleck für ihn wurde. Tief in ihrem Inneren begann ich zu lachen, und sie hörte es, erkannte es und verzog die Lippen zu einem leichten Lächeln. Sie sah zu, wie Bennett das Zimmer durchquerte, das Licht ausschaltete, hörte, wie er über einen Stuhl stolperte, und fast entschlüpfte ihr mein Lachen.

Bennett ließ sich auf der Bettkante nieder und zog den Bademantel und den Pyjama aus; einen Augenblick lang konnte er sich nicht entscheiden, wo er alles hintun sollte, nachdem er es ordentlich gefaltet hatte, weil sowohl am Fußende des Bettes als auch auf dem Boden zerwühltes Bettzeug lag. Schließlich tat er es zu allem übrigen. Dann legte er sich neben sie, und seine rechte Hand streckte sich nach ihr aus.

Sie hörte sich im Geist zählen: eins, zwei, drei, vier. Eins, zwei, drei, vier. Die Brustwarze wurde zwischen seinem Daumen und dem Zeigefinger fester, und er ließ davon ab und ging zur zweiten über. Doch irgendwie war sie schwer zu erreichen, und zwischen Bennett und Margaret gab es keine andere Berührung als seine Hand auf ihrer Brust. Eins, zwei, drei, vier. Eins ... Sie wurde fest. Nächste Station: Seine Hand glitt an ihrem Körper hinab. Er wechselte die Lage, und sein Mund senkte sich auf den ihren, als wollte er ihre Aufmerksamkeit von dem ablenken, was seine Hand tat. Eins, zwei, drei ... Sie erinnerte sich nicht, je so empfindlich gewesen zu sein. Wenn nur seine Lippen nicht so dick, so naß gewesen wären. Er sog an ihrem Mund, und seiner Finger preßten das winzige, aufgerichtete Stückchen Fleisch hierhin und dahin, bis sie spürte, wie ihre Hüften sich zu bewegen begannen und ihre Beine sich öffneten. Ganz kurz, nur um zu sehen, ob sie bereit war, glitt er über ihre Vagina und warf dann ein Bein über ihren Körper; eine Sekunde lang schien sein Gewicht sie zu zerquetschen, ehe er sich auf die Ellbogen stützte. Vorsichtig führte er seinen Penis ein, und sie drängte sich ihm unbeherrscht entgegen. Er grunzte und stieß zu. Immer wieder. Von irgendwo hörte sie eine spöttische Kadenz: eins, zwei ... eins, zwei ... Nein! dachte sie. Hör auf! Geh auf ihn ein, laß es geschehen! Zeig ihm, wie es sein kann, zeig ihm, was ihm bisher entgangen ist, war er dir vorenthalten hat!

»Bist du gekommen?« fragte er keuchend.

Sie schüttelte den Kopf, geblendet von plötzlichen und unerwarteten Tränen. Er stieß wieder zu und noch einmal und noch einmal. Sie versuchte die Beine zu bewegen, sie zu heben, aber er verlagerte sein Gewicht und zwang sie, flach zu liegen und die Beine weit gespreizt zu lassen. Eins, zwei, drei, vier. Jetzt kommt es, dachte sie, es steigt auf, schwillt an, es fließt über mich hinweg ... Hör nicht auf! wollte sie schreien. Bitte hör jetzt nicht auf, stärker, stärker, weiter oben! Nein, nein, nicht tiefer, weiter oben! Bitte nicht ... Da kam sie, einmal, schnell, intensiv, zu kurz. Einige Sekunden lang hielt er inne, erlaubte ihr immer noch nicht, die Beine zu heben, und nach einer Weile begann er mit einem anderen Rhythmus, mit langsamen, tiefen Stößen, die aufregender waren als jene, von denen er glaubte, sie seien das, was sie brauche. Sie versuchte, ihre Lage zu ändern, und es gelang ihr nicht.

»Bennett, komm noch nicht. Noch nicht!« Er lachte, und seine Stöße wurden heftiger, sein Grunzen tiefer.

Sie wußte, in einigen Augenblicken würde es vorbei sein. Plötzlich sah sie ihn vor sich, bucklig koitierend, grunzend, konzentriert. Sie wollte lachen, aber ihre Erregung wuchs wieder, schwoll an, hob sich ihm entgegen, versuchte, ihn weiterzuziehen. Hier, wollte sie schreien, tu's mir hier! Aber er hatte jetzt keinen Gedanken an sie, seine Stöße wurden heftiger und kamen rascher, und Margaret fühlte, wie sie emporgetragen wurde, spürte, wie es näher kam, anschwoll, diesmal stärker, empfänglicher, fordernder ... Mit einem lauten Stöhnen kam er und fiel auf sie, und es war vorbei.

Margaret würgte an ihrer Enttäuschung, erstickte fast unter seinem Gewicht, fühlte sich wieder als benutztes Utensil. Die Phrase kam ungewollt und brachte Tränen mit sich. Wenn er merkte, daß sie weinte, so erwähnte er es jedenfalls nicht, sondern ließ sich von ihr hinabrollen, stand auf und ging mit Bademantel und Pyjama ins Bad. Sie hörte Wasser rinnen, hörte die Spülung der Toilette, und dann nur Stille, als er sich anzog. Margaret stand auf, schlüpfte in ihren eigenen warmen, flauschigen Bademantel und in Pantoffeln. Sie trocknete sich mit Kleenex ab und verspürte nichts als Ekel vor der Klebrigkeit zwischen ihren Beinen. Sie ließ die Laken, wie sie waren.

Als Bennett aus dem Bad zurückkam, saß sie auf dem Bett und rauchte. »Noch nicht schläfrig?« fragte er und vermied es, sie anzusehen.

»Ich möchte mit dir reden, Bennett.«

»Jetzt?«

»Jetzt. Ich will dich verlassen.«

»Liebling! Damit spaßt man nicht!« Er hob die Decke und das oberste Lacken vom Boden auf und warf alles auf das Bett. Dabei verdrehte er die Sachen so, daß er sie nie glatt bekommen konnte, wenn er nicht vorher alles einzeln auflegte. Er versuchte, alles gemeinsam glattzustreichen.

»Ich spaße auch nicht«, sagte Margaret ruhig und sah zu, wie er mit dem Bettzeug kämpfte. »Nimm die Decke herunter und leg zuerst das Laken hin«, fügte sie nach einem Augenblick hinzu.

Er ignorierte ihren Rat und bemühte sich, das Laken zurechtzuziehen, ohne die Decke zu entfernen. Der Wust endete zur Hälfte auf dem Bett, zur Hälfte auf dem Boden, mit einer Ecke genau im Zentrum des Bettes.

»Wegen Arnold Greeley? Ärgert dich das immer noch?«

»Ich könnte behaupten, daß das der Grund sei, aber es wäre eine Lüge. Wenn du an ihnen beiden gemeinsam herumreißt, wirst du sie nie auf das Bett bekommen. Statische Elektrizität läßt sie aneinanderkleben.«

Er blickte sie finster an und ging, eine Ecke des Lakens in der Hand und die Decke hinter sich herziehend, um das Bett herum. Dann steckte er die oberste Ecke der Decke zusammen mit einer unteren Ecke des Lakens unter die Matratze, so daß die Decke aussah wie ein dreieckiger gelber Fleck, dem eine Ecke fehlte. Er fand sie auf dem Boden und hielt sie verblüfft in der Hand.

»Ach du meine Güte!« rief Margaret. Sie legte die Zigarette in den Aschenbecher und riß die Decke an sich. Sie zog das Laken ab, daß die Funken sprühten, und warf die Decke zu Boden. Dann richtete sie schnell das Laken, zog die Decke zurecht und steckte sie fest.

»Margaret, du siehst doch, wie sehr ich dich brauche. Ich versprach dir doch, ich würde das mit Arnold Greeley erledigen. Er wird dich nicht mehr belästigen. Ich verspreche es dir. Bitte laß uns morgen zusammen nach Hause fahren und wieder ein normales Leben führen ...«

»Bennett«, sagte sie und verwendete den gleichen flehentlichen Tonfall wie er, »du siehst doch, wie satt ich dich habe! Du brauchst mich so notwendig wie einen Nebenjob. Es gibt absolut nichts, was ich dir geben oder für dich tun könnte, was du nicht auch kaufen oder mieten kannst. Nichts!«

»Wie kannst du das nach heute abend sagen? Ich liebe dich. Und ich weiß, daß du mich liebst. Ich weiß, wo die Schwierigkeit liegt, Liebes. Ich habe es mit Doktor Schloss durchdiskutiert. Er meinte, ich müßte damit rechnen, daß du nervös und unruhig wirst, wenn eine Schwangerschaft ausbleibt. Aber

Doktor Crellen hat das richtige Mittel dafür. Du nimmst die Pillen; in ein paar Monaten, wenn du sie absetzt, wirst du aufblühen wie die Wüste nach einem Regen. Wart's nur ab!«

Sie lachte. Sie mußte einfach lachen. »Hör doch auf!« rief sie. Die Tränen strömten ihr über das Gesicht, als er versuchte, sie in die Arme zu nehmen. »Das ist dermaßen komisch! Du willst dir – und mir – tatsächlich einreden, daß es an mir liegt, stimmt's? Du, das einzige Kind eines Einzelkindes!«

»Mein Vater war kein Einzelkind. Du vergißt Josie!«

»Und wessen Kind ist Josie? Bist du da ganz sicher?« Bennett zuckte zusammen. Bevor er sich fangen konnte, fuhr sie fort: »Wie kannst du es wagen, mit meinem Arzt über mich zu sprechen! Wie kannst du es wagen, mit einem Psychiater über mich zu sprechen! Ich habe deinen Doktor Schloss nie konsultiert, und das weißt du. Wie kann er sich unterstehen, eine Ferndiagnose über mich zu erstellen! Hast du je dein Sperma testen lassen? Hast du dich das getraut? Ja?«

Bennett war sehr blaß und aufgewühlt. »Als ich wollte, daß du dich untersuchen läßt, habe ich dir erklärt, daß ich mich bereits testen ließ. Das weißt du.«

»Ich weiß, daß du es mir erklärt hast, aber ich glaube dir nicht. Du bist steril. Warum gibst du es nicht zu und adoptierst ein Kind? Du kannst doch niemanden außer dir selbst zum Narren halten!«

»Halt den Mund! Sag das nicht!«

»Gib es zu und adoptiere ein Kind!«

»Doktor Schloss hat befürchtet, daß du mit dem Wissen um deine Unfruchtbarkeit nicht fertig werden könntest. Du mußt gleich nächste Woche zu ihm. Ich werde dir einen Termin geben lassen … Ich sagte ihm schon, daß du frigide wirst, also kannst du ganz offen mit ihm reden.«

»Du sagtest ihm …« Sie lachte wieder, noch unbändiger als zuvor.

»Margaret, bitte hör auf! Du wirst ja hysterisch. Hast du noch Schlaftabletten?«

»Frigide!« japste sie. »Bennett, ich werde dir sagen, warum ich dich verlasse.« Er eilte aus dem Schlafzimmer und kehrte einen Augenblick später mit zwei rosa Kapseln und einem Glas Wasser zurück.

»Nimm sie, Liebes! Wir sprechen morgen früh weiter.«

Sie warf ihm die Kapseln ins Gesicht, riß ihm das Glas aus der Hand und goß seinen Inhalt hinterher. Er wich einen Schritt zurück, halbblind durch die nasse Brille, die er abnahm und mit einem ebenso nassen Taschentuch zu trocknen versuchte.

»Du steckst mit vollstem Wissen den Kopf in den Sand, nicht wahr?« rief sie. »Du machst das absichtlich! Du benutzt mich, hoffst, ich würde ein Kind von dir bekommen, benutzt mich wie einen Acker, auf den du fortwährend totes Saatgut streust! Aber den Acker mußt du pflügen, Bennett, und pfleglich behandeln. Du behandelst deine Nutten besser als mich! Du behandelst sie wie Frauen!«

»Margaret, hör auf, du schreist ja! Gleich werden Bok oder der Junge kommen. Beruhige dich jetzt!«

»Warum merkst du nicht, daß auch ich eine Frau bin! Ich will gevögelt werden, hörst du? Ich will meine Befriedigung und hinterher so erschöpft sein, daß nichts übrigbleibt für Soldaten und Matrosen ...«

Bennett drehte sich um und rannte hinaus, und Margaret warf ihm den Aschenbecher nach, als er eben in der Tür stand. Zigarettenstummel und Asche regneten durchs Zimmer.

Sie saß aufrecht im Lehnstuhl, als Bennett aus dem Bad zurückkam, ihr zulächelte und ins Bett fiel. Mit einer einzigen Bewegung zog er Laken und Decke über sich. Sie starrte ihn an. Er drehte sich zur Seite und seufzte, und Margaret löschte das Licht und ging aus dem Zimmer. Er fragte nicht, ob sie nun endlich zu Bett gehen wolle. Sekunden später, als sie im Wohnzimmer auf- und abging, hörte sie die ersten Vorboten eines Schnarchens.

Kapitel Dreizehn

Margaret entsann sich nur vage, Feuer im Wohnzimmerkamin gemacht zu haben, aber sie erinnerte sich überhaupt nicht daran, daß sie sich auf die Couch gelegt und die ganze Nacht dort gedöst hatte.

Gegen Morgen fand ich es wieder. Ich hielt inne, fühlte es direkt vor mir, nicht mehr als eine kurze Wendung entfernt. Es wartete, als ich zögerte. Margaret war in Ordnung so. Es gab keinen Grund für mein Zögern, aber ich blieb stehen. Vorsichtig tastete ich mich herum; ich verspürte keine wahrnehmbare Barriere und hatte keine Möglichkeit, den exakten Augenblick vorauszuahnen, in dem ich nicht länger mehr an Margaret gebunden sein, sondern mich an jenem anderen Ort befinden würde. Noch nie war ich imstande gewesen, es mir vorher auszusuchen. Diesmal jedoch schien es, als hätte ich die Wahl: einzutreten oder draußen zu bleiben. Weshalb? Ich suchte nach einer Präsenz, nach irgend etwas, und ich wußte, was immer es auch war, ich würde es erst finden, nachdem ich meine Entscheidung getroffen hatte, nachdem ich eingetreten war.

Eine Verwandlung fand statt, und ich befand mich in einem sonnigen, hellen Zimmer, in dem Töpfe mit scharlachrot blühenden Pflanzen standen; durch die hohen, weit offenen Fenster sah man auf Felder und Wälder. Man hörte eine nahe Brandung, und die süß duftende Luft roch nach Sommerblüten und war erfüllt von Vogelgesang und dem Summen von Insekten. Ein Mann und eine Frau befanden sich in dem Raum. Wenn sie von Anfang an hier gewesen waren, so hatte ich sie einfach übersehen: Paul und Josie. Ich fühlte keine Enttäuschung, nur die Freude, hier sein zu können. Josie nahm mich an der Hand und führte mich in einen anderen Raum, eine sonnige Veranda mit Korbmöbeln und einem blaugrünen

Fußboden. Obwohl ich wußte, daß Josie bezaubernd war, konnte ich sie nicht beschreiben, wenn ich mich von ihr abwandte – außer, daß sie eben hinreißend war.

Paul brachte ein Tablett mit Drinks, die nach Zitrone schmeckten und nicht vergleichbar waren mit irgend etwas, das ich kannte. Alles war fremdartig und dennoch vertraut, neu und dennoch gewohnt. Ich war immer schon hier gewesen, würde immer hier sein, dies war mein Leben, und es genügte.

Paul sagte – nicht in Worten, sondern in meinem Hirn: »Wir lehren dich alles, und du wirst in der Lage sein, es zu benutzen, wann immer du willst.«

Ich schwang mich empor und war nicht mehr allein. Die Kreise waren größer denn je, und ich verschmolz einmal mit Paul, dann wieder mit Josie, und es gab keine Geheimnisse zwischen uns. Ich lernte, in welcher Richtung ich mich drehen mußte, und ich lernte auch, mich nochmal zu drehen, so daß ich wieder zu Margaret zurückkam. Undeutlich erinnerte ich mich an Margaret, und ich wußte, wenn sie mich nicht dazu zwangen, würde ich nie zu ihr zurückkehren; ich war immer dagewesen, alles andere war eine Scheinwelt. Josie teilte meine Gedanken, und sie umgab mich mit ihrer Liebe, aber darunter spürte ich ihre Traurigkeit um mich und verstand, daß ich nicht dableiben konnte. Aus irgendeinem Grund, den ich nicht kannte, war ich noch nicht so weit, konnte noch nicht aufgenommen und dabehalten werden. Ich sondierte bei beiden, und es kam zwar Verständnis, aber keine Zustimmung.

Ich wollte nicht verantwortlich sein für Margaret. Ich hatte nicht um sie gebeten, brauchte sie nicht und wollte sie nicht, sondern haßte sie aus ganzem Herzen. Das trieb Josie und Paul weg von mir. Ich dachte an Margaret, dieses unwirkliche Wesen aus Gelüsten und sinnlichen Begierden und Bedürfnissen und widersprüchlichen Trieben und Ängsten, und stieß sie von mir. Ich würde mich weigern zurückzukehren, sagte ich zu ihnen und zog jetzt engere Kreise.

»Du hast dich bereits früher geweigert, zurückzugehen«, sagte Paul.

Ich fühlte nichts als Verwirrung. »Ich verstehe nicht, was du meinst.«

»Ich weiß. Aber du wirst es verstehen.«

Josie zog sich als erste zurück. Sie stand neben einem gläsernen Tisch, lächelte Paul zu, berührte leicht seine Wange und begann zu verblassen. Ich starrte hin, bis sie verschwunden war. Pauls Gesichtsausdruck zeigte weder Überraschung noch Bedauern.

»Wo ist sie?«

»Sie ist zurückgegangen. Sie mußte zurückgehen, genau wie du.«

»Aber du machst dir gar nichts daraus! Du hättest sie halten können!«

Er schüttelte den Kopf. »Noch nicht.«

»Und du sagtest, ich hätte mich geweigert zurückzugehen. Wann? Ich verstehe das nicht.« Da spürte ich, daß jetzt auch ich auf dem Boden stand, und sah mich um. Das Haus schimmerte, und blauer Dunst legte sich auf die Wälder in der Ferne und wirbelte sanft über die Felder. »Ich hatte vorher keine Wahl. Ich wußte nie, was das hier war, wo ich mich befand. Es geschah ganz einfach mit mir. Das erste Mal habe ich mich so geängstigt ...«

»Das ist das erste Mal«, sagte er und lächelte jetzt. »Du mußt darüber nachdenken, Meg. Du hast jetzt alle Antworten. Alle. Nicht durch deinen Verstand, sondern durch deine Intuition und mit unserer Hilfe. Und jetzt mußt du darüber nachdenken.« Er berührte mich an der Wange, wie Josie ihn berührt hatte, leicht, zögernd sehnsüchtig, und seine Berührung wurde zu etwas Vergänglichem, zu einem Wispern aus warmer Luft, und dann zu nichts. Ich drehte mich um und kehrte zu Margaret zurück.

Sie bewegte sich leicht, legte sich zurecht und schlief weiter auf der Couch, bis Bennett sie am Morgen fand. Es war nicht leicht, sie zu wecken; ich mußte von weit her kommen, ehe sie ihn wirklich hörte. Zu diesem Zeitpunkt wußte ich bereits viel von dem, was Paul und Josie gefunden hatten, aber es trug noch keine Worte.

»Margaret, wach auf!« Nicht, daß Bennett sie richtiggehend

schüttelte, aber er hielt ihren Arm und hob und senkte ihn wirkungslos.

»Bennett, hör auf ... ich bin wach. Ich ... habe geträumt – glaube ich.« Sie setzte sich auf und erinnerte sich dunkel daran, vor dem Feuer gesessen und es betrachtet zu haben. Es war erloschen. Ungeduldig wartete ich darauf, daß Bennett wieder ging. Ich wußte, daß ich Margaret dazu zwingen mußte, Einschau zu halten in sich selbst. Das würde nicht leicht sein, aber es war notwendig. Solange Bennett da war, konnte ich nicht beginnen. Etwas davon spürte sie: genug, um sich zu wünschen, er würde gehen und zusehen, daß er ein Flugzeug erreichte. Margaret stand auf und kochte Kaffee, während er sich weiter anzog und fertigmachte. Sie briet ihm Eier, preßte Orangen aus und toastete Brot. Sie fühlte sich seltsam, nicht benommen, wie sonst, wenn sie Schlaftabletten genommen hatte, sondern irgendwie losgelöst, distanziert, nicht ganz hier bei Bennett. Er war jetzt in aufgeräumter Stimmung.

»Ich komme Sonntag wieder«, sagte er, während er Toast mit Erdbeermarmelade mampfte. »Mit dem kleinen Flughafen da unten in Hampstead ist es leichter, ein paarmal die Woche hin und her zu fliegen, eigentlich viel einfacher als von daheim.«

Sie nickte und trank ihren Kaffee in kleinen Schlucken. Es war so schwer, sich vorzustellen, daß er sich mit jemandem wie Arnold Greeley einließ, daß er so verstrickt war in die Politik. Plötzlich sagte sie: »Bennett, warum steckst du da drin? Was erwartest du dir davon?«

»Was meinst du damit?« Er war sofort in der Defensive.

»Ich will keinen Streit vom Zaun brechen. Ich bin nur neugierig, mehr nicht. Was hast du davon?«

»Oh. Beachtung vielleicht. Ich glaube, daß Greeley die Dinge ziemlich in Bewegung bringen wird. Ich habe Ideen, das weißt du. Er kann sie durchsetzen.«

Sie nickte. Er wußte es also nicht. Er hatte ebensowenig seine Wahl getroffen, wie sie je in ihrem Leben irgend etwas bewußt gewählt hatte. Und sie? Er hatte nicht sie gewählt – Margaret Fowler, die Frau –, sondern er war erwählt worden, war einverstanden gewesen mit der Vorstellung, Margaret

Fowler, Schwester von vier Brüdern, mit drei Onkeln mütterlicherseits und vier väterlicherseits, zu heiraten. Wie hoch stand die Wahrscheinlichkeit, daß sie ein männliches Kind von Bennett empfing und austrug? Sie wußte es nicht, aber sie nahm an, daß er es wußte. Würde sie schielen, wäre sie hausbacken, reizlos und dumm ... Einiges davon würde sie sicherlich disqualifiziert haben, aber sie hakte die geistige Liste ab, die er im Sinn gehabt haben mußte, und fand heraus, daß ihre größten Nachteile eigentlich nur ihre Armut und die niedere gesellschaftliche Stellung gewesen waren, und das hatte er in Ordnung bringen können. Sie lächelte, und er dachte, es sei Zustimmung.

»Ich bin froh, daß ich gekommen bin«, sagte er grinsend. »Ich habe eine neue Facette an dir entdeckt, und das freut mich. Es hat mich überrascht, als du gestern so leidenschaftlich warst. Du bist sonst immer so kontrolliert. Es freut mich, daß meine überraschende Rückkehr das zustandebringen konnte.«

Sie lachte beinahe laut heraus.

Bennett trank den Kaffee aus und stand auf. Er küßte sie auf die Wange, suchte nach den Schlüsseln für den Leihwagen, holte seinen Mantel und den Aktenkoffer, der zu einem Teil seiner selbst geworden war, seit er mit Arnold Greeley zusammenarbeitete, und verabschiedete sich. »Bis Sonntag!« sagte er an der Tür. »Ich bringe dir etwas Hübsches mit.«

Sie nickte. Morris Stein würde auf der Lauer liegen, das wußte ich, und sobald er merkte, daß sie allein war, konnten wir mit seinem Besuch rechnen. Was tun? Im Wohnzimmer trank Margaret noch eine Tasse Kaffee, während sie die Küchentür gegen mögliche Eindringlinge verriegelt ließ und versuchte, über Morris vernünftig nachzudenken. Sie wollte ihn nicht sehen, aber dennoch mußte irgend etwas getan werden, mußte etwas gesagt werden ... – sie wußte nur nicht, was. Ich wartete, bis sie die Tasse hinstellte, dann machte ich die Wendung und trat in die Leere. So einfach war das.

Ich blieb nicht wirklich dort. Ich wollte es bloß testen, und es funktionierte. Margaret hatte nur ein Gefühl der vorübergehenden geistigen Abwesenheit; und sie hatte vergessen, worüber sie gerade nachdachte. Ich wußte nicht, ob ich zuwarten konnte, bis Morris versuchte, Kontrolle über sie zu bekommen, ehe ich sie verließ; ich war mir gar nicht sicher, ob mein Weggehen noch funktionieren würde, wenn seine magischen Worte bereits gesprochen waren. Andererseits wagte ich nicht, *nicht* zuzuwarten.

Er kam etwa fünfzehn Minuten später. Margaret versuchte, das Hämmern an der Tür zu ignorieren, aber die widersprüchlichen Gefühle, die sie gepackt hatten, führten sie schließlich in die Küche, und sie ließ ihn ein.

»Josie, ist alles in Ordnung?«

»Natürlich. Wollen Sie ein neues Notizbuch?«

»Nein. Ich möchte mit Ihnen reden. Sie wollten mir von Paul, seiner Arbeit, seinen Experimenten und seinen Erkenntnissen erzählen. Erinnern Sie sich?« Er lachte verlegen und sagte: »Gestern hat mich ein Bulle geschnappt, weil ich zu schnell fuhr. Das hat mich aufgehalten.« Vermutlich gab es nichts, was ihn sonst hätte aufhalten können. Bedächtig nickte ich. Ich hatte eine übermächtige Regung, ihm alles über die Leere zu berichten, alles, was ich wußte. Gleichzeitig war mir klar, daß er möglicherweise ohne Führung nicht zurückkam, wenn er sich dorthin begab, und ich konnte nicht seine Führerin sein. Ich nickte noch einmal. »Kaffee?« fragte Margaret. »Setzen Sie sich doch!«

Morris Stein setzte sich an den Küchentisch und sah ihr zu, wie sie aufstand, eine Tasse aus dem Schrank nahm und sie füllte. Er gab Sahne und Zucker dazu und wartete.

»Es ist eine andere Dimension«, sagte ich. Es war mir klar, daß Margaret sich an nichts davon erinnern würde. Ich versuchte, sie aufzurütteln, sie zurückzubringen, aber sie war weggetreten, und ich mußte durch sie sprechen.

»Ich weiß, Josie. Was ist dort? Wie kann man sie erreichen?«

»Man muß es lernen. Wenn man versehentlich hineinstolpert, kann man sich verirren und niemals mehr den Weg hinaus finden, oder festgehalten werden von jemandem, der sich bereits dort befindet. Anfangs muß man sich begleiten lassen, muß lernen, wie man es macht, und dann kann man allein gehen.« Eine Sekunde lang erinnerte ich mich fast an etwas, das ich vorgehabt hatte für den Fall, daß er kam; aber es war schnell vorbei, und ich wartete, daß er seine nächste Frage stellte.

»Josie, sind Sie dort gewesen? Kennen Sie den Weg, auf dem man hinkommt?«

Josie? Einen Moment lang war ich verwirrt, und diese kurze Atempause genügte, um den Bann zu durchbrechen. Ich drehte mich um und ging. Eine Zeitlang genügte es mir, nichts um mich zu haben, keine Unterbrechung im Grau, aber dann wurde es bedrückend, das Fehlen von allem und jedem machte das Nichts zu bedrohlich, und so brachte ich Licht und Form hinein. Ein Zimmer mit einem Fenster, einer Lampe, einem Schreibtisch ... es sah sehr nach Pauls Zimmer aus. Ich dachte mir, wenn ich aus dem Fenster blicken könnte, würde ich Margaret und Morris Stein sehen. Ich stand augenblicklich davor, und es war, als sähe ich von einem Punkt aus in die Küche, der sowohl innerhalb des Raumes als auch außerhalb lag, so daß ich gleichzeitig jede Stelle darin beobachten konnte. Morris Stein fühlte Margarets Puls. Er ließ ihr Handgelenk los und zog nacheinander ihre Lider hoch, um ihre Augäpfel zu betrachten. Er stand auf und starrte ihre reglose Gestalt an; eine ihrer Hände hatte sie leicht erhoben, so, wie er sie losgelassen hatte, und er nahm sie und legte sie in Margarets Schoß. Dann verließ er das Haus. Und ich kehrte zu Margaret zurück.

Diesmal hatte sie Angst. Sie erinnerte sich daran, daß Morris geklopft hatte, daß sie ihn eingelassen hatte – und an sonst nichts. Ich wußte, daß es nun nötig war, sie ganz für mich zu haben, daß mir der Durchbruch gelingen mußte, sonst würde sie möglicherweise einen so heftigen Zusammenbruch erleiden, daß man sie in ein Krankenhaus bringen mußte; und Beruhigungsmittel und andere Medikamente würden sie dann mir gegenüber völlig unzugänglich machen. Erst die Tür. Sie verriegelte sie, gerade als Morris Stein und Bok an der Treppe der Garage erschienen. Sie beobachtete, wie sie zum Haus eilten, ging in Pauls Zimmer und schloß die Tür, so daß sie weiter entfernt war von dem Gehämmer, das gleich an der Hintertür losbrechen würde. Sie setzte sich in Pauls Fauteuil, bang und unglücklich.

Es lag am Haus, stellte sie fest. Nie zuvor hatte sie daran geglaubt, daß es in Häusern spuken könne, aber in diesem hier mußte Pauls Geist umgehen. Sie hatte sich total verändert, seit sie angekommen war. All dieses Inanspruchgenommenwerden von sexuellen Vorstellungen, die traumbeladenen Nächte, die kurzen Ohnmachten ... Sie verlor tatsächlich den Verstand. Es schien, als hätte sie, indem sie vorgab, Josie zu sein, sich selbst preisgegeben, bis sie jetzt nicht mehr wußte, wer sie war und weshalb sie hier war. Sie hörte Morris Stein am Fenster Josies Namen rufen und preßte sich die Hände auf die Ohren. Sie war Margaret! Meg. Meg, Liebling. Nein! Das war ein Teil des Verrücktwerdens! Aber John Llewellyn sagte auch Meg zu ihr. War er Realität? Waren die jungen Leute Realität gewesen, das Mädchen mit dem weißblonden Haar? Etwas in ihrem Innern begann sich augenblicklich zu regen, als die Erinnerung an das Mädchen mit dem weißblonden Haar an einen Nerv rührte, und sie zuckte vor der Erinnerung zurück. Sie wußte einfach nicht, ob sie alle Wirklichkeit gewesen waren oder nicht. Und sie wußte auch nicht, ob Bok Wirklichkeit war und Morris Stein. War sie tatsächlich Hand in Hand mit ihm gegangen? Warum reagierte ihre Leistengegend auf den Klang seiner Stimme? Warum stellte sie sich vor, für ihn die Beine zu öffnen, stellte sich seinen Mund auf dem ihren vor, auf ihren Brüsten, und, o Gott, auf ihrer Klitoris?

Margaret stand auf, die Hände immer noch auf die Ohren gepreßt. Sie würde ihnen die Wahrheit sagen, ihnen sagen, daß sie sie zum besten gehalten hatte, und dann würden die beiden verschwinden. Aber ... hatte Bok sie tatsächlich entkleidet? Hatte sie ihn tatsächlich aufgefordert, sie zu nehmen? Sie wußte auch das nicht. Sie warf sich auf Pauls Bett. Würden Bok und Morris Stein die Tür eindrücken? Das Schloß aufbrechen? Warum nahmen sie nicht einfach die Notizbücher und ließen sie in Ruhe? Was wollten sie von ihr?

Ich wußte, daß sie wieder vor der Küchentür standen, horchten und warteten, daß Margaret ihnen öffnete. Ich konnte sie flüstern hören, verstand aber die Worte nicht. Bok war wütend auf Morris Stein. Ich zwang Margaret, zur Tür zu gehen und zu lauschen, und ich wußte, daß sie sich ihnen zeigen oder ihnen etwas zurufen mußte, oder sonst etwas. Sie fürchteten, Margaret sei wieder in diese seltsame Starre gefallen.

Sie würden sich gewaltsam Eintritt verschaffen, wenn Margaret sich ihnen nicht bald in halbwegs normalem Zustand zeigte, dachte ich wütend. Es mußte ihr doch möglich sein, Morris ins Gesicht zu sehen, ihre Furcht vor ihm und ihr Verlangen nach ihm kurz abzulegen! Margaret war schwächer als ich, das wußte ich. Die äußere Margaret war beinahe hirnlos, wenn ich nicht zu ihr durchkam. Ich ließ mich von ihr nicht herumkommandieren, warum erlaubte ich es dann Morris Stein? Es war, als würde sie zur Seite rücken und ihn ihren Platz einnehmen lassen, aber ihr Platz wurde dann zu meinem. Es war komisch. Wenn sie entschlossen sagte: »Ich will mich erinnern«, hieß das nicht, daß ich ihr die Erinnerung auch lieferte. Einige Erinnerungen waren eng mit anderen verknüpft, die zu traumatisch waren, als daß ich sie ihr überlassen hätte; andere wiederum waren ganz einfach schwer zu finden, wenn man sie brauchte; einige weigerte sie sich anzunehmen, wenn ich sie ihr servierte, sie wurden unterdrückt – aber von ihr, nicht von mir. Wenn nur diese Tür keine Einbahnstraße wäre, dachte ich bitter. Wenn ich sie nur aufzwängen und Margaret sehen lassen könnte, was sie sehen mußte! Würde sie nur erkennen, was er ihr antun konnte, und sich weigern, zur Seite zu rücken. Darüber dachte ich nach. Die körperlichen Veränderungen, die mit ihr vorgingen: der anfängliche Trommelwirbel in ihrer Brust, hauptsächlich aus Angst und Ungeduld; die Entspannung, die folgte und die den dritten Gehirnlappen die totale Kontrolle über die Muskeln übernehmen ließ, ohne jede Überwachung. Ich spürte, daß ich mich vom Zentrum des Problems entfernte. Wieso war es ihm möglich, die Kontrolle über mich zu übernehmen, wenn sie zur Seite rückte? Darum ging es.

Boks Stimme drang herein. »Josie, meine Liebe! Bitte öffnen Sie! Ich mache mir Sorgen um Sie. Wenn Sie nicht öffnen, müssen wir die Tür aufbrechen! Ist alles in Ordnung?«

Margaret kaute an einem Fingerknöchel herum und bewegte sich auf die Küchentür zu. Wenn sie es wirklich wollten, würden sie es schaffen, hereinzukommen. Sie ging entschlossen zur Tür und blieb daneben stehen. »Gehen Sie weg, Doktor Bok! Gehen Sie endlich und lassen Sie mich in Ruhe!«

»Josie, Sie sind sehr mü ...«

Noch während die Worte sich formten, während sie an ihr Ohr drangen, ließ ich Margaret sie schon vergessen. Sie verspürte ein inneres Rühren, aber es ging schnell vorbei, und sie wartete darauf, daß die beiden Männer weggingen.

»Josie, öffnen Sie die Tür!« Morris Steins Stimme.

Sie schüttelte den Kopf. »Hauen Sie endlich ab, alle beide!«

Er versuchte es noch einmal, und diesmal war es einfacher, denn jetzt wußte ich, wie ich ihm einen Strich durch die Rechnung machen konnte. Er war keine Bedrohung mehr! Auch Margaret spürte die Erleichterung, und als sie die Achseln zuckte und daranging, die Tür aufzuriegeln, versuchte ich nicht einmal, sie daran zu hindern. Ich frohlockte geradezu.

Als die Tür aufging, drängte Morris sich noch vor Bok herein. Er sagte: »Setzen Sie sich, Josie! Setzen Sie sich hin und entspannen Sie sich!«

Sie starrte ihn an und warf dann Bok einen verdutzten Blick zu. »Sind Sie denn immer noch nicht fertig mit dem Material?« fragte sie. »Das wird langsam eine echte Plage. Ich habe wegen Ihnen kaum eine Stunde Ruhe gehabt, seit ich herkam, um Erholung zu finden.«

Bok schleuderte Morris Stein wütende Blicke zu, während dieser Margaret ungläubig anstarrte. Er öffnete den Mund, schloß ihn aber wieder, ohne ein Wort gesagt zu haben. Ich hätte mir gewünscht, lachen zu können. Auf Margaret wirkte er nur verwirrend.

Dann sagte Bok: »Würden Sie nur ein bißchen mithelfen, könnte es viel schneller gehen, meine Liebe! Ich weiß, es ist eine arge Belästigung für Sie, aber in den Notizen steht so vieles, was nicht klar ist und was wir daher immer wieder durcharbeiten müssen, obwohl Sie persönlich es uns sicher erklären könnten.«

Margaret seufzte. Ohne zu wissen, woher die Information kam, ob sie das in den Briefen gelesen oder geträumt hatte, oder ob sie die Geschichte einfach erfand, während sie sie erzählte, begann sie: »Paul wäre einmal fast gestorben, wissen

Sie das?« Bok schüttelte den Kopf, und sie lächelte. »Doch. Offiziell hieß es, er habe einen leichten Herzanfall erlitten, von dem er sich vollständig wieder erholte, aber das stimmt nicht. Er ist fast daran gestorben – oder war sogar ganz kurze Zeit tot. Er war sich dessen selbst nicht sicher. Seine Arbeit auf dem Gebiet der Physik hat ihn zu der Erkenntnis gebracht, daß auf subatomarem Niveau, auf dem Niveau der reinen Energie, die Zeit nicht existiert, nicht die lineare Zeit, die wir kennen. Während seiner Krankheit, im besonderen während der Herzattacke, erlebte er diese gleiche Zeitlosigkeit, die er im Laboratorium in mikroskopischer Größenordnung beobachtet hatte, auf makroskopischer Ebene. Er wußte, daß das etwas weit Wichtigeres war als die Fortsetzung seiner Arbeit in Brookhaven, und darüber hinaus war er sich im klaren, daß das nicht jene Art von Experimentalarbeit darstellte, die er vor seinem Direktor rechtfertigen hätte können. Also kündigte er. Sie kennen die Ergebnisse seiner theoretischen Arbeit, seiner Berechnungen, seiner Beweisführung. Ich weiß nichts darüber. Er hat mich nur geführt, und ohne ihn, ohne jemanden, der den richtigen Weg kennt, kann man nur das wiederholen, was er tat. Aber vorher muß man wissen, daß es möglich ist.« Sie lächelte Bok freundlich zu. »Erst kommt der Glaube, dann der Beweis, verstehen Sie? Die *Überzeugung* des Experimentierenden ist auf diesem Gebiet von wesentlicher Bedeutung, und sie wirkt sich auf die Arbeit aus.«

Morris Stein hatte aufmerksam zugehört, aber nun wandte er sich ärgerlich ab und sagte: »Ich wußte es. Autokonditionierung. Tiefer Trancezustnd, der die ursprüngliche Überzeugung bekräftigt, ist gleich Beweis. Alles Mist!«

Bok achtete nicht auf ihn. Beflissen fragte er Margaret: »Aber er hat Ihnen den Vorgang gezeigt, nicht wahr? Sie können es auch? Sie haben es vor einer Weile gemacht, als Morris Sie ausfragte, stimmt's?«

Sie lächelte. »Ich weiß wirklich nicht, wovon Sie sprechen, Doktor Bok.«

»Er hat Ihnen den Weg gezeigt! Versuchen Sie nicht, es zu leugnen. Es steht in den Aufzeichnungen zwischen den Zeilen, es steht in Ihrem Gesicht geschrieben. Sie haben die Haut und die Figur einer sehr jungen Frau, und Sie sind in den Vierzigern. Sie wissen, wo es ist, wie man hinkommen, wie man sich die Jugend bewahren kann mit Hilfe dieses … dieses Ausbruchs. Ich wußte es sofort, als ich Sie sah. Ich wußte, da steckte mehr dahinter als ein simples religiöses Erlebnis …«

Er verstummte, als Margaret in Gelächter ausbrach. Sein Gesicht war rotfleckig vor Wut. »Sie haben mit uns gespielt, von Anbeginn an! Warum hat Tyson nichts publiziert? Warum hat er keinen Versuch gemcht, diese große Wahrheit, auf die er gestoßen ist, zu verbreiten?«

»Weil er wußte, daß jedermann sie finden kann. Und viele Menschen haben sie auch gefunden. Wenn es an der Zeit ist, werden seine Beweise veröffentlicht und auch verstanden werden. Aber es eilt nicht damit.«

»Warum hat er Selbstmord begangen?« Boks Gesicht näherte sich dem ihren, und es war sehr häßlich, gerötet und aschgrau zugleich.

Margaret schwankte plötzlich und hielt sich an der Sessellehne fest.

Diese Frage hatte uns wiederum getrennt. Die Fülle von Informationen, die ich von Paul und Josie erhalten hatte, war ihr nicht zugänglich, und es gab nichts, was diese Informationen ersetzen konnte. Sie fühlte nur, wie sich Leere über sie senkte. Ich glaubte Bok nicht. Paul würde sich nie umgebracht haben. Doch nicht Paul!

Morris Stein versuchte, sich ihren Beinahezusammenbruch zunutze zu machen, aber fast schon automatisch schaltete ich ihn aus, und er sah noch verblüffter und ärgerlicher drein als zuvor. Mit schwacher Stimme sagte Margaret: »Ich habe Ihnen jetzt alles gesagt, was ich Ihnen sagen konnte. Den Rest müssen Sie sich aus den Aufzeichnungen holen.«

Bald darauf gingen sie, und ich hörte sie auf dem Weg zur Wohnung hinüber lautstark streiten. Ich glaubte nicht, daß Morris Stein noch lange hier sein würde, und ich konnte mich nicht entscheiden, ob ich ihn nun noch bestrafen wollte oder nicht.

Margaret fühlte sich ausgelaugt. Sie dachte über das nach, was sie den beiden Männern erzählt hatte, und wußte, daß alles wahr war: bei diesem Gedanken erkannte sie, daß es ihr nicht länger mehr möglich war zu bestimmen, was sie mit dem Wort »wahr« meinte. Wahr und unwahr lagen so eng beieinander, und die Abgrenzung dazwischen war so verschwommen und unklar, daß sie nun keine Möglichkeit mehr sehen konnte, das eine vom anderen zu trennen. Wahr – unwahr. Wie konnte sie etwas über Paul Tyson und Josie erfahren haben, wo sie doch keinen von beiden je getroffen hatte? Wenn all ihre Informationen aus bruchstückhaften Briefen stammten, in denen die beiden einander sicher nicht Dinge erklärten, die sie bereits wußten …

Sie schüttelte den Kopf. Doch es war die Wahrheit.

Kapitel Vierzehn

Wie war es mir gelungen, zu ihr durchzudringen? Ich wußte, daß ich es früher bereits hin und wieder geschafft hatte, aber diesmal war es mir gelungen, indem ich ihr die Fakten geliefert hatte, die sie brauchte, um Bok und Morris Stein loszuwerden. Aber wie? Wie nur? Alles, was ich jetzt von ihr wollte, war jedenfalls, lange genug in Ruhe gelassen zu werden, um die Szene so oft wie nötig durchspielen zu können, bis ich den einen Anhaltspunkt fand, der mir vorher entgangen war.

Margaret war sehr unruhig, als hätte sie zu lange an einem schwierigen Problem gearbeitet, einem Problem, das sie nicht einmal richtig erkennen konnte. Sie kam zu dem Schluß, daß dies auch ein Symptom des Leidens darstellte, an dem sie litt – was immer es auch war. Menschen, die Zusammenbrüche erlitten, so hatte sie gehört, klagen vorher häufig über hartnäkkige Müdigkeit und Entschlußlosigkeit. Margaret wanderte durch das Haus und berührte hier und da teilnahmslos einen Gegenstand: die Sessel, in denen Paul und Josie beieinander gesessen und leise miteinander gesprochen, die Couch vor dem Feuer, auf der sie sich so oft geliebt hatten; den Schreibtisch, an dem er stundenlang gearbeitet hatte. Sie blieb stehen, starrte auf seinen Fauteuil und dachte, wenn sie nur das haben könnte, was die beiden aneinander gehabt hatten! War er wirklich einem Selbstmord zum Opfer gefallen? Sie schüttelte den Kopf. Sie glaubte es nicht. Sie setzte sich an den Schreibtisch und versuchte, seine Gegenwart wieder einzufangen, so wie sie in der Halluzination gewesen war, aber es kam nichts. Sie fragte sich, ob es möglich war, daß über dem Haus ein Zauber lag, und konnte sich nicht von dem Verdacht freimachen, daß es sich so verhielt. Der Gedanke machte sie wütend, wollte aber nicht vergehen. Seit ihrer Ankunft hier hatte sie etwas gespürt, hatte sie sich verändert. Jeder bemerkte die

Veränderung, auch wenn sie selbst sie nicht erkennen konnte.

Sie beschloß, wieder hinauszugehen und an den Blumen zu arbeiten, obwohl es ihr albern vorkam. Wozu, wenn sie in einem oder zwei Tagen abreiste? Einfach so, das schien eine brauchbare Antwort. Eine Stunde lang zupfte sie Unkraut, dann fand sie in der Garage einen Hohlspatel und versetzte Ritterspornsämlinge in die Mitte der frühen Narzissen, damit es, vom Wohnzimmerfenster aus gesehen, immer blühte. Dann ging sie schwimmen.

Das Wasser war so eisig, daß es ihr den Atem nahm, und sie schwamm vom Strand aus direkt hinaus zum Ende der Felsen, etwa fünfzig Meter weiter draußen. Sie war nicht besonders in Form, und als sie den äußersten Felsen erreicht hatte, war sie erschöpft. Ihre Arme wurden schwer, und sie hatte Mühe mit dem Atmen. Sie zog sich auf einen der Steine hoch, dessen Oberfläche schräg nach unten ins Wasser abfiel, und ruhte sich aus. Dann blickte sie zurück zum Strand, der weiter entfernt schien als jene Distanz, die sie schwimmend zurückgelegt hatte. Was würde passieren, fragte sie sich, wenn sie jetzt einen jener seltsamen kurzen Ohnmachtsanfälle bekäme? Würde sie einfach hierbleiben? Oder zurückschwimmen, ohne daß es ihr später gelang, sich daran zu erinnern? Margaret dachte nach über das Verrücktwerden – war das jene Verschmelzung von Realität und Phantasie, wie sie ihr widerfuhr? Siegte am Schluß die Phantasie, und wenn ja, war die Phantasiewelt, in der ein Mensch dann lebte, weniger real als die Welt der anderen, die sie nicht sehen konnten? Sie wußte keine Antworten mehr, hatte nur noch Fragen. Die Sonne durchwärmte sie, und sie stand auf und überlegte, ob sie zurückschwimmen oder barfuß über die Klippen hinüber zur Küste krabbeln sollte. Die Felsen schienen hier alle hochkant zu stehen, windschief, mit moosigen Flecken und tiefen Rissen. Plötzlich fragte sie sich, ob Bennett recht gehabt hatte mit seiner Meinung über das Segelboot und seine Passagiere: Waren sie real gewesen? War wirklich ein Boot auf die Felsen aufgelaufen und hatte sich am Morgen ganz allein wieder befreit? Sie suchte nach Kratzern auf den Granitblöcken und fand nichts. Allmählich wurde sie sich der Gestalt gewahr, die am Strand stand und sie beobachtete. Morris Stein.

Ich zog meine Kreise, und langsam – oder plötzlich, jedoch nur allmählich wahrnehmbar – wurde der Tag ein anderer, die Luft heißer; der Geruch des Wassers deutete ein Ende des Sommers an und nicht seinen Beginn. Ich stand auf den Felsen und sah nur zu. Ich erblickte Paul; er schwamm weit draußen und war nicht mehr als ein Fleck hellen Haares und das Aufblitzen eines sonnengebräunten Armes. Einerseits sah ich aus großer Entfernung zu, andererseits war ich bei ihm. Ein geschlossener Kreis, vereinigt mit ihm, festgehalten von ihm, weder ängstlich noch verwirrt, sondern nur mit dem bedauernden Gefühl, daß etwas zu Ende ging. Nicht alles, nur etwas; eine Phase war vorbei, die nächste mußte beginnen.

Es gab keine Worte, nur Bewußtheit, absolute Bewußtheit. Gedanken über die Liebe, die körperliche Liebe und jene Liebe, die mit der Vereinigung – nicht der physischen – einherging: vollkommen, perfekt, für ewig unzertrennlich. Zusammen mit ihm wissen, wann es vorbei war. *Es ist gut, Liebling, es ist schon gut.* Nie mehr Angst oder Schmerz. Befreiung, ein Ende und ein Beginn. Freudiges Kreisen in Verbundenheit, ein totales Ineinanderaufgehen zweier Wesen.

»Josie! Kommen Sie ans Ufer!« Die Stimme holte mich zurück. Ich starrte auf das Wasser im Mittagslicht und wußte, daß die kurze Vision zu Ende war. Ich drehte mich um und sah Morris Stein an, nickte, glitt ins Wasser und begann zurückzuschwimmen. Sehr allmählich trennten Margaret und ich uns wieder, als wir es jedoch taten, kannte sie die Vision auch und wußte, was Paul Tyson zugestoßen war. Sie erinnerte sich, den Todeskampf eines Herzens gefühlt zu haben, das dabei war zu ersticken, und die übermächtige Freude, den Körper zu verlassen, der soviel Schmerz bereitet hatte. Sie erinnerte sich an das Verschmelzen zweier ... Menschen, die physisch nicht zusammen waren, aber enger miteinander verbunden als durch bloße körperliche Berührung. Als sie durch das flache Wasser am Strand watete, bemerkte sie, daß sie weinte. Nicht um Paul Tyson und auch nicht um Josie, die alleingeblieben war, sondern um sich selbst.

»Sie haben mir Angst eingejagt«, sagte Morris Stein scharf. »Sie haben mich nicht einmal gehört, was? Ich dachte schon, Sie springen hinein, so wie er vor ein paar Jahren.«

Margaret schüttelte den Kopf und wickelte sich in ihr Badetuch. »Und was wollen Sie jetzt schon wieder von mir?«

Zum ersten Mal, seit sie ihn kennengelernt hatte, schien Morris Stein sich unbehaglich zu fühlen. »Ich weiß es nicht«, antwortete er nach kurzem Überlegen. Margaret begann die Treppe hochzugehen, und er folgte ihr, ohne zu sprechen, bis sie oben angekommen waren. »Kann ich mit hineinkommen und mich ein Weilchen mit Ihnen unterhalten?« fragte er. Sie warf ihm einen Seitenblick zu; er sah sehr jung und unglücklich aus. Sie zuckte die Achseln.

Nachdem sie das Haus betreten hatten, ließ sie ihn in der Küche zurück, während sie duschte und sich ankleidete. Als sie zurückkam, hatte er bereits Kaffee und Sandwiches vorbereitet. Er hatte das Tablett ins Wohnzimmer gebracht und wartete auf sie. Bevor sie noch etwas sagen konnte, begann er: »Ich muß mich bei Ihnen entschuldigen, und ich weiß nicht, wie.«

Sie sah ihn nur an. Ich war mißtrauisch und auf der Hut, aber ich nahm nicht an, daß er noch irgendeinen Trick im Ärmel hatte.

»Sehen Sie«, sagte er, beinahe verzweifelt, »Bok rief mich und erzählte mir, was er glaubte gefunden zu haben. Ich war deswegen ganz aufgeregt. Nicht, daß ich an die andere Dimension glaube, sondern deswegen, weil es zu dem paßt, was ich tue. Daß es verschiedene Möglichkeiten gibt, ein und dieselbe Realität zu sehen, ist nebenbei keine Lüge. Das ist das Thema meiner Dissertation. Aber Bok tönte so, als hätte er eine wahre Goldgrube für meine Forschungen entdeckt. Jeder, der sich für Physik interessiert und für das Studium der Zeit, weiß, daß Tyson der Meinung war, er hätte irgend etwas gefunden. Ich dachte es auch. Natürlich schnappte ich nach der Chance, Einblick zu bekommen in die Aufzeichnungen über seine Wahrnehmungen, nicht, weil ich glaubte, daß er den Weg in eine andere Dimension entdeckt hätte, sondern einfach, weil es hier die einmalige Möglichkeit gab, über die Reaktionen eines Wissenschaftlers auf eine Verzerrung seiner Realität zu berichten und ...« Er unterbrach sich.

Margaret wartete. Als er schwieg, fragte sie: »Und?«

Er brachte seine Beine in eine andere Stellung und sah zum Fenster hinaus auf das Stückchen Garten, das sie bearbeitet hatte. Die Narzissen blühten dort: ein Schleier aus strahlend glänzendem Gold, der sich im Wind bewegte. Morris blinzelte. »Ich war bereit und willens, Sie zu benutzen, Bok zu benutzen, Tysons Arbeit zu benutzen ... – nein, das ist nicht ganz richtig. Ich glaubte, ich hätte das Recht, jedermann und alles zu benutzen. Wissen Sie das? Aber das Recht hatte ich nicht, und es tut mir leid.«

Margaret nickte, aber er sah immer noch zum Fenster hinaus. Sie setzte sich und goß Kaffee in beide Tassen. Sie sagte nichts darauf.

»Ich glaube, ich liebe Sie«, stellte er plötzlich fest. Ruckartig wandte er ihr den Blick zu und sah sie mit dem hungrigen Ausdruck eines Halbwüchsigen an, der sein erstes Playboy-Ausfaltbild anstarrt.

Margaret schüttelte den Kopf und erinnerte sich an das Zusammensein mit Paul, als sie ganz in ihm aufgegangen war. Sie sagte langsam: »Nein. Das ist nicht Liebe. Ich weiß nicht, ob Sie je wirklich lieben werden, aber wenn Sie es erleben, werden Sie wissen, daß dies hier nicht wirklich Liebe ist.«

Ich fragte mich, ob er von der einen, winzigen Berührung wußte, die wir miteinander, oh, so kurz nur, geteilt hatten. Ob ihm überhaupt klar war, daß er soviel mehr geben konnte als das. Verbissen schüttelte er den Kopf.

»Ich wußte, daß Sie es nicht verstehen würden«, sagte er geknickt. »Ich habe Sie genommen und benutzt und dazu gebracht, gewisse Dinge zu machen, aber das war ein anderes Ich. Jetzt könnte ich Ihnen das nicht mehr antun. In vielerlei Hinsicht könnte ich Sie jetzt nicht mehr benutzen.«

»Ich weiß«, entgegnete Margaret. »Und Sie glauben, das ist Liebe? Vielleicht hat sich die Realität verzerrt, Mister Stein. Vielleicht hat das, was Sie jetzt sehen, vor ein paar Tagen gar nicht existiert. Vielleicht sind diese Verzerrungen, von denen Sie sprechen, überhaupt keine Einbildung, sondern echte Verzerrungen, Veränderungen in einer Realität, die Sie für konkret und unveränderlich halten.«

Er schüttelte den Kopf heftiger und stand auf. »Ich muß jetzt gehen. Bok findet, daß meine Nützlichkeit für ihn zu Ende ist, und hat mich vor die Tür gesetzt. Ich muß den Bus erreichen. Darf ich noch einmal zurückkommen? Darf ich Sie einmal besuchen?«

Margaret zögerte. Bald würde sie nicht mehr hier sein. Für ihn würde Josie aufhören zu existieren. Er würde sie nie wiederfinden. Schließlich sagte sie: »Ich weiß nicht, wie lange ich noch hierbleibe, und auch nicht, wo ich danach sein werde.«

Er nickte. »Und Sie werden sich nicht mit mir in Verbindung setzen. Nie. Ich weiß.«

Sie hatte noch nie jemanden gesehen, der einen derart jämmerlichen Eindruck machte. Er starrte sie eine weitere Minute lang an, drehte sich ruckartig um und verließ das Haus. Bald danach hörte ich den Wagen wegfahren und wußte, daß Bok bereits vor der Tür auf ihn gewartet hatte. Plötzlich erkannte ich, daß es wieder geschehen war, diese Verschmelzung von Margaret und mir. Als er sagte, daß er sie benutzt habe, hatte sie ganz genau gewußt, was er damit meinte, und sie hatte es ruhig hingenommen, mit meinen Erinnerungen an die ganze Szene, als hätte sie es überhaupt nie vergessen gehabt. Sie besaß diese Erinnerung immer noch, genauso, wie sie die Erinnerung an ihr Gespräch mit Morris Stein und Bok vom Morgen desselben Tages besaß, und die Erinnerung an Josies Gefühle draußen auf den Felsen. Ich fühlte mich unsicher und sehr verwirrt und bang und dennoch erwartungsvoll im Hinblick auf dieses Verschmelzen, das einfach zu passieren schien.

Ansonsten fand an diesem Tag nichts Überraschendes mehr statt. Margaret erinnerte sich an viele Dinge, die sie schon vergessen gehabt hatte, an Dinge aus ihrer Kindheit, an das Verhalten ihrer Eltern und ihrer Brüder, und an ihr eigenes Verhalten, das ihr jetzt sonderbar erschien. Sie erinnerte sich an Auftritte zwischen ihr und Bennett, und sie wunderte sich über ihre eigene Dummheit und die seine, die insoferne ärger war, als sie sich unter der Maske gespielter Klugheit versteckte. Sie rief Gus Dyerman an und bestellte die Zutaten für ein extravagantes Mittagessen, das sie vorbereiten und auf John Llewellyns Segelboot mitnehmen wollte. In dieser Nacht schlief sie tief und fest und erwachte zeitig am Morgen erfrischt und unternehmungslustig.

Sie wartete draußen bei den Klippen auf John; an der vom Strand abgekehrten Seite der Felsformationen konnte er das Boot hereinbringen. Dort fielen die Klippen fast senkrecht ins Wasser, und es war tief – ein von der Natur angelegter Ankerplatz. Margaret winkte, als das Boot in Sicht kam, und während der Wind an ihrem Kopftuch und dem Haar darunter zerrte, wartete sie darauf, daß John nahe genug herankam, damit sie mit dem Picknickkorb an Bord gehen konnte. Sie lächelten einander zu, sagten aber nichts, und er wendete das Boot und lenkte es auf das Ende der Insel zu.

Langsam glitt das Land davon; das Boot neigte sich und richtete sich wieder auf und neigte sich erneut, und plötzlich war die Welt verändert. Der Wind blies stark, füllte die Segel, ließ das Boot tanzen und gab ihnen das Gefühl, daß sie unter ihren Füßen ein wildes Tier bändigten, ein Wesen, das frei sein wollte, um mit dem Wind um die Wette laufen zu können. Margaret lachte laut, und John lachte mit ihr. Nach zwei Stunden hatten sie das Land weit hinter sich gelassen, und nur die See erstreckte sich um das tanzende Boot. Die Sonne schien heiß, die Luft war sauber und frisch und kühl, und die Reflexe auf dem Wasser waren lebhaft und änderten sich ohne Unterlaß. Die Dünung hob sich lang und sanft, als würde der Ozean tief und ruhig atmen, sorglos, vollkommen entspannt und zufrieden.

John ließ das Boot am Anker schaukeln, während sie zu Mittag aßen. Sie hatten noch nichts miteinander gesprochen, aber das Schweigen, das sie einhüllte, war genauso entspannt und zufrieden wie der Ozean. Seite an Seite saßen sie in der Sonne, und als die Flasche Limonade, die Margaret mitgenommen hatte, ausgetrunken war, nahm John ihre Hand und sah ihr ins Gesicht. »Ich möchte, daß wir uns lieben«, sagte er. »Hier in der Sonne.«

Sie nickte. Er ging nach unten, holte einen Doppelschlafsack herauf und öffnete ihn, während Margaret anfing, sich zu entkleiden. Er sah ihr dabei zu, ohne sie zu berühren; als sie fertig war damit, ließ er eine Hand ihren Körper entlang auf ihre Hüfte gleiten; dort hielt er sie fest, drehte sie herum und küßte sie auf den Mund.

Die ganze Zeit blieb ich sehr nahe, suchte nach ihm, nach irgend etwas, und haßte sie beinahe wegen dem, was kommen mußte. Immerzu fand sie eine Art Genugtuung in dem, was nicht vorhanden war. Auch in mir war eine Leere, und ich brauchte etwas, jemanden, den ich teilhaben lassen konnte an mir selbst, aber niemand war da. Hätte ich so sehr nach Sex verlangt wie sie und damit die Möglichkeit gehabt, die peinigende Leere zu füllen, hätte ich mich damit begnügt, hätte versucht, sie dazu zu zwingen, noch öfter Befriedigung zu finden. Aber mein Verlangen galt nicht dem Sex. Ihr Körper hatte auf mich überhaupt keine Wirkung, ob es nun weh tat oder wohl oder Erfüllung schenkte – es berührte mich nicht. Als sein Kuß den Entkleidungsprozeß beendete, war mir, als sei sie plötzlich nackt, wo sie vorher bloß unbekleidet gewesen war. Nackt war sie und preisgegeben, ohne Möglichkeit des Rückzugs, hätte sie überhaupt den Wunsch gehabt, sich zurückzuziehen. All ihr Hunger lag jetzt an der Oberfläche, wollte gestillt werden und wieder entfacht, wieder und immer wieder. John wußte es. Er war vorbereitet auf die augenblickliche, alles umfassende Reaktion. Er fing sie, als sie beinahe hingefallen wäre; die Hand glitt von ihrer Hüfte zu ihrem Kreuz und zog sie an ihn, und er benützte seinen ganzen Körper als Stütze für sie. Seine andere Hand preßte ihren Kopf an seine Schulter, so daß sie an der ganzen Länge ihres Körpers verschmolzen schien mit ihm.

»Ich weiß«, murmelte er. »Ich weiß.«

»Ich habe geträumt ...«, begann sie, und wieder sagte er leise: »Ich weiß. Ich war dabei.« Sie seufzte.

Rasch streifte er seine Kleider ab, und sie lagen nebeneinander, seine Hände streichelten sie sanft, als er daranging, ihren Körper zu entdecken. Er strich mit dem Finger an ihren Schulterknochen entlang, an ihren Rippen und den Hüftknochen, als sie auf dem Rücken lag. Stets blickten seine grauen Augen in die ihren, und schließlich schloß sie die Lider. Er küßte sie darauf. Dann strich er über die Konturen ihrer Lippen, küßte sie, und ihr Mund öffnete sich. Seine Zunge berührte zart die ihre, dann fester. Sie wollte sagen: Nimm mich – jetzt! Ich bin bereit! Sie spürte, wie die Spannung in ihrem Körper wuchs, und ein Sturm in ihrem Unterleib sandte Wellen durch sie hindurch, schneller und schneller und schneller. Ihre Hände fühlten sich seltsam an, beinahe taub, und im selben Moment, als sie an sie dachte, glitten ihre Hände weg von ihren Seiten, an denen sie gelegen hatten, und berührten ihn, tasteten nach dem mageren, harten Körper, den sie auf dem ihren spüren wollte. Sie fühlte die Ekstase, als sich sein Mund über ihrer Brustwarze schloß und seine Zunge gegen die harte Spitze drückte, ihr folgte und wieder dagegen drückte; es war, als liefe ein Draht von da zu ihrer Vagina, ein stromführender Draht, der sich unaufhörlich entlud. Sie krümmte sich und öffnete die Beine und konnte die Hitze der Sonnenstrahlen auf ihrer Haut fühlen, die sie zu durchbohren schienen.

Ich hatte mich ein bißchen zurückgezogen, unbeeindruckt, ungerührt, aber dennoch auf der Hut, als ich John plötzlich spürte. Es war ein Schock, so elektrisierend wie jener, den ich erlebt hatte, als seine Zunge an ihre Brustwarze stieß. Auf einmal war ich ganz bei ihm, restlos, und es gab keinen Weg zurück. Margarets Fleischeslust war nichts, verglichen damit. Es war ein totales Eintauchen in ihn, und er tauchte ein in mich; jeder war Sieger und Besiegter zugleich, und jedes Stück von mir, was immer ich auch war, gehörte ihm, und er mir. Das war die Ekstase, die sie suchte und nie gefunden hatte, das war die höchste Art der Vereinigung, die sie für möglich hielt und die sie sich so verzweifelt wünschte. Ich war etwas anderes, als ich je gewesen war – größer, besser, schöner und ganz – vervollständigt aus einer Hälfte, die immer leer gewesen war. Und mit diesem Ganzsein kam das Wissen um seinen Körper, das Wissen um das Drängen in seinem Innern, dem nur sie jetzt ein Ende setzen konnte, und es kam auch das Wissen um ihren Körper.

Margaret rang nach Luft, als dieses neue Gefühl sie überflutete, und irgendwie war ich von dem Augenblick an, als ihre krampfhaften Atemzüge begannen, Margaret, und ich wußte, daß John ein vollständiger Mensch war, genau wie ich. Ich spürte seinen Körper, die harten Muskeln an seinem Rücken, die festen Hinterbacken und den festen, harten Penis, nach dem mein Körper so sehr verlangte. Ich kannte den sinnlichen Genuß, den er bei meiner Berührung empfand, und ich wollte ihn verlängern, den seinen und den meinen. Er änderte seine Stellung, und sein Mund strich über meinen Bauch; seine Lippen liebkosten mich, als sie sich hinabtasteten. Da änderte auch ich meine Stellung, denn ich wartete ungeduldig auf seinen Kuß und genauso ungeduldig darauf, ihn zu küssen.

Staunend berührte ich die weiche Haut an seinem Penis und küßte sie, und auch er küßte mich; seine Zunge spielte mit meiner Klitoris, und jeder von uns beiden wußte, was der andere empfand. Ich kannte diese Mischung aus Schmerz und Lust, die er verspürte, als sich mein Mund um seinen Penis schloß. Er wußte, was ich fühlte, als seine Zunge in mich eindrang und das Feuer wie ein Vulkan hervorbrach. Irgendwo sahen wir beide zu und wußten und fühlten und waren da. Sein Lachen in meinen Ohren verriet die Freude, hier zu sein auf der sanften Dünung der See, die Sonne heiß auf unserer Haut, die Körper ineinander verschlungen, genauso ineinander wie unser Inneres. Ich stöhnte unter dem Orgasmus, der mich beben ließ, und wir wußten beide, daß es nicht vorbei war, sondern nur ein neuer Anfang, und nun würde ich an einem höheren Punkt beginnen. Er küßte mich wieder, und sein Kuß war salzig und hatte einen Geruch, der mich erregte und meine Bewegungen unter ihm rhythmischer werden ließ. Seine Hand verließ meine Brust, und die Finger glitten in meine Vagina; ich kam wieder, als er mich berührte, und wußte, daß ich ihn jetzt haben mußte. Ich brauchte die Befreiung, die nur sein Orgasmus mir bringen konnte, der seine und der meine gleichzeitig. Alles andere war nur Vorbereitung auf diesen Augenblick, erkannte ich, und es war sein Körper, den ich jetzt erlebte, seine Bedürfnisse, sein Drang.

Das Boot war verschwunden, und wir schaukelten über das gekräuselte Wasser, erhoben uns über die Erde, segelten frei schwebend und mühelos durch duftige Wolken. Wir waren nichts als blaue Luft in einem blauen Himmel, durchdrangen Schleier aus Nervenfasern, die unvorstellbaren Reizen ausgesetzt und augenblicklich befriedigt wurden. Wie Wasser aus Springbrunnen stiegen wir hoch, glitzerten und fingen das Licht der Sonne in glänzenden, blitzenden Reflexen ein, und jedes Funkeln war Hunger und Befriedigung zugleich. Die Tröpfchen verschmolzen miteinander und wurden zu einem Schleier der Morgenröte, und die feinen, zarten Wechsel der Farben waren wir beide, die wir uns umeinander und ineinander schlangen. Wir schwangen uns empor und wurden zu einem Regenbogen von einem solchen Farbenglanz, daß seinesgleichen nicht noch einmal existierte, auch wenn man die Ewigkeit danach durchsuchte, ein Regenbogen, in dem es keine Abgrenzung gab zwischen den Farben, nur ein Ineinanderübergehen. Wir umspannten die ganze Welt, und dann zogen wir uns zu einer Sternschnuppe zusammen, die glühte und glühte und schneller und immer schneller fiel und hinabstürzte – ein Lichtstreifen, ein Pünktchen, das hinabgeschleudert wurde. Ein Schwindelgefühl. Nichts.

»Meg, Meg, Liebling.«

Ich hielt seine Hand, und wir sahen auf unsere Körper, die einander immer noch umklammerten, so still jetzt, so schön. Er lächelte mich an, und ich wußte, daß wir dabei waren, uns wieder zu trennen, daß ich ihm verschwommen erschien, wie er mir, daß meine Hand in der seinen wie eine warme, feuchte Brise war. Ich wollte die Hand ausstrecken und ihn einfangen, und ich konnte den gleichen Wunsch in seinem Gesicht lesen, noch als sein Bild undeutlich wurde, ehe es schließlich verschwand.

»Meg! Meg, Liebling!« Margaret rührte sich, öffnete die Augen und starrte ihn mit einem staunenden Gesichtsausdruck an. »Bleib ruhig liegen«, sagte er. »Du bist so wunderschön.« Er berührte ihre Wange, und das gleiche Erstaunen, das sie verspürte, zeigte sich in der Art, wie er ihre Wange berührte und in seinen Augen. »Du bist so wunderschön, bis in dein tiefstes Inneres, durch und durch.«

»Ich liebe dich«, sagte sie, und er nickte.

»Ich weiß. Und ich liebe dich.«

»Es gibt so vieles ... Es wird nicht leicht sein.«

»Das macht nichts.«

»Ich weiß.«

Die Rückfahrt ging wie im Traum vor sich. Das Boot segelte über das Wasser, und sie waren allein in einer lieblichen Welt mit einem dunkler werdenden Blau am Himmel, einem Sonnenuntergang, dessen Farben weniger lebhaft waren als jene, die sie vorhin erlebt hatten und selbst gewesen waren. Der Mond, der aufstieg, schien fast den Himmel zu füllen, und das kalte Licht machte aus dem weiten Wasser ein schwarz-silbernes Traumbild. Bei den Klippen am Strand angekommen, half John ihr vom Boot, folgte ihr aber nicht.

»Du hast Gäste«, sagte er, und sie konnte sie selbst hören.

Einmal noch kreiste ich, berührte ihn kurz in einer Vereinigung, die süßer und brennender war als die seiner Lippen auf den ihren, und dann verließ er uns wieder. Margaret wandte sich zum Strand und zu den Stufen und sah Bennett dort auf sie warten.

Kapitel Fünfzehn

»Mein Gott, Margaret, was machst du denn da draußen auf den Steinen? Du mußt ja halb erfroren sein!«

»Es ist nicht so schlimm, Bennett. Wann bist du gekommen? Ich dachte, du kämst erst morgen?«

»Arnold wollte heute abend schon herüberfahren. Er möchte mit dir sprechen. Betty ist auch dabei. Und ich habe Lizanne mitgenommen, und Shirley auch. Ist eine Art Party, würde ich sagen. Weiß der Himmel, ob wir sie alle unterbringen können für die Nacht.«

Margaret nickte und ging vor ihm die Treppe hinauf. Einmal blieb sie stehen und blickte hinaus über das Wasser, aber es war absolut leer, nur Streifen aus Mondlicht schaukelten auf den Kämmen der sanften Wellen. Kein Segelboot war zu sehen. Wiederum nickte sie.

»Arnold will, daß ich bei der Wahlkampagne mitmache, nicht wahr?« fragte sie, als sie langsam auf das Haus zugingen.

»Ich weiß nicht, was er will. Nichts funktioniert so, wie er es erwartet hat, nichts, wie es sollte. Ich weiß einfach nicht, was er will. Vielleicht ziehe ich mich auch aus dem Geschäft zurück.«

»Das wirst du sicher nicht tun«, entgegnete Margaret. Sie erblickte Bok, der eben dabei war, in seinen Wagen zu steigen, und rief: »Doktor Bok, möchten Sie uns nicht Gesellschaft leisten? Wir haben eine Party!«

Er sah sie merkwürdig an, lächelte dann und nickte. Er war zu weit entfernt, um etwas sagen zu können, ohne so zu schreien, wie sie es getan hatte. Einen Augenblick später stand er neben Margaret und Bennett auf der Veranda.

»Danke, Miß Oliver. Wenn Sie sicher sind, daß ich nicht störe ...«

»Natürlich nicht«, sagte sie. »Bennett kennen Sie schon, nicht wahr? Er hat uns mit den Gästen, der Köchin und dem Essen versorgt. Ich kann doch auch etwas zu den Festivitäten beitragen, finden Sie nicht?«

Bok sah Bennett unsicher an und ließ den Blick wieder zu Margaret zurückkehren. Er wünschte sich ganz offensichtlich, ihre spontane Einladung nicht akzeptiert zu haben. Ich konnte Bennetts Ärger über sie deutlich spüren, und ich wußte, daß Bok deswegen peinlich berührt war.

Margaret ging ins Haus, ohne sich nach ihm umzudrehen, und es wäre alles noch peinlicher geworden, wenn er jetzt beschlossen hätte, die Einladung doch noch abzulehnen. So trat er in Bennetts Schlepptau durch die Tür.

»Lizanne, hoffentlich trifft Sie das nicht ganz unerwartet und bringt Ihre Pläne durcheinander«, sagte Margaret zu der hageren Frau. Lizanne nickte ihr nur kurz zu und wandte dann ihre Aufmerksamkeit wieder dem Herd zu.

Margaret ging weiter ins Wohnzimmer, wo Arnold Greeley vor dem offenen Kamin stand, ein Glas Scotch mit Wasser in einer Hand, eine Zigarre in der anderen. Er sprach in sehr schnellem, knappem Tonfall zu Shirley und Betty. Als er Margaret erblickte, unterbrach er sich mitten im Satz.

»Liebe Margaret, wir haben uns schon alle Sorgen gemacht um Sie. Wie *hübsch* Sie wieder aussehen!«

»Hallo Arnold, Betty. Hallo Shirley. Welch eine Überraschung, euch alle heute abend hier zu sehen! Wenn ihr mich für ein paar Minuten entschuldigen wollt, ziehe ich mich um und komme gleich wieder.« Sie wußte, daß ihr Lächeln zu strahlend war, und scherte sich keinen Deut darum. Wie lächerlich sie alle aussahen. Argwohn zog Shirleys Brauen zusammen, und Betty Greeley öffnete gerade den Mund, um irgend etwas zu sagen, das Margaret gar nicht abwartete. Sie sah Bennett und Bok hinter sich und bedeutete ihnen, ins Wohnzimmer zu gehen. »Du wirst Doktor Bok unseren Gästen vorstellen, ja?« sagte sie und rauschte an ihm vorbei ins Schlafzimmer.

Während sie rasch duschte, summte sie halblaut vor sich hin, und als sie fertig war, fand sie Bennett im Schlafzimmer vor, wo er auf sie wartete. Auch ihm schenkte sie ein Lächeln. Er sah aus, als würde er ihr gern den Puls fühlen oder die Stirn.

»Fühlst du dich auch wohl?« fragte er. »Ist irgend etwas im Gange?«

»Ich habe mich noch nie wohler gefühlt«, sagte sie und zog einen langen Rock von einem Kleiderhaken. Es war ein farbenprächtig geblümter Rock, und sie zog eine weiße Bluse dazu an.

»Du siehst … wunderbar aus«, stellte er fest, und sein Gesichtsausdruck sah dem von Morris Stein zum Verwechseln ähnlich. Plötzlich wünschte sie, er wäre auch da. Rasch bürstete sie ihr Haar durch, drehte es hoch oben auf dem Hinterkopf zu einem Knoten und legte lange Ohrgehänge an.

»Ziemlich zigeunerhaft, findest du nicht?« fragte sie und studierte ihr Spiegelbild. Sie hatte bereits genug Farbe, entschied sie, und legte nur Lippenstift auf. Ihre Nasenspitze und die Kanten der Backenknochen waren ein wenig sonnenverbrannt, ihr Haar etwas ausgebleicht. Bennett murmelte etwas vom Zurückgehen zu den Gästen, und sie lächelte ihn im Spiegel an. Er sah sehr verwirrt aus.

Margaret beendete ihr Make-up und kehrte zu der Runde im Wohnzimmer zurück. Sie war nicht überrascht, daß Morris Stein wiedergekommen war und im Moment nicht besonders glücklich mit Shirley plauderte. Seine Miene hellte sich auf, als Margaret eintrat.

»Mister Stein, ich habe mir gerade gewünscht, Sie wären hier bei unserer Party.«

Bennett war soeben dabei, Drinks zu mixen, und er reichte ihr ein Glas. Sie nippte daran: Gin mit Tonic. Sie erinnerte sich an Gin mit Tonic in dem Restaurant, zusammen mit Morris. Da hob sie ihr Glas leicht in seine Richtung und sagte: »Prost!« Er sah noch unglücklicher aus als irgendwann zuvor.

»Haben Sie je daran gedacht, sich für Politik zu interessieren, Mister Stein?« Für Betty Greeley war es ein unerträglicher Gedanke, jemanden, der in Sichtweite kam, nicht für die Zwecke ihres Gatten einzuspannen. »Ich frage mich, wie viele Politiker wohl Psychologen als Berater anstellen.« Sie zog ein

Notizbuch aus der Handtasche und machte sich einen Vermerk. »Ich werde mich erkundigen«, wandte sie sich an ihren Mann, der Morris Stein interessiert betrachtete.

»Daran habe ich noch nie gedacht«, sagte dieser. Er machte jedoch einen so nachdenklichen Eindruck, daß Margaret laut auflachte.

Shirley sagte: »In dieser Zeit, da die Menschen einander so entfremdet sind, braucht jedermann etwas, in das er sich rückhaltlos hineinstürzen kann, und was wäre besser als die Politik geeignet für diese Erfüllung, die wir alle brauchen? Eine echte Chance, etwas für unser Land, für andere Menschen zu tun.«

Margaret platzte heraus und tat so, als ob ihr der Drink in die falsche Kehle geraten sei. Dann zündete sie sich eine Zigarette an. Sie hörte, wie draußen der Wind zu wehen begann, und dachte an das schwankende, schaukelnde Segelboot auf der See, die jetzt schon recht kabbelig geworden sein mußte. »Tut mir leid«, sagte sie zu Bennett, der ihr die Hand auf den Arm gelegt hatte.

»Ich sagte, man braucht einfach irgend etwas, das einen vollständig in Anspruch nimmt«, erklärte Shirley.

»Ach so.«

Shirley verfolgte das Thema nicht weiter. Bok hatte sich hinübergearbeitet zu Morris Stein, und sie flüsterten miteinander, oder besser gegeneinander, denn keiner ließ den anderen zu Ende reden. Sie sahen beide zu Margaret herüber; Bok schüttelte immerfort den Kopf. Margaret erhob spöttisch das Glas in ihre Richtung. Ich beobachtete Betty Greeley, und ich wußte, daß sie dabei war, Margaret neu zu bewerten. Sie konnte die Menschen recht gut beurteilen, und sichtlich änderte sie gerade ihre Meinung über Margaret.

»Margaret«, sagte Arnold Greeley, »wir möchten, daß Sie bei uns mitmachen. Nächste Woche geht's in den Mittleren Westen, und wir könnten jemanden brauchen, der die Leute dort versteht und ihre Sprache spricht.« Seine Frau versuchte, seine Aufmerksamkeit auf sich zu lenken, aber er blickte im Moment Margaret an. Betty machte einen Schmollmund, doch er sah ihn nicht.

»Oh, und in welcher Eigenschaft, Arnold? Was würde ich da zu tun haben?«

»Hauptsächlich anwesend sein. Wissen Sie, eine Wahlkampagne besteht nicht nur aus Reden halten. Wir haben Cocktailparties, Tees, Empfänge ... Alles, was Sie tun müßten, wäre, charmant und freundlich mit einem mittelwestlichen Akzent dabeizusein ...«

Lizanne erschien und verkündete, daß das Abendessen aufgetragen sei. Margaret ging ins Speisezimmer voraus, während sie mit Bok sprach. »Sind Sie jetzt bald fertig mit Ihrer Arbeit? Ist es Ihnen wirklich gelungen, aufgrund von Paul Tysons Aufzeichnungen eine umfassende Theorie aufzustellen?«

Bok starrte sie an, als fragte er sich, ob einer von ihnen beiden verrückt geworden sei, und wenn ja, welcher. Er zerrte an seinem Kragen, indem er seinen Zeigefinger hineinsteckte und immer wieder daran entlangfuhr. »Paul hinterließ so viele unleserliche Notizen«, wich er aus und rückte von Margaret ab und hin zu Morris Stein. Vermutlich hatte er das Gefühl, er müsse jemanden neben sich spüren, den er gut kannte. Auch Morris Stein starrte sie an, nicht so offen, aber in ebensolcher Verwirrung.

Lizanne servierte schweigend und kompetent. Geeiste klare Kraftbrühe funkelte wie Juwelen in den Tassen, und Margaret erinnerte sich an den Regenbogen und die Morgenröte ... Shirleys plötzlich heiser gewordene Stimme riß sie aus ihren Gedanken.

»Margaret, was ist denn los mit dir? Das ist jetzt das zweite Mal, daß du einfach nicht hörst, wenn wir zu dir sprechen. Bist du krank?«

»Sehe ich krank aus?« fragte Margaret mit weit aufgerissenen Augen. Shirleys Gesicht wurde dunkel vor Ärger. »Es tut mir leid«, entschuldigte Margaret sich und wußte, daß es eine Lüge war – und wußte auch, daß Shirley wußte, daß es eine Lüge war –, »was sagtest du?«

»Ich sagte, ich würde nächste Woche 'rüberkommen und dir dabei helfen, dich auf die Kampagne vorzubereiten. Ich habe ein paar Bücher, die du vorher lesen solltest, und ich pauke dann mit dir ...«

Margaret schüttelte den Kopf. »Ich dachte, das sei bereits klargestellt. Ich habe nicht die Absicht, mit oder für Arnold Greeleys Wahlkampagne zu arbeiten.« Sie sagte es sehr einfach, so, als könne sie nicht verstehen, daß das nicht längst beschlossene Sache sei.

Arnold Greeleys Gabel blieb mitten auf dem Weg zu seinem Mund hängen. Er legte sie hin. »Und warum nicht?«

»Die Frage müßte eher lauten: Warum sollte ich?«

»Weil ich Sie brauche! Weil Ihr Mann Sie in seiner Nähe braucht! Sie können einem nützlichen Vorhaben dienen!«

»Das hat mein Mann nicht gesagt«, entgegnete Margaret. »Ich glaube nicht, daß er das Gefühl hat, meine Anwesenheit auf dieser Tour zu brauchen.«

»Natürlich möchte ich, daß du mitkommst, Margaret!« Bennett saß am anderen Ende des Tisches, und er schien fast ebenso wütend auf sie zu sein wie Shirley.

»Du möchtest, daß ich mitkomme«, stellte Margaret nachdenklich fest. »Aber du weißt, daß du mich nicht brauchst, stimmt's? Nicht dafür, jedenfalls.«

»Nicht jetzt«, hielt Bennett sie zurück. »Wir wollen später darüber sprechen.« Er wandte sich an Arnold Greeley. »Ich werde es ihr nachher erklären.«

Arnold Greeley saß links von Margaret. Er sah Bennett an und sagte langsam: »Ja, erklär es ihr später, und erklär ihr, daß jeder in meiner Organisation mir gegenüber loyal sein muß, jedes einzelne gottverdammte Mitglied meines Teams und jeder meiner Angehörigen!«

Bok fing an, seinen Stuhl nervös rückwärts zu schieben. Er sah elend aus; seine Augen wanderten immer wieder zu Margaret zurück. Er tupfte sich mit der Serviette die Lippen. »Ich glaube, ich muß mich jetzt wirklich auf den Weg machen. Ich vergaß, daß so viel Arbeit auf mich ...«

»Setzen Sie sich hin!« knurrte Arnold Greeley. Verwirrt wandte Bok das Gesicht Margaret zu. Sie sagte nichts. »Wenn Sie das Zeug in diesem Haus für Ihre Arbeit benutzen wollen, setzten Sie sich hin und halten Sie den Mund!« fügte Greeley hinzu. Bok setzte sich abrupt nieder. Morris Stein hatte keine Bewegung gemacht, er sah nur Margaret an. Wie vorher schwieg sie. Da sagte Arnold Greeley zu ihr: »Ich kann ihn und ein Dutzend mehr von seiner Sorte kaufen, wenn ich will.« Morris Stein errötete, wurde dann bleich und schaute auf seinen Teller.

»Wenn Sie mich bitte entschuldigen wollen«, sagte Margaret. Sie stand auf, lächelte Arnold Greeley leicht zu, drehte sich um und ging aus dem Zimmer. Bennett folgte ihr.

Ich sah zu, wie Betty und Shirley die Köpfe zusammensteckten, und hörte das Rascheln von Bettys Taftunterkleid, als sie an Arnolds Seite glitt. Nachdem Margaret das Schlafzimmer betreten hatte, verstummten die Geräusche.

»Was, um Himmels willen, ist mit dir los?« fragte Bennett, packte Margarets Arm und drehte sie umgestüm herum.

»Ich weiß es wirklich nicht«, antwortete sie. Sie zeigte mit dem Finger auf die Tür zum Eßzimmer. »Er ist ein schlechter Mensch. Ich will ihn nie mehr in meinem Haus sehen, nie mehr wieder!«

»Dein Haus! Was redest du da! Er ist mein Gast, mein Arbeitgeber! Margaret, bei dieser einen Tour mußt du mitkommen. Er hat es sich jetzt fest in den Kopf gesetzt. Deshalb sind wir heute abend hierher zurückgekommen. Wir haben keinen in der Gruppe, der nicht aus den Neuenglandstaaten stammt, und wir brauchen jemanden, der zu den Mittelwestlern reden kann, ohne ...«

Margaret legte ihre Finger über seine Lippen. »Ich kenne das alles schon«, sagte sie. »Glaub mir, ich verstehe Arnold Greeley sehr gut, und auch seine Motive. Aber ich werde nicht mitkommen, Bennett.«

Bennett nahm seine Brille ab und putzte sie sehr sorgfältig, ohne zu sprechen. Als er sie wieder aufgesetzt hatte, sah er Margaret an. »Na gut. Ich habe ihm schon erklärt, daß du nicht der Typ dafür bist, daß du zu schüchtern bist für diese Sachen, daß dir das überhaupt nicht liegt. Ich werde ihm begreiflich machen ...«

Margaret schüttelte den Kopf. »Du willst mich für den Augenblick besänftigen und dich dann von einem anderen Winkel aus anschleichen, nicht wahr? Über meine Familie, vielleicht? Wenn er dir noch nicht den Vorschlag gemacht hat, dann wird er es noch tun. Und du wirst dabei mittun, weil dir, genau wie ihm, die Idee, ich könnte mich sträuben, ein Dorn im Auge ist.«

Bennett betrachtete sie mit einer Mischung von Mißtrauen und Ungläubigkeit auf dem Gesicht. »Du weißt, daß ich nicht mittun würde bei so etwas«, entgegnete er sehr schnell, fast schuldbewußt.

Margaret lachte wieder und ging zum Fenster, wo sie das Licht des Mondes sehen konnte, dessen Strahlen durch die Äste der Kiefern fielen. »Ich werde dich verlassen, Bennett.«

»Margaret, um Himmels willen, wovon sprichst du?«

»Ich kann nicht mehr mit dir leben. Ich muß dich entweder verlassen oder deine Realität akzeptieren, und das kann ich nicht mehr länger tun. Ich mag deine Realität nicht.«

»Was, zum Teufel, soll das heißen? Was willst du damit sagen?«

»Ich finde, deine Welt ist ein schrecklicher Ort, und ich habe erkannt, daß ich sie immer wieder deshalb als gegeben akzeptierte, weil ich nicht wußte, daß sie nur ein Teil der Realität ist. Jetzt weiß ich es.«

»Du verlierst den Verstand! Du redest wie jemand, der kurz vor einem Nervenzusammenbruch steht!«

»Du hast mich einmal gefragt, ob es einen anderen Mann gäbe ...«

»Das habe ich nie! Es wäre mir nie eingefallen ...«

»Angenommen, du hättest mich gefragt – in einer anderen Realität meinetwegen –, und ich hätte mit Nein geantwortet. Aber es gibt einen, verstehst du? Einen anderen. Ich liebe ihn sehr, und ich kann nicht mit dir leben, mit dir schlafen, deine miserable, jämmerliche Welt mit dir teilen, jetzt, wo ich weiß, wie es sein kann.«

»Wer ist es? Bok? Der Junge, den er mithat, der Psychologe? Wer? Wie lange geht das schon?«

»Ich weiß nicht, wie ich dir sagen soll, wie lange. In gewissem Sinn seit immer ...«

»Margaret, hör auf, mit mir herumzuspielen! Wer ist es?«

»Paul Tyson.«

»Ich werde verrückt, oder du wirst es, oder wir beide. Margaret, du weißt, daß Paul Tyson tot ist! Du weißt das! Warum tust du mir das an? Was habe ich dir getan? Ich sagte dir doch, du mußt nicht mitmachen bei Greeleys Tour. Ich ordne das schon. Was stört dich sonst noch? Was habe ich getan? Was immer es auch ist, es tut mir leid.«

»Wie kannst du sagen, es täte dir leid, bevor du weißt, worum es sich handelt? Was, wenn es sich um etwas handelt, von dem du glaubst, du bist im Recht? Würdest du dann immer noch sagen, es täte dir leid?«

Bennetts Kiefermuskeln spannten sich sichtbar an. Sehr ruhig antwortete er: »Sag mir, was ich verbrochen habe, und dann wollen wir darüber reden. Du hast mir bisher keine Chance dazu gegeben. Nur ein Ultimatum. Weshalb?«

»Ich glaube keine Sekunde lang, daß du meine Gründe verstehen würdest. Ich habe dir schon erklärt, daß ich deine Realität nicht mag, und es sagt dir nichts. Du hast überhaupt keine Ahnung, wovon ich spreche. Du sagst, der Mann, den ich liebe, ist tot. Ich aber weiß, daß er in jemand anderem existiert, genauso, wie ein Teil von mir in jemand anderem existiert oder in vielen anderen ...«

»Liebling, ich weiß, ich habe dich in letzter Zeit vernachlässigt, du warst viel allein, und ich kann dir auch nicht versprechen, daß in den nächsten Monaten viel Besserung darin eintreten wird. Aber hab Geduld mit mir, Liebling. Bitte! Wenn das alles vorbei ist, machen wir eine Reise zusammen – nach Paris, in die Schweiz, nach Japan, wohin du willst. Wir nehmen uns ein Haus auf dem Land, mit einem Garten. Das würde dir gefallen, da bin ich sicher. Ich hätte wissen müssen, daß jemand, der so frei und offen ist wie du, nicht das ganze Jahr über in einer Stadtwohnung leben kann. Du hättest etwas sagen sollen ...«

Margaret lachte plötzlich. Sie hatte es nicht gewollt, hatte es nicht kommen gespürt, bis es zu spät war, ihm Einhalt zu gebieten. »Entschuldige«, sagte sie. »Ich lache nicht über dich, eher über mich. Ich habe gerade erkannt, um wieviel größer dein Käfig ist, als ich dachte. Groß genug für ein Landhaus mit Garten und eine Reise ins Ausland. Aber es wäre immer noch dein Käfig, in dem ich spiele, siehst du das nicht ein? Deine

Frau in deinem Käfig, dein Eigentum. Aber ich will frei sein, Bennett. Kannst du das nicht verstehen?«

»Frei wovon? Mein Gott, du hast alles, was sich eine Frau nur wünschen kann. Geld, gesellschaftliche Stellung, einen treuen Ehemann, Sicherheit, die Freiheit, zu kommen und zu gehen, wie es dir paßt ... Was willst du noch mehr?«

»Ich will nichts. Ich will überhaupt nichts, und dann werde ich frei sein. Und eines Tages wird ein Mann kommen, der mich in sein Bett nehmen und mir zeigen wird, daß jedes Stück von mir daran beteiligt ist, daß nichts übrigbleibt, was aus einiger Entfernung unbeteiligt dabei zusehen kann. Dieses Unbeteiligte nämlich sitzt auf meiner Schulter und lacht über deine perfektionierte, hygienische Leidenschaft – haargenau so lange an dieser erogenen Zone, dann weiter zur nächsten Station. Du hast sie studiert, stimmt's? Du weißt genau, wie lange du jedes Stückchen bearbeiten mußt, und am Ende bleibt nichts übrig als die Hygiene und ein rasches Grunzen, und der Zuseher auf meiner Schulter hat nichts gespürt. Mein Körper hat das getan, was man von ihm erwartete, und ich fühle überhaupt nichts. Überhaupt *nichts*! Leer. Benutzt. Eigentum.«

»Margaret, sprich nicht so! Wenn du das Gefühl hast, unser Sexualleben sei inadäquat, können wir darüber diskutieren oder einen Eheberater aufsuchen oder einen Arzt ... Aber sprich nicht wie eine ...«

»Nutte, Bennett? Ist das das richtige Wort? Aber erkennst du nicht, daß darin das ganze Problem liegt? Ich glaube, ich fühle mich eben wie eine Nutte, und egal, was du tust, was du sagst, was du versprichst, ich fühle mich immer wie eine Hure mit dir. Und so muß es nicht sein.«

»Mein Gott, Margaret, dafür brauchen wir Zeit! Doch nicht jetzt! Nicht mit dem Haus voller Gäste. Gib mir Zeit, nachzudenken! Komm, gehen wir jetzt zurück! Ich sage Arnold, daß wir morgen eine Entscheidung treffen werden oder übermorgen. Lassen wir das Thema für jetzt!«

Margaret lächelte ihm zu und nickte. »Ja, Bennett, lassen wir es für jetzt.«

Er öffnete die Tür und hielt sie für Margaret auf. Die anderen waren inzwischen zum Kaffee ins Wohnzimmer übergewechselt, und sie blickten neugierig auf, als Bennett und Margaret wieder erschienen.

Margaret blieb in der Tür stehen und sah sie an. Es war, als befänden sie sich hinter einer transparenten Substanz, die sie durchqueren konnte, wenn sie wollte, von der die anderen aber nicht wußten, daß sie existierte. Sie-ich sahen alles zusammen von einem Platz aus, der zugleich im Zimmer und in gewisser Entfernung davon lag, so daß man alles darin gleichzeitig überblicken konnte. Die Trennwand zwischen uns berührte Margaret-mich nicht länger, und mit dem Wissen, daß sie verschwunden war, ging ich um Bennett herum und zum Fenster. Wie war es geschehen? Ich wußte es nicht. Ich blickte auf die See – flüssiges Silber, rastlos unter einem steten Wind. Ein Streifen blassen Lichts berührte die Narzissen, und ich konnte ihn sehen wie ein greifbares Ding, das sich vom Himmel zur Erde beugte und auf die nickenden Blüten stützte. Einmal blickte ich auch auf die Leute hinter mir, auf die Puppen, die spielten, sie seien lebendige Menschen, und dann glitt ich hinaus zu dem Streifen aus Licht und ließ mich daran emporsteigen, höher und immer höher. Ich flocht mich um ihn, spann mich ein in das kühle Licht, das mich umspülte und läuterte und mir ein Prickeln verursachte ob meiner eigenen Lebendigkeit. Ich sah mich nach John um, rief ihn, und als er nicht antwortete, wußte ich, daß alles gut ging. Er war auch hier draußen, irgendwo, und ich würde ihn wiederfinden, oder er würde mich finden. Ich wußte, daß er kreiste, so wie ich, auf einem Strahl aus Mondlicht, frei und ohne Fesseln, voll von Leben. Einmal noch blickte ich in das Wohnzimmer, wo die Puppen aßen und tranken und sprachen und überhaupt nicht lebten. Sie taten mir leid, und ich wußte, daß ich nie mehr zu ihnen zurückkehren konnte, unter den Schild, den nur sie selber und einzeln durchbrechen konnten.

Margaret wandte sich vom Fenster ab und sah einen Augenblick lang die anderen so wie ich, erstarrt in ihren Stellungen: lachend, redend, Gläser und Tassen reglos in der Luft. Sie machte eine Bewegung, und die Aktivität kehrte wieder in den Raum zurück. Keiner versuchte sie aufzuhalten, als sie das Zimmer durchquerte, die Hand leicht über die Lehne der

Couch wandern ließ und ihr versprach, eines Tages wiederzukommen. Sie dachte an die Strahlen des Mondlichts, an John und an Pauls unvollendetes Werk. Sie wußte, daß Bok nichts damit anfangen konnte; er war unvollkommen. Es war jetzt ihr Werk, ihres und das von John. Sie würden zusammen arbeiten, zusammen spielen und eins sein mit dem Regenbogen; fliegen würden sie mit dem Wind und eine Morgenröte weben … Sie lächelte nach innen und sie/ich verließ das Haus, ohne etwas mitzunehmen, denn von keinem dort brauchte sie irgend etwas.